刘晶林◎著

1946-1950
国共生死决战全纪录

兵发塞外

长城出版社

图书在版编目（CIP）数据

兵发塞外 / 刘晶林著. －北京：长城出版社，2011.4
（国共生死决战全纪录丛书）
ISBN 978-7-5483-0081-6

Ⅰ. ①兵… Ⅱ. ①刘… Ⅲ. ①第三次国内革命战争－史料 Ⅳ. ① E297.4

中国版本图书馆 CIP 数据核字（2011）第 071037 号

责任编辑 / 徐 华 萧 笛

兵发塞外

著　　者 / 刘晶林
图　　片 / 解放军画报社授权出版　　gettyimages 授权出版
　　　　　资深档案专家王铭石先生供稿
出　　版 / 长城出版社
地　　址 / 北京甘家口三里河路 40 号
邮　　编 / 100037
电　　话 / (010) 66817982　66817587
开　　本 / 720 × 1000mm　1/16
字　　数 / 280 千字
印　　张 / 20 印张
印　　刷 / 北京龙跃印务有限公司
版　　次 / 2011 年 4 月第 1 版
印　　次 / 2014 年 3 月第 2 次印刷

标准书号 / ISBN 978-7-5483-0081-6/E · 1012
定　　价 / 49.80 元

解读国共生死大较量的历史
重温先辈们激情燃烧的岁月

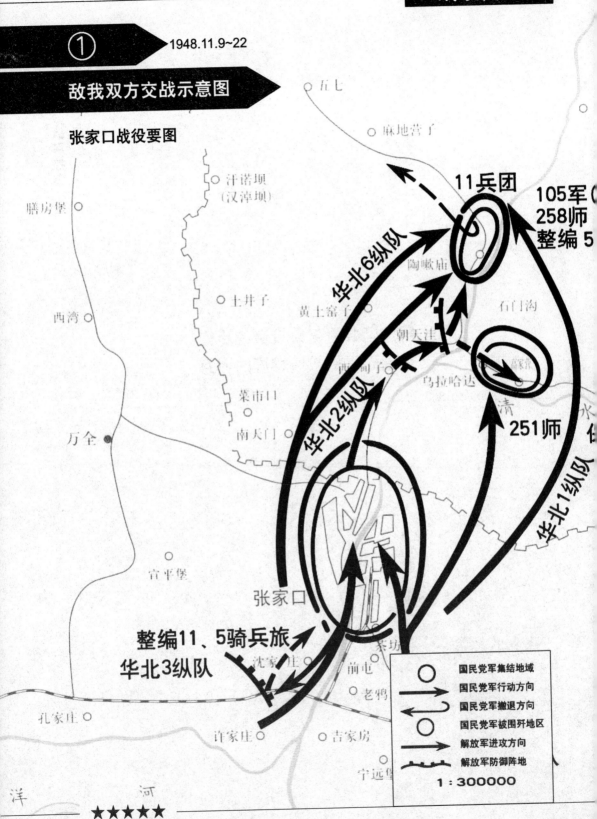

① 1948.11.9~22

敌我双方交战示意图

张家口战役要图

五七

麻地营子

汗诺坝
(汉淖坝)

11兵团

105军(
258师
整编5

膳房堡

陶嗽庙

华北6纵队

土井子

黄土窑子

石门沟

西湾

朝天洼

乌拉哈达

251师

西洞子

菜市口

华北2纵队

南天门

万全

华北1纵队

富平堡

张家口

整编11、5骑兵旅
华北3纵队

茶坊

沈家庄

前屯

老鸦

孔家庄

许家庄

吉家房

宁远堡

	国民党军集结地域
	国民党军行动方向
	国民党军撤退方向
	国民党军被围歼地区
	解放军进攻方向
	解放军防御阵地

1：300000

洋　　河

★★★★★

（1师）

旅

梁

旅

5团

② 作战时间

1948 年 12 月 21 日～24 日

③ 作战地点

河北宣化以东的新保安，塞外重镇张家口

④ 敌我双方参战兵力

我军：

华北军区第 2 兵团第 3、4、8 纵队共 6.7 万人围歼新保安之敌；华北军区第 3 兵团第 1、2、6 纵队和北岳军区部队，东北野战军第 4 纵队共约 10 万余人围攻张家口。

敌军：

国民党军第 35 军所辖第 101 师、第 267 师共计 1.6 万余人守新保安；国民党军第 11 兵团部、第 105 军等部 7 个师（旅），连同非正规军共 5.4 万余人守张家口。

⑤ 作战结果及意义

我军全歼新保安守敌 1 万余人，敌 35 军军长郭景云自杀身亡；我军张家口之战共歼敌 11 兵团所属的 1 个军部、5 个师、2 个骑兵旅共 5.4 万余人。新保安一战，傅作义嫡系 35 军被歼在傅系部队中引起极大震惊。张家口之战后傅系主力大部被歼，我军完全控制了平张线，使得傅作义西窜绥远的一线希望彻底破灭。

⑥ 我军主要指挥官

华北军区第2兵团司令员杨得志、政治委员罗瑞卿、参谋长耿飚，华北军区第3兵团司令员杨成武、政治委员李井泉、副政治委员李天焕，东北野战军第4纵队司令员吴克华、政治委员莫文骅。

★ 杨得志

★ 杨成武

★ 罗瑞卿

湖南醴陵县人。土地革命战争时期，历任红军第93团团长，红一军团第1师1团团长、副师长，第2师师长。参加了长征。抗日战争时期，任八路军115师343旅685团团长，344旅副旅长、代旅长，八路军第2纵队司令员，冀鲁豫军区司令员等职。解放战争时期，任晋察冀野战军、冀鲁豫军区第1纵队司令员，晋察冀野战军司令员，华北军区第2兵团司令员，第19兵团司令员。1955年被授予上将军衔。

福建长汀县人。土地革命战争时期，任红4军第12师教导大队政治委员，红一军团第1师政治委员、师长兼政治委员。参加了长征。抗日战争时期，任八路军115师独立团团长，独立第1师师长，晋察冀军区第1军分区司令员兼政治委员，冀中军区司令员。解放战争时期，任晋察冀野战军第3纵队司令员兼政治委员，晋察冀野战军第二政治委员，华北野战军第3兵团司令员，第20兵团司令员。1955年被授予上将军衔。

四川南充县人。1926年入黄埔军校武汉分校学习。土地革命战争时期，历任红4军59团参谋长、纵队政治委员、师政治委员、军政治委员，红一军团保卫局局长，中央红军先遣队参谋长，红一方面军保卫局局长，红军大学教育长、副校长。参加了长征。抗日战争时期，任中国人民抗日军政大学教育长、副校长，八路军野战政治部主任。解放战争时期，历任北平"军事调处执行部"中共代表团参谋长，晋察冀军区副政治委员兼政治部主任，晋察冀军区政治委员，华北军区政治部主任兼第2兵团政治委员，19兵团政治委员。1955年被授予大将军衔。

★ 李天焕

时任华北军区第3兵团副政治委员。1955年被授予中将军衔。

———— ★ 李井泉

江西临川县人。1927年参加南昌起义部队。土地革命战争时期，任红军第一方面军总司令部办公室秘书长，红35军政治委员，红21军政治委员，红三军团第4师政治部主任。参加了长征。抗日战争时期，任八路军120师358旅副旅长、政治委员，陕甘宁晋绥联防军司令部秘书长等职。解放战争时期，任中共中央晋绥分局书记，晋绥军区政治委员，晋绥野战军政治委员，第20兵团政治委员。

★ 吴克华

时任东北野战军第4纵队司令员。1955年被授予中将军衔。

★ 莫文骅

时任东北野战军第4纵队政治委员。1955年被授予中将军衔。

⑦ 敌军主要指挥官

国民党华北"剿总"总司令傅作义，第35军军长郭景云，第11兵团司令孙兰峰。

 ★ 傅作义

山西荣河人。国民党二级陆军上将。国民政府主席北平行辕副主任、华北"剿匪"总司令部总司令。保定军官学校毕业。早年在阎锡山手下任职。北伐战争时，因率部坚守涿州三月之久而名声鹊起，有"守城名将"之誉。张学良爱其才在城破之后未杀反而加以笼络，被拒绝。1928年被国民政府委任为第3集团军第五军团总指挥兼天津警备司令。中原大战后，脱离阎锡山，任绥远省政府主席兼第35军军长，从此开始独立发展。1935年参加长城抗战并予日军以沉重打击。抗日战争时期，历任第二战区北路前敌总司令兼第35军军长、第二战区第7集团军总司令兼第35军军长、第八战区副司令长官、第十二战区司令长官等职，参加了忻口会战、太原保卫战等。抗战胜利后，任华北"剿总"总司令，执行蒋介石的内战政策。1949年率部起义。

 ★ 孙兰峰

山东滕州（今滕县）人。国民党陆军中将。曾任阎锡山部连、营长。傅作义部旅、师、军长。国民党军第十二战区骑兵总指挥，第11、第9兵团司令官，察哈尔省政府主席。1949年9月在绥远率部起义。

★ 郭景云

陕西富平人。国民党陆军少将。历任傅作义部排、连、营长等职。1938年初，任国民党军35军101师218旅436团团长。1939年，任101师302团团长。1940年，任35军101师师长。1948年，任35军军长。新保安战役中兵败自杀。

目录

第一章 沿着剑锋所指的方向 / 2

一场不可避免的、决定中国命运的大决战即将爆发。此时，广袤的华北大地，银装素裹，一片寂静。雪花无声无息地飘舞着。于无声处，历史睁大眼睛，在注视着什么？期待着什么？

第二章 让智慧的目光从缺口与准星之间穿过 / 26

一瞬间，地动山摇。天空被火光灼红。一群没有见过大世面的麻雀，吓傻了，竟然丧失飞翔能力，纷纷从云端坠落……

枪口在喷火，大炮在怒吼，战马在奔腾，兵车在嘶鸣……

平津战役打响了！华北，处于新生前的阵痛之中！

第三章 一棵树结出了不同味道的果实 / 56

天空，飞翔着一只鸟儿。大朵大朵湿漉漉的云彩，在鸟翼下浮游，像是海市蜃楼中常见的一座座具有魔幻色彩. 时隐时现的岛屿。瞬息万变，是这些云彩的主题。这只鸟儿密切注视着云的变化，在空中继续它的飞行。这只鸟儿的名字就叫——战争。

第四章　猫捉老鼠常玩的一种游戏 / 94

面对猎物，你完全可以扑过去，把它撕得粉碎。

可是，你却不着急。捕获它，是迟早的事。它是你的囊中之物。现在，你只是静静地看着它。目光是一把利剑，气势是一把利剑，威慑是一把利剑，时间也是一把利剑……那么多的利剑在它头顶高悬，可想而知，它会是一种什么样的痛苦而又绝望的感觉。引而不发，等同于力量、信心和控制力！

第五章　大风起兮，云飞扬 / 132

像一支离弦的箭，携长风，挟雷电，飞过高山，飞过大河，飞过田野，飞过村庄……战场在漂移：百万雄兵提前入关了！入关、入关、入关！前进、前进、前进！战斗在召唤。胜利在召唤。800公里路啊，人不下鞍，马不停蹄……

目录

第六章 伸出自己的手叩响死亡之门 / 180

一棵大树挺立着。在离地面不远处的树干上,隐隐约约有一个小洞。那是虫子的通道。虫子已经在树干中生活了许多年,树的木质,是它们的美食;树的汁液,是它们的饮料;树的年轮,是它们的游乐场所;树的气息,是它们的生存需要……忽然一阵风吹来,大树拦腰折断,倒伏在地。大树断裂处,正是虫们聚集的地方……

第七章 频频摇动的橄榄枝 / 208

寒风中,一群鸽子飞了过来。鸽子落在雪地上,它们的羽毛和雪一样洁白。洁白的雪上很快嵌上了漂亮的枝形图案——那是鸽子们的脚印。鸽子们在觅食,它们在雪中用小嘴不停地啄着什么,然后发出"咕咕、咕咕"欢快的叫声。随后,鸽子们纷纷抬起头来,把目光投向天空。它们准备飞向哪里?它们面临选择……

第八章 风儿吹落屋檐下倒垂的冰挂 / 234

一把把银剑,列队,排列在屋檐下。

看上去,剑体透亮,剑锋犀利。只是剑柄朝下,少了许多气势。要是有只手握着它,那只手上方的胳膊,也肯定下垂着。

它们由寒冷铸造而成。却经不起风。

风儿伸出手指轻轻对着它弹了弹,银剑便纷纷坠落。

第九章 历史不再重复昨天的故事 / 260

昨天，你得到了它。

今天，你却失去了它。

那么，明天呢？

不在于谁先笑，而看谁能笑到最后！

第十章 冻土地上的积雪正在迅速融化 / 284

春天大踏步走来！

种子发芽的声音，小草苏醒的声音，冰河解冻的声音，腊梅花开的声音……汇成了春天的脚步声。

仍有雪，但那是积雪。仍有冰，但那是残冰。

瞧，阳光下，一朵朵怒放的报春花，红艳艳，温暖了大地……

第一章

沿着剑锋所指的方向

★★★★★

∧ 1948 年，蒋介石在北平与傅作义（右）在一起。

一场不可避免的、决定中国命运的大决战即将爆发。

此时，广袤的华北大地，银装素裹，一片寂静。

雪花无声无息地飘舞着。于无声处，历史睁大眼睛，在注视着什么？期待着什么？

1. 大战前一次意味深远的较量

在蒋介石的一生中，1948年的秋天，无疑给他留下了刻骨铭心、终身难忘的记忆。

窗外，高大的悬铃木，树叶已经由绿泛黄，并开始枯萎，透出了斑斑锈色。风中，不时有树叶飘落，这让即将日落西山的蒋介石看了很是伤感。冬天尚未来临，但寒气逼人啊。蒋介石知道，这种寒冷的感觉，更多的是来自于他的内心。

就在不久前，一着不慎，把山东济南弄丢了——10万重兵啊，怎么就坚守不住？更让他痛心疾首的是东北战场，锦州、长春，如同卵壳，不堪一击；而孤城沈阳，则早已成了对手囊中之物。还有华北，太原被围，察绥、包头被占，绥远危在旦夕……江河日下，局势不妙啊！想到这里，蒋介石不禁打了个寒战。

蒋介石坐不住了，他站起身来，背着手，苦思冥想着，在屋里默默地一连走了十多个来回，然后决定立即飞往北平，去见傅作义。

其实，傅作义的日子也不好过。东北战事败局已定。也就是说，中共东北80万大军，一旦入关，与华北部队联起手来，分明就是架在他脖子上的一把利剑，随时随地会要他的命！再就是太原被围，阎锡山求援的电报前呼后拥、纷至沓来，差点累断了他的收报员的手。阎锡山是他的老上司，傅作义重义气，不能见死不救……傅作义想来想去，出路或暗或明，朦朦胧胧。有许多次，他觉得一朵祥云就在眼前飘浮，近在咫尺，伸手可捉；可当他欣喜若狂扑过去，却总是一无所获，两手空空。

10月下旬的一天，在北平西郊的华北"剿匪"总司令部，蒋介石和傅作义，这两个心事重重的人走到了一起。于是，经过一番密谋，终于一条妙计炮制出笼！他们决定从危机中找到转机，通过投机取巧，以赌徒押注的方式，由傅作义亲自率领5个师，外加400辆汽车组成的快速部队，趁我方冀中兵力薄弱的空当，迅速出兵，从北平、保定南进，佯装增援阎锡山，实则偷袭石家庄，随后直捣西柏坡，从而起死回生，一战定乾坤！

这一招，真够损的！

这一招，也真够狠的！

多日愁眉苦脸的蒋介石终于有了笑容，他似乎从中看到了中兴"华北"、中兴"党国"的希望。

而多日坐卧不安的傅作义也笑了，他渴望重温昔日攻占晋察冀解放区首府张家口的旧梦，在奇袭西柏坡时创造新的荣耀与辉煌！

然而，就在蒋介石、傅作义得意洋洋，为他们的锦囊妙计进行作战部署时，这个绝密的偷袭计划竟然在他们的眼皮子底下，通过两条不同的渠道，以最快的速度，无比清晰地呈现在了毛泽东的面前。

让傅作义做梦都不曾想到的是，在他堂堂的华北"剿匪"总司令部，一个名叫甘霖的刻蜡板的人，在刻完这份关于偷袭的作战命令后，悄悄搭车来到徐水，从徐水县政府给我华北军区司令部作战处长唐永健挂了电话。与此同时，以新闻记者身份作掩护的我地下党工作者刘时平，从傅作义手下整编骑兵第12旅旅长鄂友三酒气熏天的嘴里，掏出了"委座下令去端共产党老窝"的情报，然后通过中共北平地下党负责人崔月犁，冒着极大危险，破例紧急开机，将电报发给了中共华北局城工部部长刘仁……

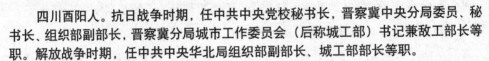

刘 仁

四川酉阳人。抗日战争时期，任中共中央党校秘书长，晋察冀中央分局委员、秘书长、组织部副部长，晋察冀分局城市工作委员会（后称城工部）书记兼敌工部长等职。解放战争时期，任中共中央华北局组织部副部长、城工部部长等职。

毛泽东接到情报，显得十分坦然。毕竟打了多年交道，他太了解他的对手了啊。因此，无论蒋介石和傅作义做出什么举动，他都不会感到突然与惊讶！

作战室。面对墙上悬挂着的一张硕大的军事地图，毛泽东、周恩来、朱德等几位领导人很快拿出了对策。

随后，周恩来下令中央机关和解放军总部做好疏散和转移的准备，并在指挥调集正规军、地方部队协同民工破坏铁路公路，阻滞国民党部队行动的同时，给华北军区、华北第2兵团、第3兵团发出加急电报，及时对坚守石家庄进行部署。

自从1927年建军以来，身上从未佩带过任何武器的毛泽东，此时以笔作刀枪，大唱"空城计"，对来犯之敌发起了强大的心理攻势。仅在10月25日至31日6天里，便

∧ 1948 年，毛泽东与周恩来在西柏坡。

一连为新华社写了三篇电讯，揭露蒋介石、傅作义偷袭石家庄的阴谋。

毛泽东说："当解放军在华北和全国各战场连获巨大胜利之际，在北平的蒋匪介石和傅匪作义，妄想以突击石家庄破坏人民生命财产。据前线消息，蒋傅匪首决定集中 94 军 3 个师及新 2 军两个师经保定向石家庄进袭，其中 94 军已在涿县定兴间地区开始出动。消息又称，该军配有汽车，并带有炸药，准备进行破坏。但是蒋傅匪首此种穷极无聊的举动是注定要失败的。华北党政军各首长正在号召人民动员起来，配合解放军，坚决、彻底、干净、全部地歼灭敢于冒险的匪军。"

毛泽东紧接着说："为了紧急动员一切力量，配合人民解放军歼灭可能向石家庄一带进扰的蒋傅匪军，此间党政军各首长已向保石线及其两侧各县发出命令，限于 3 日内动员一切民兵及地方武装，准备好一切可用的武器，以利作战，尤其注重打骑兵的方法。……据息，该敌准备于 27 日集中保定，28 日由保定南进。进扰部队匪首有 94 军军长郑挺锋，新编骑 4 师师长刘春方，骑 12 旅旅长鄂友三（即今春进扰河间之匪首）。此间首长们指示地方各界，切勿惊慌，只要大家事先有充分准备，就有办法避开其破坏，诱敌深入，聚而歼之。今春匪扰河间，因我方事先毫无准备，受到部分损失，匪部也被其逃逸。此次务希全体动员对敌，不使敢于冒险的匪徒有一兵一车跑回其老巢……"

毛泽东又说："当看到国民党军队的将军们都像一些死狗，咬不动人民解放军一根毫毛，而却被人民解放军赶打得走投无路的时候，白崇禧傅作义这两匹似乎还有一点生命力的狗子，就被美国帝国主义者所选中，成了国民党的宝贝了。蒋介石已经是一具僵尸，没有灵魂了，什么人也不再相信他，包括他的所谓'学生和干部'在内。在美国指令之下，蒋介石提拔了白崇禧、傅作义。白崇禧现在已是徐州、汉口两个'剿总'的统帅，傅作义则是北线的统帅，美国人和蒋介石现在就是依靠这两匹狗子挡一挡人民解放军。但是究竟白崇禧、傅作义还有几个月的寿命，连他们的主人和他们自己也不知道。蒋介石最近时期是住在北平，在两个星期内，由他经手送掉了范汉杰、郑洞国、廖耀湘三支大军。他的任务已经完毕，他在北平已经无事可做，昨天业已溜回南京。蒋介石不是项羽，并无'无面目见江东父老'那种羞耻心理，他还想活下去，还想弄一点花样去刺激一下已经离散的军心和人心，亏他挖空心思，想出了偷袭石家庄这样一条妙计。……傅作义派的是第35军，蒋介石派的是16军，正经涿州南下。这里出现了一个问题：究竟他们要不要北平？现在北平是这样的空虚，只有一个青年军208师在那里。通州也空了，平绥东段也只不过稀稀拉拉的几个兵了。总之，整个蒋介石的北方战线，整个傅作义系统，大概只有几个月就要完蛋，他们却还在那里做石家庄的梦。"

毛泽东字里行间犹如布下雄兵百万，俨然摆出了一副只等敌人自投罗网的阵势。

敌人闻讯，顿时傻了眼。刚进保定的敌101军军长李士林看到报纸上刊登的"号外"《傅作义派兵进袭石家庄》，不由倒吸了一口凉气；敌总指挥郑挺锋扔下报纸，大骂"剿总"内部共产党太多；而敌副总指挥刘化南则哀叹，什么秘密行动？共军对我们一切了如指掌，只怕此行凶多吉少！

这时，郑维山指挥的我军华北2兵团3纵，受命4天行军300多公里，越过平绥线，抵达易县、望都。傅作义见势不妙，心里直犯嘀咕，此计划刚刚实施10多天，便一路处处受阻，损失部队近4,000人，战马240余匹，汽车90多辆……既然人家什么都知道了，还偷袭什么？赶紧撤吧，否则后果不堪设想！

> 郑维山，1955年被授予中将军衔。

国民党第101军 ————————————————————

傅作义之晋绥军部队。1948年，由新编第2军改称。军长李士林，副军长张辑戎、刘本厚，参谋长李得勋，隶属华北"剿匪"总司令部，下辖第271、第272、第273师。在察绥战役中，该军被人民解放军歼灭了2个团。在平津战役第三阶段作战中，该军接受了人民解放军的和平改编。其军部后编入人民解放军第42军军部。

郑维山 ————————————————————————————— ◀

　　河南新县人。土地革命战争时期，任红9军第81团政治委员，红27师政治委员，红30军第89师、88师政治委员等职。抗日战争时期，任晋察冀军区军政学校主任军事教员，教导团团长，第4军分区司令员等。解放战争时期，任晋察冀军区张家口卫戍司令员、冀察军区司令员、晋察冀野战军第3纵队司令员、华北军区第2兵团3纵队司令员、第19兵团63军军长。

∧ 1948 年，毛泽东在西柏坡。

此话不幸言中。

偷袭行动给蒋介石、傅作义带来了苦果。我军经调动，对敌重兵把守的平、津、保三角地区构成了直接威胁，促进了战场形成，为日后夺取平津战役的胜利创造了有利条件。这恐怕是让蒋介石、傅作义事后每每想起来，都要捶胸顿足、后悔莫及的一件事了。

两军对垒，任何一方企图依赖侥幸、急于求成的浮躁心态，都是虚弱的表现。

这对于战争胜负，将是一种预兆。

2. 关注播种与收获的毛泽东

毛泽东向村外走去。

西柏坡的秋天，天高气爽。阳光均匀地洒落在远处的山坡上，一抹暖暖的色调，显得宁静而又温馨。

不久前的一天，毛泽东散步，遇到一个农民，问收成如何？一亩地能打多少粮？那个农民告诉他，平常年景打一石五、六，赶上风调雨顺，顶多打个两石吧！毛泽东说，我的老家韶山冲也种稻子，一亩地能打两石多。农民不信。毛泽东接着说，我老家的人播种的方法与你不同，是育好了秧，再插到田里，那样种出的稻子产量高，不妨明年你试一试？随同毛泽东一起散步的杨尚昆怕那个农民听不太懂湖南话，特地把毛泽东的话一字一句向老乡复述了一遍。

现在毛泽东很想再遇到那个农民，聊一聊庄稼地里的事。这也是他消除疲劳、适当休息的一种最好方式。

要不是叶子龙变着法子劝说，此时的毛泽东也许还在阎家大院那间墙上挂满作战地图的平房里继续伏案工作。叶子龙说，主席，你有好些日子没有出去散步了。毛泽东说，是啊，忙得连上厕所都要小跑步呢。叶子龙说，那你早就该歇一歇了。毛泽东看了他一眼，没说话，仍旧在用放大镜看地图。叶子龙想了想，接着说，主席，多日不见，村头地里的麦子都长得一拃高了，风一吹，麦地里荡漾着的清清爽爽的一股子好闻气味直朝鼻子里钻……毛泽东放下放大镜，对叶子龙一挥手，走，看看去！

叶子龙开心地笑了。

近些日子，毛泽东十分疲劳，他为中国的解放事业可谓是呕心沥血。住处的灯光，彻夜未熄的次数越来越多，越来越频繁。辽沈战役，仅用52天，就歼敌47万余人，大大改变了敌我军事力量的对比，加速了中国革命战争的历史进程。然而，捷报传来的当天，毛泽东仅是吩咐炊事员在饭桌上多加一碗红烧肉以示庆贺，随后也不多歇一会儿，就将目光盯在了华北。

毛泽东用一支红蓝铅笔轻轻敲打着地图上标定的北平和天津，深思熟虑地对周恩来说，东北一战，卫立煌集团被我军解决了，华北的傅作义就成了惊弓之鸟。看来，这只鸟，要飞了。

说着，毛泽东握住铅笔，幽默地做了个举枪射击的姿势。

周恩来笑了。

接着，毛泽东说，如果不抓紧时机，把北平、天津的敌人就地消灭，他们随时都可能跑掉。华北的蒋、傅军队共有60多万，不管蹿到哪里，对我们迅速解决全中国都极为不利。看来，为了加速敌人在全国的总崩溃，提前发动平津战役，已成为当前华北战场上最紧迫的任务。

作为中央军委总参谋长的周恩来当然明了解决华北问题，已成为迫在眉睫的当务之急。解决华北，主要是消灭国民党军傅作义和阎锡山这两个战略集团。要是把他们消灭了，加上已在辽沈战役中消灭和正在消灭的卫立煌、刘峙集团，蒋介石的老本就输得差不多了，原先的六大战略集团，只剩下西北的胡宗南和华中的白崇禧，兵力大大削减。到那时，"蒋家王朝"就成了秋后的蚂蚱，再蹦跶，又能蹦跶几天？于是，周恩来以坚定的口吻说，主席，到了该下决心的时候了。傅作义集团处于我华北、东北两大野战军的夹击之中，是坚守还是撤退，举棋不定。我们趁此机会，最好把他们就地包围，一举歼灭。

这时候，朱德把话题接了过来。

朱德摘下老花镜，用他那浓重的四川口音说，要就地消灭60万蒋、傅军队，有一步棋一定要走好，那就是东北野战军必须提前入关，协同华北野战军共同发动平津战役。

老总说得对！毛泽东说，东北野战军主力离天津有800余公里，大战刚刚结束，部队正在休整，入关需要一定的时间。所以，留住傅作义，就成了关键。

……

∧ 抗战期间，朱德抵达华北抗日前线指挥作战。

接下来，在中央军委和毛泽东关于"抑留傅匪于（北）平、（天）津、张（家口）、保（定）地区，以待我东北主力入关，协同华北力量，彻底歼灭该敌"总方针确立的那些日日夜夜，作为历史的见证人，叶子龙近距离地感受到毛泽东和他的战友们为了中国人民的解放事业，日理万机，辛苦，劳累。

叶子龙是中央机要室主任，毛泽东的机要秘书，他的办公室就设在毛泽东的住所对面，门靠门。叶子龙每天都要给毛泽东送电报和文件。尽管那些频繁来往的电文，只有薄薄的一两张纸，但分量却沉重无比：

——令华北第3兵团撤围归绥，进至集宁地区休整，以稳定傅作义，防止敌人西撤；

——令华北第1兵团停止进攻太原；

——令淮海战场对杜聿明围而不打，以便稳住傅作义，不使过早下西撤或南撤的决心；

——令林彪、罗荣桓、刘亚楼，为防止敌人从海上逃跑，你们主力早日入关，包围津、沽、唐山，在包围姿态下进行休整……

一张张电文接连飞向绵延不绝的千山万水间。

考虑到毛泽东日以继夜地工作，体力透支，需要休息，叶子龙就想着法子陪同他到村外散步。

其实，毛泽东人在村外，心仍旧系在住处的那张作战地图上。忽然，毛泽东问叶子龙，看见那天那个和我聊天的老乡了吗？

10年之后，在为共和国处理政务的百忙之中，毛泽东又想起西柏坡的那个和他聊过种植水稻的老乡。毛泽东让中央办公厅给西柏坡人民写信，询问稻种怎么播？收获怎么样？并安排他们到水稻高产的河北涿县学习……

当然，这都是后话。

而1948年秋天，毛泽东在华北大地播种与收获的，是胜利的希望和美好的未来！

3. 石头城里石头多

近些日子，蒋介石总想去一趟清凉山。

从清凉山西麓，自虎踞关龙蟠里石头城门到草场门一带，可以看到城墙雄峙，石崖耸立。南京又名石头城，便是由此而来。蒋介石查过历史文献。同治《上江两县志·山考》载："自江北以来，山皆无石，至此山始有石，故名。"《建康志》说："山上有城，又名曰石城山。"这里所说的"城"，即是石头城。

石头城源自两千多年前的战国时代。据史书记载，周显王三十六年（公元前333年），

> 何应钦，1949年4月任国民党政府"行政院"院长兼国防部长。

楚国（都城郢，即今湖北江陵）灭了越国（都城吴，即今苏州），楚威王设置金陵邑，并在今清凉山上筑城。秦始皇二十四年（公元前223年），楚国灭亡，秦改金陵邑为秣陵县。相传三国时，诸葛亮在赤壁之战前夕，出使东吴，与孙权共商破曹大计。据说，诸葛亮途经秣陵县时，特地骑马到石头山观察山川形势……当时蒋介石读到这段时，并未注意到字里行间有什么特别之处，只是事后想来，竟忽然发觉石头城挺有意思。你想啊，"赤壁之战前夕"，"共商破曹大计"，与眼下时局竟然如此巧合，难道不是天意？！

　　沈阳失守的第二天，也就是1948年11月3日，国防部长何应钦在南京召开作战会议，针对华北战事，提出两个方案，其中一个，便是将傅作义全军南撤，通过海运，移至江南。蒋介石赞成。但蒋介石考虑到华北作战，一直由傅作义主持，他究竟是怎么想的，尚未得知。因此，蒋介石紧急电召傅作义11月4日来南京，共商华北大计。

国民党"行政院"院长何应钦 —▲—

　　贵州兴义人，国民党一级陆军上将。日本士官学校毕业。曾任黄埔军校教导团团长、国民革命军第1旅旅长、第1师师长、第1军军长、军政部长、军委会北平分会委员长。抗日战争时期，任总参谋长兼第3集团军总司令、陆军总司令等。抗日战争胜利后，任重庆行营主任、国防部部长、"行政院"院长。1949年去台湾。

蒋介石是个相信天命的人。既然他把自己比作了诸葛亮，那么，事关华北的"破曹大计"，也就似乎顺理成章会给他带来好运。

然而，关于华北局势，傅作义自有一套想法。

傅作义来到南京，面对蒋介石，义正词严，积极主战。

他说，固守华北是全局，退守江南是偏安，非不得已时，不应南撤。

他说，我们完全可以固守平、津、塘、沽，依海作战。

他说，在东北野战军入关之前，他可以再扩充20万至50万军队，加固津塘80公里弧形阵地，以完善平津防御体系……

傅作义的慷慨陈词，竟让蒋介石对于北平和天津究竟是放弃还是固守，犹豫不决，举棋不定。从南撤的角度来讲，目前傅作义集团是他惟一能够调动的兵力。徐州的刘峙，要是万一经不住"共匪"华东、中原两大野战军的联合打击，丢了徐蚌，南京、上海便在对方的枪口之下无遮无挡、暴露无遗。那么，傅作义的移师，对于加强长江防线，无疑至关重要。然而，换一个角度讲，傅作义抬腿就走，往南一撤，就等于放弃平津，一枪不放，就把整个华北轻而易举地送给了"共军"，这让他咽不下这口窝囊气不说，还必将在政治上引发地震，动摇人心。再说，傅作义的数十万人马也不是你想撤，就可以顺顺当当安安全全撤走的。你想，如果从陆上走，解放区和黄河天险，注定是道拦路虎，即使你好不容易走出去，搞不好也得扒层皮；如果从海上行，也并非易事，人多船少且不说，渤海湾冰冻期将至，老天爷实在是胳膊肘往外拐，不帮这个忙啊！于是，见傅作义力主固守平津，蒋介石反倒动了心。经过反复思考，权衡利弊，蒋介石最后决定顺从傅作义，让他暂守平津。蒋介石给自己的一个理由是，若傅作义能够牵制东北、华北解放军一段时期，最起码也好给长江防御多争取一点时间。而时间对于蒋介石来说，何尝不是生命呢？！

傅作义带着蒋介石一再嘱咐的在华北地区采取"暂守平津，控制海口，扩充实力，确保津沽"这一16字方针，登上了他返回北平时乘坐的美制"天雄"号座机。

临别前，蒋介石握着傅作义的手，十分动情地说，宜生（作义），华北拜托给你了；党国的命运，也拜托给你了！记住，务必以一部分兵力守备北平，以主力确保天津，一旦华北不能支持，立即由海上南撤。

就在傅作义飞离南京的第二天，蒋介石又萌生了要去清凉山看一看的欲望。

蒋介石暗自琢磨，赤壁之战后，孙权迁移到秣陵，并改称秣陵为建业。第二年，就在清凉山原有城基上修建了著名的石头城。此后数百年间，那里成为军事重镇，数次战争，往往都以夺取石头城来决定胜负。据说，石头城以清凉山西坡天然峭壁为城基，环山筑造，周长"七里一百步"——相当于现在的3公里左右——北缘大江，南抵秦淮河口；南开二门，东开一门，南门之西为西门，依山傍水，夹淮带江，其势险固。城内设置有石头库、石头仓,用以储备军粮和兵械。在城墙的高处筑有报警的烽火台,可以随时发出预报敌军侵犯的信号……蒋介石很想实地看一看。他觉得此时大发思古之情,对于固守平津的局势,没准是一个好的征兆。

在多日以来少有的好心情驱使下,蒋介石来到清凉山。

在蒋介石到来之前,山上的游人已被驱走,沿途到处都是荷枪实弹警戒的士兵。凛冽的秋风中,不时有凋零的树叶凌空飘落,气氛显得格外萧条而又冷清。

披着黑色斗篷的蒋介石,在侍卫们的护卫下,沿山间小道缓缓地走着。其实,依山而筑的石头城并非像历代文献中所描述得那样生动、雄伟。所谓"石城虎踞",仅存于早已逝去的悠悠岁月之中。自唐代以后,江水日渐西移,石头城便开始废弃,眼下已名副其实地成为一座荒芜寂寞的"空城"!如此一来,就使蒋介石十分扫兴。再看石头城,便觉得乱糟糟的,一堆堆石头横七竖八、呲牙裂嘴地垒在那里,让蒋介石看了心里直添堵。这时,不知为什么,蒋介石突然想起美国驻华大使司徒雷登在一次会上说过的一句话。这个美国人说:"傅作义不能抵抗共产党在华北所能集中的力量对他的进攻。"一想到这,蒋介石根本无心再看什么石头城了。他决定立即返回官邸,然后安排心腹飞赴北平,一定要告诉傅作义,务必以主力保守塘沽、大沽、天津,确实控制一个海口!

4. 傅作义急送夫人出城

回到北平的傅作义,远没有11月4日抵达南京时风光。那天,蒋经国亲自到机场迎接,规格之高,大大出乎傅作义的意料。接着,蒋介石当晚在官邸为傅作义接风,大摆盛宴。第二天何应钦与傅作义会谈,其间,亲密无间,氛围热烈。接着,蒋介石邀请傅作义参加在他的官邸举行的高级秘密会议,并亲口许诺,要给傅作义加官晋级,出任东南军政长官……

但这一切来得快,消失得也快。飞机刚刚从南京起飞,傅作义就感觉到浑身疲惫。连日来,那些笑容,那些抚慰,那些赞扬,那些许愿,一瞬间,流云一般统统离他远去,剩下的,似乎只有藏于内心深处的一声叹息。傅作义当然知道,当前的局势如何,蒋介石的为人又是如何。所以,他对蒋介石的心思摸得很透。既然不能公然拒绝蒋介石的南撤,那么,傅作义只能选择积极主战。他有他的打算,他要按自己的意愿行事。

回到北平,傅作义迫不及待地做了两件事。

一件是密令军需处长将他的一部分私人钱财,通过美国进口汽车公司的美国商人甘成恩,以在天津付款,香港交货的方式,购买大量的汽车轮胎,进行倒手,将财产转移到香港。在常人眼里,出身于农家的傅作义,日常生活极其俭朴。他不吸烟,不喝酒，不赌博，不跳舞，着装和士兵一样，扎腰带，打绑腿。饮食上，讲究清淡，每餐以白菜、豆腐、山药、鸡蛋为主，比较偏爱吃家乡的无碱馒头和小米稀饭。困难时期，士兵吃酒糟，他跟着吃；士兵吃豌豆，他也不挑食。一般军官，从佩戴的符号上便可识别其军阶，而身为将军的傅作义，却从来不戴符号，以至于不认识的人，以为他是一个普普通通的士兵……但这一切并不妨碍他有钱。虽然他的私人钱财，也许在国民党众多高官之中，仅仅属于"贫困户"。眼下，华北战事迫在眉睫，傅作义即使再忙，也要把自己多年的积蓄安置妥当。

另一件事是派副官将家眷刘芸生和几个子女送往重庆。傅作义把这个决定告诉夫人刘芸生时，尽量使自己的语气平静下来，就好像他在说一件与战争无关的事，比如天气凉了，该加一件衣服了，等等。他怕吓着夫人，怕夫人由此产生一种生死离别的悲情联想。

可是夫人刘芸生还是落泪了。傅作义把手绢递给夫人时，感觉到她的手很凉。

夫人接过手绢，擦了擦腮边的泪滴，小声地问，非要走吗？

傅作义点点头。

傅作义说，我们分开，只是暂时的。等局势明了，情况有了好转，我会派人把你们接回来。

说这话的时候，傅作义掩饰不住地苦笑了一下。

其实，傅作义心里清楚，形势相当严峻，只是他不想对夫人说罢了。

早在解放战争开始的第一年，傅作义曾信誓旦旦、口吐狂言："如共产党能胜利，我傅某愿执鞭！"然而，仅仅过了两年，情况便大不一样了。偌大一个东北，好端端的被卫立煌用不到两个月时间，就折腾得一败涂地，最后连根带梢整个儿交给了共产

> 时任国民党东北"剿总"总司令的卫立煌。

国民党东北"剿总"总司令卫立煌 —— ▲ ——

安徽合肥人，国民党二级陆军上将。曾任南京卫戍副司令、第45师师长兼皖北警备司令、第14军军长、鄂豫皖"清剿"总指挥、湘鄂赣地区"清剿"主任、陕甘绥宁边区"剿共"总指挥。抗日战争爆发后，任第14集团军总司令、第二战区副司令长官兼前敌总指挥、第一战区司令长官兼河南省政府主席、中国远征军司令。1948年出任国民党东北"剿总"总司令。

党。虽说南边还有刘峙，可刘伯承、邓小平、陈毅、粟裕率领的大军，正张开铁臂向他合围，他能逃过这一劫吗？曾几何时，就连一度看好卫立煌的美国驻华联合军事顾问团团长巴大维在得知东北战况后，也忍不住连连叹息，评论道："满洲和它的 30 万左右最优秀的军队的丧失，是对国民党政府的一个令人吃惊的打击。就我看来，军队的丧失是最严重的结果，这实在是国军死亡的开端。共军增添了 36 万人的军力，现在可以自由行动，进攻关内，对华北因此不可能有任何保全的希望。"美国驻华大使司徒雷登也随后悲观地说："我们非常不愿意地得出了这样的结论，国民党政府之崩溃是不可避免的了。"东北的失败是"国民党最后一连串军事失利的开始"。瞧，连美国人都这样认为，还有什么可说的呢？事实上，辽沈战役一结束，傅作义的日子就不好过了。东北野战军是悬在他头顶的一片汪洋大海，只要启开一道堤坝，就会给他带来灭顶之灾！

怎么办？

蒋介石为了保存实力，曾一度打算将傅作义的华北兵团由海上南撤，以便重点构筑江南防线。傅作义当然不干。傅作义不愿离开绥远。在他旗下的嫡系部队，绝大部分官兵是绥远人。绥远是他起家的根据地，他的命脉所在。一旦离开绥远，离开那片热土，他这棵大树就没了根，蒋介石会随时随地把他和他的部队吃掉。傅作义深知，蒋介石集团派系林立，历来有嫡系与非嫡系之分。而傅作义肯定不是蒋委员长的嫡系。就血统而言，傅作义只能归于晋系。因此，多年来，蒋介石终始没有放弃对傅作义的控制和监视。比如，那一年蒋介石委任张彝鼎任他副司令长官部政治部主任。张彝鼎是什么人，傅作义难道还不清楚吗？此人曾在蒋的侍从室 CC 派头子陈立果手下做过秘书，整个儿就是一个特务！再比如，傅作义担任华北"剿总"期间，空军副司令王叔铭竟乘专机来北平，背着他秘密召开蒋系军长以上将领会议。王叔铭哪有那么大胆子，还不是蒋介石背后给他撑腰！所以，南撤，对于傅作义，就是死路一条。

那么，美国人的态度呢？美国政府不愿意放弃它在华北的政治、经济和军事权益，力劝傅作义坚守平津。傅作义心想，美国人既然愿意投资，花大本钱，多放血，给予武器装备等物资，以及1,600万美金的援助，那么，我何乐而不为呢？在东北野战军不可能马上入关作战的情况下，固守平、津、塘，既可以控制和指挥所有华北部队，又可以直接从美方得到经济实惠，还可以占据出海口，一旦局势不妙，随时可以西去绥远，或从海上开溜，总之，好棋一着啊！于是，在南京，傅作义当着蒋介石的面，慷慨陈词，表示要坚决固守平津，保持海口，以便扩充实力，以观时变。

当然，傅作义还有一条退路不便透露，那就是罢战求和，保存实力。傅作义懂得政治斗争的作用，既然蒋介石已无力挽回败局，他何必去当殉葬品呢！

于是，在兵力部署上，傅作义并未按蒋介石的旨意，将主力集中于津、唐、塘地区，而是将自己的嫡系部队17个师置于平绥路东段和北平以西一带，为必要时西撤绥远留一手；将蒋系部队的25个师配置在北宁线平津唐段和北平以东地区，阻挡"东北虎"入关，并保持海上通道的畅通无阻……如此一来，傅作义摆出的这个长达500公里的长蛇阵，蛇头在唐山、天津，蛇腹在北平，蛇尾则甩向了宣化、张家口。

然而，这条"长蛇"能够在决定命运的紧要关头大显神通吗？

傅作义心中无数。所以，傅作义要把夫人和孩子们送走。

古往今来，离别，总是一件令人伤感的事情。

尤其是在两军对垒，剑拔弩张，胜负难定之时。

但傅作义的面部却带着一点点微笑。他需要这样的微笑。他把夫人和孩子们送上车，然后朝她们挥手，一副很是轻松、随意的样子。

路上有积雪，薄薄的一层。片刻过后，那辆轿车便消失在远方，只留下两道新鲜的车辙，醒目地伸展在傅作义的视野中。

突然，傅作义敏锐地意识到，此时此刻，不光是他一个人目视那辆轿车远去，无形之中，还应当有两个重要人物，一个是蒋介石，一个是毛泽东。

他们会怎么想呢？

∧ 抗战时期的傅作义。

❶ 我军机枪手向敌机射击。

❷ 我军向敌阵地发起冲击。
❸ 我军步入庆祝延安光复大会会场。
❹ 我军在修筑工事，准备迎击来犯之敌。
❺ 我军某部正向敌阵地运动。

聂荣臻
（时任华北军区司令员）

毛泽东同志分析了敌人的心理状态，认为傅作义虽有西逃、南窜两种可能性，但西逃的可能性较大，因为绥远是他的老窝。

这时候，东北我军主力尚未入关，如何在他们入关之前，将敌人抑留在华北，不使其南窜或西逃绥远，这是当时中央军委和毛泽东同志考虑的中心问题。

经过一再分析、研究，决定从20兵团包围张家口、宣化入手。

毛泽东同志指示杨成武、李井泉主动撤围归绥，不使傅作义感到太紧张，随后又迅速包围张家口、宣化，诱使傅作义派兵西援，以便掩护东北我军秘密入关。

我们积极地执行了毛泽东同志的这个战略决策，早在12月上旬平津战役正式发起前，从11月29日夜开始，华北我军就在平绥线上作战了。

所以说，毛泽东同志发起平津战役，文章是从西线做起的。因此，华北的同志有时也把平津战役称之为平津张战役。

——摘自：《聂荣臻回忆录》

★★★★★

杨得志

（时任华北军区第2兵团司令员）

　　1948年10月下旬，辽沈战役即将结束，淮海战役就要全面展开的时候，蒋介石、傅作义为缓和他们在全国难以喘息的重压，调集机械化部队和骑兵，图谋偷袭我党中央驻地——石家庄西北的平山。当时，徐向前、周士第等同志领导的华北第1兵团正在围攻太原，杨成武、李井泉、李天焕等同志的华北第3兵团远在绥远，只有2兵团离石家庄较近。为保卫党中央，我们以清风店战役时的行军速度，从宣化地区越过平绥线，赶到易县、完县、曲阳一线阻击敌人的进犯。傅作义见我们已有准备，遂即缩了回去。11月初，辽沈战役胜利结束，华北战场的大决战——平津战役就要开始了。

　　　　　　　　　　——摘自：杨得志《横戈马上》

第二章

让智慧的目光从
缺口与准星之间穿过

★★★★★　　∧ 1947 年 8 月，时任晋察冀军区第 3 纵队司令员的杨成武在干部会上作报告。

一瞬间，地动山摇。

天空被火光灼红。一群没有见过大世面的麻雀，吓傻了，竟然丧失飞翔能力，纷纷从云端坠落……

枪口在喷火，大炮在怒吼，战马在奔腾，兵车在嘶鸣……

平津战役打响了！华北，处于新生前的阵痛之中！

1. 好一个项庄舞剑

吉普车加足马力沿着一条坑坑洼洼的乡间小路颠簸着向东开进。

西北风夹着坚硬的雪粒，猛烈击打在吉普车帆布篷上，发出噼噼叭叭的声响，像若干只小军鼓在频频敲动。天气好冷，零下二十多度的气温，大肆显示着严冬的威力，释放出无数条无形的游蛇，口吐冷冰冰的信子，直朝人的骨头缝里钻。

坐在车上的华北第3兵团司令员杨成武此时却并不觉得寒冷，他看着车窗外顶风冒雪急速行军的战士们，心里不时腾起一阵阵热浪。连日来，部队像一支离弦的箭，插翅疾飞。把大山甩在身后，把小路甩在身后，把长城甩在身后，把疲劳也甩在身后……每日以50多公里的进军速度赶路，战士们的脚上都打了血泡，但没有一个人掉队！多好的部队，多好的士兵啊，杨成武一眼就认出来了，他们是第1纵队第2旅第4团的。他看到正在队伍中大步行走的这个团的政委杨子安。正是这个杨子安，在行军动员时，响亮地提出"为了完成切断敌人张、宣之间的联系，我们就是爬，也要爬到张家口"的口号，把部队的士气鼓得足足的。瞧，他们这一路走的，多么精神啊，个个如同小老虎，向前扑腾着，威风凛凛！

刚才接到作战参谋报告，唐延杰、旷伏兆率领的第1纵队虽然行程最远，但他们克服了重重困难，现已进入预定的洋河南岸地区；韩伟、李志民的2纵也不含糊，准时抵达了平堡一带；而文年生、向仲华的6纵，仅用三天半时间，就开进了张家口西南的洗马林……这就好啊，杨成武搓搓手，然后把拳头攥了攥，心里说，都到达指定位置了，一场好戏就要开始喽！

就在11月29日这天夜里，随着杨成武一声令下，包围张家口的战斗打响了！

炮火向敌人的外围阵地发起猛烈的攻击。早先，炮兵们过洋河时，踏破薄冰，涉入齐腰深水中，憋了一肚子火，好不容易才把大炮拖上岸，现在，终于有了发泄的机会。

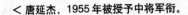

< 唐延杰,1955 年被授予中将军衔。

唐延杰 ——————————◀—

　　湖南长沙人。土地革命战争时期,任红三军团政治部总务处处长、军委办事处第4科科长、红28军参谋长等职。抗日战争时期,任八路军总部作战处处长、副官长,晋察冀军区教导团团长,晋察冀军区参谋长等职。解放战争时期,任北岳军区司令员,冀晋军区司令员,晋察冀野战军第1纵队司令员,第26兵团66军军长、兵团副司令员兼参谋长,华北军区参谋长。

　　他们把一发发炮弹准确地射向目标,让敌人的堡垒和工事变成碎片,被腾起的气浪撕扯着,抛向死亡的天空。

　　在炮火袭击的配合下,步兵的冲锋格外勇猛。在爆炸发出的火光映照下,不时可以看见战士们向前腾跃的矫健身影。接下来,随着敌人的据点,一个个被拔掉,枪声、炮声、冲锋号声、厮杀呐喊声不断延伸,战斗向纵深发展……

　　占领柴沟堡、左卫;

　　占领万全、郭磊庄;

　　占领怀安;

　　占领黄土梁、关家窑、赵家窑、孔家庄……

　　夜色笼罩下的战场,有声有色,精彩纷呈。

　　平津战役的帷幕,就这样轰轰烈烈地拉开了!

　　面对我军的重重包围,张家口守军第11兵团司令孙兰峰魂飞魄散,惊恐万分。

　　张家口是察哈尔省的首府,北达张北坝上,西至山西、内蒙,实属战略重镇。孙兰峰深知傅作义派他率领5万多重兵防守此地的目的与用意。张家口是绥远的通道,是傅作义西撤的一条生命线。现在张家口被围,破城随时都可能发生,这叫孙兰峰怎能镇静自如,不惊惶失措?!

文年生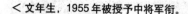

湖南岳阳人。土地革命战争时期，任红一军团 4 师 12 团团长、红一方面军 81 师师长等职。抗日战争时期，任八路军第 120 师 359 旅 718 团团长、绥德警备司令部副司令员、警备第 1 旅旅长兼关中军分区司令员等职。解放战争时期，任冀热辽军区副司令员、冀晋军区代司令员、晋察冀野战军第 3 纵队副司令员、华北军区第 6 纵队司令员、第 68 军军长等职。

汗水止不住从孙兰峰的额头流趟下来，关键时刻，把他搞得十分狼狈。

孙兰峰顾不上擦汗，操起电话，亲自给第 105 军军长袁庆荣下令："快，快，给我冲出包围！全歼共军！"

与此同时，孙兰峰紧急求援，向傅作义发出了一封封电报。

这个夜晚，实在是不平静啊！

远在北平"剿总"司令部的傅作义，看到电文"来势凶猛，重兵包围"，不由大吃一惊：丢了张家口，就等于丢了西撤绥远老家的退路！但傅作义转而又想，不必过分紧张，东北野战军尚在关外，这只不过是华北共军继绥远战役之后的又一次局部行动罢了。于是，他决定派心腹主力、号称"王牌军"的第 35 军，火速前往张家口，实施救援，待给华北共军以重创之后，再调过头来，集中兵力对付稍后入关的东北野战军也不迟！

11 月 29 日，傅作义对率兵增援张家口的第 35 军军长郭景云说："35 军是我 30 年积蓄的心血，它在我心中的地位，你是知道的。此次驰援张家口，千万要小心，快去快回，仗一打完，不要耽搁，立即返回北平！"

当时，傅作义不可能想到，这个其貌不扬，生有一脸麻子，很受他赏识的中将军长，此一去，就再也回不来了，他把自己连同刚刚装备了 400 多辆美式道奇卡车的第 35 军，统统丢在了西去的路上！

< 李天焕，1955 年被授予中将军衔。

李天焕 ——————————————————————————

湖北黄安（今红安）人。土地革命战争时期，任红4军第12师政治部组织科科长、红39军第90师政治部主任、军政治部主任等职。抗日战争时期，任冀中军区第9军分区政治部主任、晋察冀边区政府公安局局长、晋察冀军区政治部组织部部长等职。解放战争时期，任晋察军区、冀中军区副政治委员兼政治部主任，华北军区第3兵团副政治委员、第20兵团政治委员等职。

更让傅作义想不到的是，此次派兵西援，完全是毛泽东事先精心设计、巧妙安排的必然结果。

早在11月19日，林彪曾提议打唐山。毛泽东没有同意。毛泽东认为，过早包围唐山，有可能促使傅作义集团提早南撤。但林彪的提议却给毛泽东从另一个角度进行了有益的思考。毛泽东意识到，既然我东北主力入关前很难切断傅作义南撤之路，那么，是否可以切断他西退绥远的通道呢？从傅作义摆出的一字长蛇阵来看，别看蛇头神气活现，其实要害却在蛇尾，因为蛇尾由傅作义嫡系部队组成，那是他的命根子。于是，毛泽东果断下令，先斩蛇尾，在东北野战主力入关之前，集中华北主力和东北野战军先遣兵团，包围张家口，把傅作义的几个军吸引到平张线上，"以达抑留敌人于平、津、张地区，予以各个歼灭的目的"。

傅作义岂知毛泽东竟然走的是这样一步棋。就在他的第35军主力受命从北平郊区出发之时，傅作义接着又令第104军第258师从怀来乘火车开赴张家口，令驻怀来的第105军第310师增援宣化，令驻昌平的第104师主力调往怀来，令驻涿县的第16军移至昌平、南口一带。这样一来，傅作义尚且不知，他的大部嫡系部队共约10万人，已被毛泽东牵着鼻子走了。等待他的，将是致命的沉重打击！

11月30日下午，获悉敌第35军到了张家口，毛泽东高兴地说："此种形势，对我极为有利。"

随即，毛泽东于12月1日致电杨成武、李天焕并告杨得志等："你们任务是务必包围几部敌人，以便调动东面敌人西援，故不重在歼灭，而重在包围。你们包围几部敌人之后，抓紧筑工事围好，不使跑掉，至要。"

收到电报的杨成武，接连看了好几遍电文，嘴里反复念叨着"至要"、"至要"……然后乐了。

身边的参谋不解，问司令员笑什么。

杨成武边笑边说："你读过《史记·项羽本纪》，知道'项庄舞剑'这个典故吗？"

参谋说："知道。"

杨成武说："知道就好。"

接着，杨成武说："可是有人不知道啊！"

参谋问："谁？"

杨成武说："傅作义！"

2. 这仗打得迷迷惑惑与这仗打得明明白白

郭景云动作不慢。

接到驰援张家口的命令，第35军立即从丰台出发，一路马不停蹄、浩浩荡荡向西急速开进。

这是一支机械化部队，一字排开的400多辆绿色军车，中间夹带着十多辆小卧车、吉普车，宛如长龙，沿着蜿蜒的平绥公路飞奔。卡车上载着全副武装的士兵，卡车后拉着清一色的美式火炮，一眼望去，好不威风！

天，灰蒙蒙、阴沉沉的。风很大，也很猛烈。狂风挥舞长鞭驱赶着细碎的雪粒，铺天盖地向部队袭来，却也挡不住他们的急速驰骋，他们在抢夺时间。张家口是一个溺水的孩子，需要他们在关键时刻伸出一只援救的手。此时，他们正把手伸过去。在他们的手心，攥着满把高高在上、惟有救世主才有的成就感。

35军是"王牌军"。

"王牌军"当然要有这种良好的自我感觉!

11月30日下午,耀武扬威的35军快速抵达张家口。

驻守张家口的第11兵团司令官孙兰峰见到35军军长郭景云,无疑见到大救星。"景云兄,长途跋涉,拔刀相助,你待我真是恩重如山啊!"一席话,十分动情,说得孙兰峰差点落下泪来。

乡下人出身的郭景云,从小逃荒要饭来到天津,曾在大沽盐场干过苦活,为人直爽、实在,再加上从军多年,与共产党军队多次交手,深知被解放军包围是个什么滋味,所以,见孙兰峰对自己的到来感激涕零,不免生出同情之心。郭景云安慰道:"我这不是来了嘛。一切都会好起来的。"

接着,郭景云问起围城共军的情况,都有哪些部队,多少人,具体分布在什么位置?

孙兰峰一一说来。

郭景云一边听,一边在作战地图上标定目标,心想,来者不善啊!杨成武的部队已经从西、南两面对张家口实行了铁壁合围。这就等于人家把磨快的刀架在你的脖子上了,要是再不想办法改变局势,也许明天就得脑袋搬家!

在军人眼里,观看地图就是观看浓缩的山山水水,观看立体的城廓街道,观看微型的工事堑壕,观看隐蔽着的千军万马……此时,郭景云看到了什么,只有他自己知道。

经过深思熟虑,郭景云用红笔在地图上使劲打了一个叉。被这个红色的叉咬住的,是一个名叫"万全"的地方。此地紧挨张家口,孙兰峰刚才说了,那里的"共军"对他威胁最大。

第二天,也就是12月1日,郭景云亲自率领35军会同张家口守军共4个师旅的兵力,向万全发起了猛烈攻击。顷刻之间,炮弹如雨般向这个小小的县城落去,爆炸声此起彼伏,经久不息。地面进攻是在炮火延伸的时候发起的,当先头部队顺利突破城门时忽然发现,先前驻守在城里的解放军早已失踪,至于什么时候撤的,撤往何处,竟一概无人知晓。

郭景云十分恼火——一种在战场上失去对手无法较量的恼火;

郭景云又十分无奈——一种被对手戏弄却又无法还击的无奈。

有个勤务兵不知趣,偏偏在这时候给郭景云递上一条擦脸毛巾,

国民党第35军 ———————————————————————— ◀ ─

　　中原大战结束后，晋系军被迫取消原晋系军番号，按国民党统一番号改编，成立了第
35军，首任军长傅作义。1948年1月，该军新编第32师（第169师）全部和第101师大
部在涞水战役庄疃战斗中被人民解放军歼灭，时任军长鲁英麟自杀毙命。后在平津战役第
二阶段作战中被人民解放军全歼于新保安地区，战后以该军第262师为骨干重建。在战役
第三阶段接受人民解放军和平改编。

∨ 华北军区第3兵团司令员杨成武（左三）、副政治委员兼政治部主任李天焕（左五）、第2纵队政治委员李志民
（左一）与东北野战军第4纵队司令员吴克华（左二）、政治委员莫文骅（左四）会师后合影。

∧ 华北第3兵团由集宁向张家口一带疾进。

∧ 耿飚，时任第 19 兵团副司令员兼参谋长。

耿　飚 —————————————————————— ▶

　　湖南醴陵人。土地革命战争时期，任红 3 军 9 师干部教导队队长，红一军团团参谋长、团长、师参谋长，红四方面军第 4 军参谋长。抗日战争时期，任八路军 129 师 385 旅副旅长、晋察冀军区副参谋长等职。解放战争时期，任晋察冀野战军参谋长，北平军事调处执行部中共方面副参谋长、交通处处长，第 19 兵团副司令员兼参谋长等职。

被郭军长一甩手，掴了一记响亮的耳光。

若是此刻，远处没有传来剧烈的枪声，没准郭景云一怒之下毙了那个倒霉的家伙都有可能。好在枪声及时传来，救了勤务兵一命。

郭景云侧耳听了听枪声，问，那是什么地方？副官说，宁远堡。随后副官补充，是张家口东南方向30里外的宁远堡。郭景云脸色大变，准是"共军"狡猾，调虎离山，诱我攻打万全，然后杀回马枪了。宁远堡一带驻有35军军部和267师，"共军"想端老子的老窝，这还了得！郭景云连忙率兵调头迎战。

这回郭景云又扑了个空，整个过程，几乎是他攻打万全的原版复制与抄袭。"共军"在他抵达宁远堡时，再次主动撤离。有人看见他们向南走了，像一阵掠过树梢的轻风，消失得无声无息、无踪无影。

郭景云性子暴躁，是个粗人。

郭景云忍不住骂街了。

郭景云扯着嗓子喊，这他妈的打得是什么仗啊？有种的，咱们面对面、刀对刀、枪对枪地干他一场！

可是，真等到动真格时，郭景云打仗的功夫却远没有嘴巴硬了。沙岭子战斗便是证明。12月1日，敌军猛烈攻击位于张家口东面我1纵占领的沙岭子，被我击退。12月2日，敌军不甘心，竟然出动了约两个师和部分骑兵，外加宣化方面的部队策应，又来攻打，仍被我击退……

郭景云不由迷惑了，这是怎么回事？在万全和宁远堡，明明可以坚守，你却不守，主动撤离；而眼下，一个小小的沙岭子，你仅用一个旅的兵力防御，却让我数倍于你的大军进攻两日，伤亡惨重，竟无法夺取。

这简直就是一个谜！

然而，战争从来都是真实的。谜，仅是战争真实性的另一种表现形式。当谜底揭开时，战争往往已经进入或者即将进入尾声。

作为交战中的双方，郭景云越是迷惑，杨成武则越是清晰。

杨成武打得是一场明明白白的仗。

12月2日4时，毛泽东致电程子华、黄志勇、杨得志、罗瑞卿、耿飚、杨成武、李天焕，指出：第35军既已西进，程黄应立即出动，取直径向南口、怀来前进，协同杨罗耿、杨李歼灭傅军。杨罗耿应照程黄电直出涿鹿，杨李应照程黄电包围张家口之敌，并阻止敌退张北。

12月3日16时，毛泽东致电程子华、黄志勇、杨成武、李天焕，

∨ 华北第2兵团政治委员罗瑞卿（披大衣者）在平绥前线迎接东北野战军入关作战。

∧ 我军包围张家口之敌后，指战员们在构筑工事。

指示杨、李加强切断张、宣的兵力，重点应放在隔断张、宣两地之敌。

12月4日17时，毛泽东致电杨成武、李天焕：准备和进攻之敌作多日顽强战斗，巩固地切断张、宣联系，不使宣化之敌向张家口集中，是你们头等重要任务。你们使用于切断张、宣联系的兵力，必须是1纵队全部，必要时还应增强若干。

12月4日21时，毛泽东又对上述电文作出补充：杨罗耿务必于5日用全力控制宣化、怀来一段，立即动手构筑向东向西两方向的坚固阻击工事，务使张家口之敌不能东退。毛泽东在电报中强调说：这是最重要的任务，不要忙于攻击宣化之敌，如下花园只有一个团，则歼灭之；如有一个师，亦不要打，只包围之，等候程黄到怀南线后再打。要杨李令第1纵队务必固守张、宣间阻隔阵地，如兵力不足，应增加兵力。如张、宣之敌绕道向北平撤退，杨罗耿、杨李两兵团则应在敌运动中追堵包围之。

12月5日7时，毛泽东再次致电程黄等，强调杨罗耿迅速控制宣化、怀来段，完成东西阻击工事，防止张、宣敌向东，及怀来、南口敌向西，并相机歼灭下花园、新保安诸点之敌。

……

战争通往胜利的轨迹，一目了然。

仗，一旦打到这种地步，还有什么可说的？

3. 全营集合

这是一场恶战。

从早晨天蒙蒙亮，一直打到夕阳西下，已经数不清击退敌人多少次进攻了。华北3兵团第2纵队5旅旅长马龙在他的指挥所，通过观察孔，用望远镜向远处瞭望。他看见通往我军前沿阵地的山坡上，布满了一个个炮弹坑，敌人的尸体随处可见。一棵叫不上名字的大树，只剩下半截树桩，立在那里，被烧焦的某个部分，一缕缕浓烟，继续升腾弥漫着，随风飘散……偶尔，还有零星的枪声响起，但更多的是战场上暂时的沉寂。马龙知道，时间不长，敌人将发动新的攻击。

傅作义的嫡系部队共10万多人，大部分被我牵制在平绥线上的张家口地区。华北第3兵团3个纵队8个旅，一下子包围了这么多的敌人，就好像小网捕大鱼，在兵力上处于优势的敌人岂愿束手就擒？于是，郭景云的35军会同张家口守敌接连组织大规模的分路反击，企图撕破包围圈。这样一来，马龙和他的部队就成了敌人逾越的障碍。他们仗着装备精良、兵力雄厚，要和马龙拼实力。马龙当仁不让。结果拼了一天，部队伤亡不小，尤其是前沿的一部分阵地竟然丢失了，这让马龙压力很大。中央军委明令，敌人从哪个部队的阵地上跑掉，哪个部队的指挥员要负全责。马龙一想到这，心里就发急。他摘下棉军帽，胡乱地在脸上抹了一把汗，然后对身后的一个参谋说，命令预备队，马上展开反击。参谋说，预备队全都用上去了。现在指挥所只剩下一个警卫

< 马龙，1955年被授予少将军衔。

马 龙 ——————————▲——

湖北大冶人。土地革命战争时期，任陕北独立第3团政治委员等职。抗日战争时期，任山西静乐县人民武装部部长，冀热察挺进军第十一支队大队长，晋察冀军区第十一支队31大队政治委员，晋察冀边区政府警卫大队大队长，晋察冀军区独立团政治委员、教导团团长，第4军分区司令员。解放战争时期，任晋察冀军区第10旅、5旅旅长，第20兵团67军副军长。

班……马龙"哦"了一声，才想起，尽管敌人连续进攻，但十分疲惫，黄昏时分正是我出其不易组织反击的大好时机，可是手中无兵，巧妇难做无米之炊啊！

想到这，马龙窝火极了，举拳朝掩体的沙袋猛击，打得泥土纷纷滚落。

残阳如血，红红的。

马龙的眼睛也在充血，红红的。

此时的马龙，看什么，什么都是红红的，如血，更如火，燃烧的火！

就在这个时候，第2纵队参谋长赵冠英走进5旅指挥所。

马龙见到赵参谋长，一点也不客气，说，你来得正好，我都快憋死了，你在这里盯着，我到前面炮兵阵地去一趟。

赵冠英一把把马龙拉住，你哪里也不能去。

马龙眼一瞪，你来了，我还在这里干什么？

赵冠英说，你看看，让杨司令员说着了吧！

接着赵冠英说，杨成武司令员来到设在孔家庄的2纵指挥所，派我来协同你组织反击，夺回阵地。临走前，杨司令特交代，让我一定要当面告诉你，不要搞"红眼战术"，不管三七二十一，豁出命去跟敌人硬拼。

马龙听了，又急起来，说，不硬拼怎么办？敌人搞"人海战术"，一拨一拨地轮番进攻，再不把丢去的阵地夺回来，机会就没了！

赵冠英说，阵地肯定要夺回来。问题是怎么夺，得动脑筋。

马龙挠着头说，还能有什么办法？我把指挥所里能带的参谋都带上，再加一个警卫班，见缝插针，找个空隙，给敌人来个突然袭击，狠狠打他一家伙！

不行，不行！赵冠英说，拼命三郎的活，咱们不干！

马龙说，那你说怎么办？

赵冠英想了想，说，你看这样行不行？

马龙说，快说、快说！

赵冠英说，咱们向友邻1纵借兵。

马龙眼瞪得老大，什么，借兵？亏你想得出来！

赵冠英说，在我方东部一侧，是1纵的一个团，那里暂时没大仗，不如……赵冠英说着，做了一个伸手的姿势。

马龙直摇头，那不太丢面子了吗？日后见到1纵的同志，那还不得把头塞到裤裆里去啦！

瞧你说的，赵冠英说，这是打仗。既然是打仗，就要讲究实际，讲究智慧。当年韩信不是还钻过人家裤裆吗？只要把阵地夺回来，借个兵算什么！咱们来个公平买卖，这次借他的，下次他再借我们的，不就扯平啦！

< 旷伏兆，1955 年被授予中将军衔。

　　见马龙还在犹豫，赵冠英又说，借也不是白借，人家打仗缴获的所有枪支弹药，咱都不要，权当是付给他们的利息。

　　马龙耷拉着脑袋，说，好吧。只此一次，下不为例。

　　赵冠英就给 1 纵首长通电话。

　　第 1 纵队的旷伏兆政委为人爽快，听赵冠英说要借兵，二话没说，问一个团够不够？

　　赵冠英说，别、别，一个营足矣！

　　旷政委当即给邻近 2 纵 5 旅的一个营长下令，让他带领全营到赵冠英那里报到。

　　营长是个大个子，魁梧得很，站在赵冠英和马龙面前，竟把指挥所门外照进来的光亮都给挡住了。

　　营长问，怎么打？

　　赵冠英指着地图，从孔家庄、老鸦庄、小河东岸一直往北打。要打得狠，打得猛，最好打得敌人晕头转向、屁滚尿流，那才叫够劲，过瘾！

　　营长大声答到，是！然后问，首长，还有什么指示？

马龙没说话，只是走上前，将落在营长肩上的尘土轻轻掸了掸。

营长离开5旅指挥部没多久，北边方向就传来激烈的枪炮声。

马龙说，干上了！

赵冠英握着拳头晃了晃，狠狠地打！

从1纵借来的这个营，真是好样的，攻势凶猛，势如破竹，反冲击的效果十分明显。

有参谋不时前来报告：

孔家庄拿下来了！

老鸦庄拿下来了！

小河东岸的阵地拿下来了！……

听说这个营从前方撤下来，赵冠英和马龙立即前去看望。

部队住在一个不大的农家小院子里。

院子里很静，几乎听不到什么声音。有三三两两的麻雀在院墙上栖歇，见有人来，叽叽喳喳交头接耳嘀咕了一阵，接着拍拍翅膀飞走了。

有哨兵把赵冠英和马龙到来的消息告诉了营长。大个子营长冲着院子大喊一声，全营集合！然后，在赵冠英和马龙走进院门时，营长两手抱拳，紧贴腰间，精神抖擞地跑步上前，向他们敬礼！

营长说，报告首长，全营集合完毕，请指示！

俗话说，男儿有泪不轻弹。可是，赵冠英和马龙忍不住掉泪了。他们看见营长身后

> 赵冠英，1955年被授予少将军衔。

赵冠英

　　河南内黄人。土地革命战争时期，任红一军团随营学校教员。抗日战争时期，任八路军115师教导大队队长、晋察冀军区军政学校第3大队大队长、第2军分区参谋长、晋察冀军区司令部参谋处处长。解放战争时期，任晋察冀军区独立8旅旅长，晋察冀野战军司令部参谋处处长，第2纵队参谋长，华北军区第2纵队参谋长，第20兵团67军参谋长，第20兵团副参谋长。

只站着10名士兵！也就是说，一场硬仗打下来，一个营300多个兄弟，现在只剩下这几个人了。为了战胜敌人，夺回阵地，那些英勇无畏的战士们，纷纷献出了他们年轻而宝贵的生命！

现在，这10名穿过枪林弹雨、烽火硝烟，身上不同程度流血负伤，扎着绷带的勇士，像一座青铜雕像，齐刷刷地站立在赵冠英和马龙的面前。

在他们眼里，他们分明就是一座座挺胸昂首的群山；

在他们心中，他们俨然如同一道道钢铁铸造的长城。

2纵参谋长赵冠英和2纵5旅旅长马龙，以标准的姿势立正，随即抬起手臂，五指并拢，贴于眉际，向友邻部队这个营的全体指战员致以崇高的军礼！

4. 这一仗使毛泽东和傅作义都着急了

1948年12月4日，傅作义从北平乘飞机来到张家口。

近几天来，傅作义不厌其烦，每天都是上午9点准时出现在张家口机场，然后乘车来到11兵团司令部，照例是开会、听取作战情况汇报，接着匆匆飞回北平。傅作义此番经历，很像多年以后的"上班族"，为了工作，频繁地在两地之间来回穿梭。只不过"上班族"顶多或乘公交车或开私家车或搭乘地铁，而傅作义不同，他的交通工具非常人能比，是美国造的军用专机。

自郭景云的第35军西援张家口，傅作义的心就被牵了过来。35军是傅作义的心肝宝贝。从1931年起，傅作义长期兼任这个军的军长，直到1942年才忍痛割爱，恋恋不舍地将军长一职交给亲信董其武。1945年鲁英麟接任军长。三年后，涞水一战，鲁英麟兵败自杀，轮到郭景云执掌军印。郭景云虽然作战勇敢，但不免有时骄傲狂妄，这让傅作义隐隐约约不大放心。傅作义不辞劳苦地前来，有关爱，也有压阵的一层意思。

还有一层意思，傅作义是冲孙兰峰来的。孙兰峰是傅作义最亲信的心腹部将之一。在傅作义部队，除了傅作义，官职最高的就数董其武和孙兰峰了。他们二人堪称傅作义不可或缺的左膀右臂。孙兰峰腿部患有残疾，可是他打起仗来勇猛过人，指挥作战也颇有能耐。他几乎参加过傅作义部队所经历过的大大小小战斗，深得傅作义的偏爱。比如，1933年长城抗战时，他任傅作义手下第421团团长；太原保卫战时，任

> 董其武，解放战争期间任国民党华北"剿总"绥远指挥所主任兼绥远省政府主席。1949年9月19日率部起义。1955年被授予上将军衔。

1939年由傅作义晋绥军部队扩编而成，师长安春山，隶属第35军，下辖3个步兵团，全师共约4,000人，参加绥远和华北战场作战。1948年初曾改编为第161师，同年8月又改编为第250师。在平津战役第一阶段作战中，该师在平绥线附近地区被人民解放军歼灭大部。战役第三阶段接受人民解放军和平改编。

第211旅旅长；傅作义离开阎锡山后，孙兰峰接连升任新31师师长、暂编第3军军长和第11兵团司令官。眼下"共军"猖狂，张家口吃紧，孙兰峰紧急求援，他傅作义岂能撒手不顾？孙兰峰离不开傅作义。其实，傅作义也离不开孙兰峰。他和他是一根藤上的两个瓜，命运连在一起了。

最后一层意思，当然是张家口作为西撤绥远的一个重要通道，傅作义不能不加以重视。

不过，傅作义毕竟久经沙场，他从近日敌我双方激烈战斗中，似乎嗅出了什么异

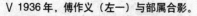

∨ 1936年，傅作义（左一）与部属合影。

常气味。经反复查看地图，平张线上的敌我态势，总让他心神不定，老觉得对手在某个极其隐藏处挖下陷阱，乐呵呵地等着他往坑里跳。于是，傅作义考虑再三，决定这次来张家口，重点解决一些实质性的问题。

傅作义来到11兵团司令部的会议室，孙兰峰、郭景云、袁庆荣以及张家口市警备司令勒书科，还有守城部队的各位师长、旅长们立即起立，一个个站得笔直，向他致以瞩目礼。

傅作义摘下雪白的细纱手套，向众人挥挥手，说，坐下吧。

待各位将领坐定，傅作义开门见山地说，今天召集大家来，只有一个目的，征求防守张家口的意见。傅作义说，你们都是直接带兵打仗的人，熟悉情况，你们说说，怎么防守才能击败"共军"，使张家口固若金汤？

其实，说这话时，傅作义心里却另打小算盘，但他丝毫不显山露水，他要把表面文章做足，以便稳定军心。

这一天是1948年12月4日，正值华北西部一线烽烟滚滚、炮火连天，一刻值千金时，傅作义和他的部属们却能坐在司令部会议室里漫不经心、不愠不火地开会，实属难能可贵。他们东扯葫芦西扯瓢地议论了一番，也没讨论出个眉目，便散会了。

真正有价值的会议是在大会之后的小会。那个所谓征求意见会议结束时，傅作义悄悄把孙兰峰、郭景云留了下来。傅作义直截了当地告诉手下二位将军，说从目前形势来看，坚守张家口已没有什么价值，你们务必心中有数，时刻做好撤退的准备。

接下来，傅作义把自己的想法和安排一一告诉了孙兰峰和郭景云。

就在这个秘密会议临近结束时，傅作义接到一个紧急电话。电话是北平华北"剿总"副参谋长梁述哉打来的，说东北和华北的解放军分别从东北、西南向平张线南口至下花园间疾进，看上去似有切断平张交通线，分割包围我军之企图……傅作义接听时，面色十分严峻。放下电话，傅作义转身向孙兰峰和郭景云通报了来电内容，然后说，我回北平。至于35军的行动，待我回到北平以后电告。

回到北平，傅作义得到报告，密云失守！

傅作义大惊失色，密云距北平近在咫尺。密云失守，就等于"共军"把一柄锋利的匕首抵在他的胸前，对他的威胁简直太大了！

可是这把匕首从哪儿冒出来的？

∨ 抗战时期，时任晋察冀军区代理司令员兼政治委员的程子华。

他怎么事先竟连一点儿迹象也没有察觉？

即使是一只鸟儿从天上飞过，地上也该有它的影子啊？何况"共军"那么多的部队，一下子就吃掉他4个团，共计6,000人！

傅作义问手下，打密云的是哪个部队？

手下人支支吾吾答道，好像是程子华、黄志勇的第11纵队……

傅作义感到一阵眩晕，眼前墙在晃，人在晃，就连地板也在晃……傅作义疑惑地问，没搞错吧，你再说一遍？

手下人战战兢兢地把刚才说的话重复了一遍。

傅作义只觉得有件重物从内心深处轰隆一声坍塌下来。他想，程子华、黄志勇，那不是东北野战军的人吗？怎么出现在密云？莫非……傅作义不敢继续往下想。但又不能不想。于是，傅作义慌慌张张地扑向桌上铺开的作战地图。傅作义看到，解放军的东北先遣兵团占领了密云，而华北第2兵团正向平张线急速挺进，其前锋已经抵达涿鹿地区。这样一来，两路大军便形成了南北夹击的态势，而夹击的目标，则是北平！

由此，傅作义认定共军要打北平了！

在这种错误的判断下，傅作义感到原先放弃张家口的计划难以实施，毕竟部队太多，物资也太多，撤离需要时间。而北平危急，耽误不起。所以，傅作义作出决定，命令孙兰峰依旧固守张家口，让郭景云立即率军撤回北平。北平一旦有了郭景云，就等于安全系数上多了一份保险。

12月6日，郭景云接到命令，随即起程，率领大队人马，在飞机的掩护下，潮水一般向北平泻去……

东北先遣兵团第11纵队攻打密云，不仅让傅作义方寸大乱，也让毛泽东十分着急。这一仗，无意之中搅乱了敌我双方的布局，傅作义要把他的第35军撤回来，而毛泽东当然不乐意。既然调虎离山，岂能放虎归山？于是，毛泽东一面严厉批评东北先遣兵团擅自行动，以至造成了该兵团推迟一天到达指定区域的错误，一面采取紧急措施，命令部队堵住东逃之敌……

一石激起千层浪。

整个华北，已是惊涛拍岸时！

❶我军解放县城后，继续向前挺进。

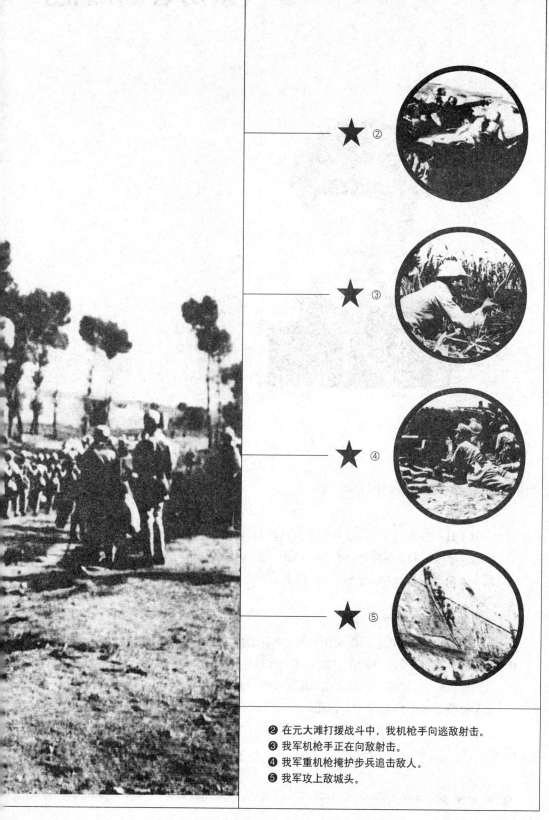

② 在元大滩打援战斗中，我机枪手向逃敌射击。
③ 我军机枪手正在向敌射击。
④ 我军重机枪掩护步兵追击敌人。
⑤ 我军攻上敌城头。

杨成武

（时任华北军区第 3 兵团司令员）

12 月 1 日，敌人分 3 路向 3 兵团各纵队阵地进行了大规模的反击。

东面，敌人扑向 1 纵阵地沙岭子。西面，敌 101 师向 6 纵阵地万全反扑。南面，敌人以两个步兵师和 1 个骑兵旅向 2 纵占领的孔家庄一线大举进攻，企图突破包围圈。

这一天，敌我双方争夺激烈。

3 兵团指挥所设在张家口西南的左卫。离孔家庄很近，枪声听得清清楚楚。当我来到 2 纵队指挥所时，5 旅前沿的一部分阵地已丢失。

太阳偏西时，2 纵 5 旅旅长马龙组织部队反击，经一番激战，夺回了丢失的阵地。

夜幕降临，敌已伤亡几千人，还是未能冲破我们的包围。

——摘自：杨成武《华北第 3 兵团在平津战役的日子里》

唐延杰

（时任华北军区第3兵团第1纵队司令员）

　　我第3兵团突然出现在张家口以西，造成了对敌人的严重威胁，傅作义急令驻北平附近的35军军部率101、267两个师和驻怀来的104军258师，于11月30日分乘火车、汽车增援张家口，105军驻怀来的310师增援宣化，驻昌平的104军269师、250师调至怀来，驻涿县的16军3个师调昌平，增援平绥线上的防守力量。至此，敌军在张家口集中了两个军、6个师和两个骑兵旅，在宣化集中了两个师。傅作义的嫡系部队果然大部被我牵制吸引到平绥线上。

　　　　　　　　　　——摘自：唐延杰《张家口围歼战的回忆》

第三章

一棵树结出了不同味道的果实

∧ 我军骑兵部队正向前线挺进。

★★★★★

天空，飞翔着一只鸟儿。

大朵大朵湿漉漉的云彩，在鸟翼下浮游，像是海市蜃楼中常见的一座座具有魔幻色彩、时隐时现的岛屿。瞬息万变，是这些云彩的主题。

这只鸟儿密切注视着云的变化，在空中继续它的飞行。

这只鸟儿的名字就叫——战争。

1. 向左走，向右走

贺晋年是东北先遣兵团 11 纵队司令员。

贺晋年率部秘密入关，然后经三河、蓟县地区，向怀来、南口一线进发。途中，贺晋年突然接到兵团命令，令 11 纵由前卫变后卫，尽快拿下密云。

密云，位于北平东北方向，地处潮河和白河汇流的三角地带，是平承公路上的一个重要县城，它既是平古路要冲，又是平绥线通道的保障。贺晋年派人侦察过地形，密云城，城周大约 6 公里，墙高 10 米，厚 3 米多，由新旧两城组合而成。城墙四周均有敌人构筑的坚固工事。其中旧城东北角是敌人防御重点，明碉暗堡，重重叠叠。城外挖有壕沟，很宽，也很深，都在 7 米左右。城东南临潮河，西依白河，北靠宝塔山，有天然屏障护卫，易守难攻。城北亦遍布据点，密密麻麻，随处可见……但贺晋年成竹在胸。这位 1928 年加入中国共产党，曾参加过陕北苏区第一、第二次反"围剿"，担任过红 27 军军长，身经百战的将军，根本不把密云的敌人放在眼里。在他看来，城内只有一个保安团，加上伪警察，充其量不过一两千人，打下密云，对于 11 纵队来说，好比杀鸡用牛刀！

夜间，贺晋年接通 31 师师长欧致富和政委谢镗忠的电话。

贺晋年说："你们马上到纵队指挥部来一趟。"

欧师长兴奋地问："有仗打？"

贺晋年说："少废话，没仗打深更半夜的叫你们来干什么？"

欧师长乐了："好多天不打仗，手都痒痒了。还是司令员想着我们。我和政委马上就到！"

欧致富和谢镗忠来到纵队指挥部时，贺晋年司令员和陈仁麒政委正在看地图。桌上已有一盏马灯。大概贺晋年觉得不够亮，他的手里还拿着一盏。马灯把地图涂抹上一层金灿灿的光亮。

< 欧致富，1955年被授予少将军衔。

欧致富

广西田阳人。土地革命战争时期，任红三军团7军供给部排长、第5师15团连长、第13团特派员、红31军教导队营长。抗日战争时期，任八路军总部特务团参谋长、副团长、团长。解放战争时期，任晋察冀野战军热辽纵队第22旅旅长、热河军区热中军分区司令员、第17旅旅长、东北野战军第11纵队31师师长，第四野战军48军142师师长。

< 陈仁麒，1955年被授予中将军衔。

陈仁麒

福建龙岩人。土地革命战争时期，任红22军第66师166团政治委员，军政治部宣传科科长，红七军团政治部地方工作部部长，军委教导师第1团政治委员等职。抗日战争时期，任中共镇源县工委书记，陇东特委组织部部长，陕甘宁边区保安部队政治部主任，警备第3旅政治部主任。解放战争时期，任热河军区第14旅政治委员，东北野战军第11纵队政治委员，第四野战军48军政治委员等职。

贺晋年见欧致富他们来了，连忙招呼："来，看看这里。"

欧师长和谢政委顺着贺晋年手指的位置，看到了地图上已被蓝色画了圈的密云城。

贺晋年十分干脆地说："去，给我把它拿下来！"

贺晋年的话一出口，这个夜晚不再沉寂，战士们热血沸腾了，手中的武器仿佛听到召唤，集体从梦中醒来，而枪口炮口，则如一只只圆睁着的充满渴望的眼睛，紧盯着夜幕中每一个需要打击的目标！

1948年12月3日凌晨，攻打密云的战斗打响了。

猛烈的炮火呼啸着，把大地反复震撼。

空气中充满了火药的刺鼻气息。

爆炸声，此起彼伏，接连不断。

冲天的火光，点燃了黑暗，让夜间一转眼就成了白昼……

很快，贺晋年接到报告，营房、宝塔山、水锅村等敌人扼守的外围据点拿下来了！

贺晋年竟连一句表扬的话也没有。他只是吩咐作战参谋，告诉欧师长，尽快审问俘虏，看看敌情有没有变化？

凭着多年的作战经验，贺晋年有一种预感，敌人好像不止一两千人。你想想，敌寡我众，别说是打，就是吓，一个师兵力的攻击，也早该把敌人吓得趴窝了。

果然，不久贺晋年得知，密云守敌不止一两千人，他们以及13军部分从古北口、石匣镇等处逃回来的部队，合在一起，共计4个团！

敌情的变化，使贺晋年暗暗吃惊，原先想"顺手牵羊"，歼灭敌人一个团，却不曾想到，打着打着，对方却出人意料地冒出了一个师！

怎么办？

是接着打，还是撤？

很多年以后，贺晋年将军回忆起此战，仍旧充满了自责。他说："战场上的情况瞬息万变，虽未可预料，但因侦察工作的疏忽，遗漏了重要敌情是不可原谅的。纵队的重要任务是奔袭平绥线，原来可以弃密云于不顾，只要能通过就行，谁知惹了这个麻烦。事已至此，只有横下一条心打下去。"

随后，贺晋年果断命令已渡过潮河、白河的32师两个团，调回头来，以96团配合31师攻打密云，另一个团为师的预备队，于5日拂晓，开始攻城。

攻城部队分布如下：第31师91团附山炮5门，担任城东北角突破口主攻。93团担任北门助攻。32师96团附山炮8门，由城西南进攻。也就是说，总攻密云的战斗，同时在东北角、北门和南门打响。

我军作战十分英勇。

敌军守城异常顽强。

于是，这一仗打得十分惨烈。担任城东北角突破任务的91团1营，在炮火掩护下，以两个连的兵力连续发起冲击，都未能奏效。一时，部队伤亡很大。

贺晋年在观察所看到这一情况，操起电话冲着31师欧师长大吼："你给我听着，立即把密云拿下来，否则，我要你的脑袋！"

欧致富师长接到电话后，急令主攻的91团迅速组织爆破队，不惜一切力量，突破敌人的防线。

就在这时，从西南角进攻的32师96团报捷，他们在20分钟炮火准备后，打开突破口，越过城墙，突入城内。

这好比在一块顽石上凿入缺口钉下楔子，只待抢起铁锤一记猛击，石头便可开裂！

但敌人垂死挣扎。敌人乘我96团后续梯队没有及时跟上，拼命反扑，不多时，便从两侧把突破口封死。这样一来，已经突入城内的部队即刻身陷重围，情况变得非常危急。在这紧要关头，92团及时赶来，一下子就干掉了敌人两个营，不仅重新夺回突破口，还与96团攻入城内的部队会合，迅速把战斗推向纵深。

城东北角的敌人核心阵地，于14时40分被91团突破。91团集中了5门山炮，一记猛轰，就把城墙轰开了个缺口。几乎是与此同时，北门被93团攻破。至此，密云城已成11纵囊中之物。

黄昏时分，战斗结束。除敌师长带几名随从化装狼狈逃跑外，共歼敌6,000余人，缴获迫击炮6门，轻重机枪160多挺，长短枪2,000多支。

我军亦有损失，伤亡1,500人。

然而，这一仗受到了毛泽东的严厉批评！

毛泽东接到战报，猛吸了几口烟，然后把烟头掐灭。

许是燥热，毛泽东解开棉袄扣子，习惯性地把手插在腰间，面对挂在墙上的作战地图沉思，脸上满是怒容。

为了迅速达到完全分割包围平张线上傅作义的嫡系部队，12月4日16时，中央军委电告程子华、黄志勇等：东北先遣兵团迅速取直径向怀来、南口之线急进，到达后，相机各个歼灭该线之敌，隔断北平与怀来间敌之联系……可是程子华、黄志勇接到命令后，考虑到密云位置重要，控制潮河、白河渡口，如不歼灭该城守敌，兵团的辎重、车辆便难以通过。于是，令11纵拿下密云。其实，东北先遣兵团有所不知，触一发而动全身，密云一仗，竟让傅作义急令第35军及第104军258师快速撤往北平，致使平张线上的形势发生了重大变化！此外，还由于攻打密云，东北先遣兵团耽误了时间，未能按照中央军委的指令，于8日抵达平张线。这样一来，敌35军东逃的可能性越来越大。毛泽东怎能不着急呢？毛泽东随即调整兵力部署，严令一定要堵住敌35军东逃，务必把它牵在张家口附近！

贺晋年没想到密云一仗，竟触动华北西线战场的神经，改变了敌我双方的布局。

贺晋年更没想到，打了胜仗，却挨了毛泽东的批评。

当某一过程的走向朝左运行时，偏偏它的结果在向右行走。

不过，毛泽东的批评让贺晋年口服心服。知错就改的贺晋年在打下密云之后，立即率部挥戈西进，配合东野4纵，先是从敌人的侧背插入，在康庄岔道包围了正准备向西增援的敌16军；接着，将从怀来突围南窜的敌104军余部一举全歼！

毛泽东对东北先遣兵团很快控制怀来一线感到满意。

12月10日，毛泽东在电文中高兴地表示："应传令嘉奖"！

2. 用两天半时间提前打发了一生

人的一生中，不可能不犯错误。

但有的错误不能犯，因为那是致命的错误。

第35军军长郭景云最大的错误在于他在战场上连续三次贻误了时间。而对于兵家来说，时间就是胜利，时间就是生命。

郭景云在时间上犯的第一次错误，是在12月5日接到傅作义命令，急令他从张家口撤回北平的时候。郭景云没有及时带领部队撤离，主要是钱财拖了他的后腿。

早在担任101师师长时，郭景云在张家口办了一个军械修配厂。这个厂成了郭景云的摇钱树。大把大把的钞票从厂里源源不断地流入郭景云的腰包，使郭景云这些年来肥得流油，小日子过得相当滋润。现在忽然要撤，过后张家口极有可能落入"共军"之手，这让郭景云实在舍不得丢下他的修配厂。这个厂子，是郭景云的心肝宝贝，失去它，无异于失去自己的身家性命。郭景云当然不能答应！于是，郭景云情愿让大部队在张家口等上一天，也要把厂里的机器设备拆了，带回北平。

得知郭景云要把厂子搬走，张家口的达官贵人们急了，仿佛末日来临，纷纷找上门来，恳求郭景云让他们随同35军一起撤回北平。

这个说："郭军长，要走，我们一起走啊！"

那个说："郭军长，滴水之恩，涌泉相报。我们不会忘了你的大

∧ 我军某部在进行战前战斗动员。

恩大德！"

这个说："搭你的车一起走，至于路费嘛，我们知道该怎么出。"

那个说："400多辆汽车，每辆替我捎一桶汽油，到北平之后，2/3的汽油归你所有。你看，多划算啊，顺手捎带，几乎不费吹灰之力！"

……

郭景云是军人，也是生意人。

郭景云从络绎不绝的来访者中，看到了商机。他想，反正一人走，是走；十人走，也是走。既然他们愿意伸出脖子让我痛痛快快宰一刀，我又何乐而不为？机不可失，失不再来。没有哪个人和钱过不去。于是，来者不拒，只要给钱，郭景云总是一一满足对方的要求。

贪婪，让历史见缝插针，竟然在炮声隆隆、硝烟弥漫的华北战场，不厌其烦地讲述了一个悲剧人物的悲剧故事！

这个悲剧故事就这样开始了。

直到12月6日中午，郭景云和他因临时捎带非军职人员及其工厂设备而变得臃肿不堪的35军，才从张家口缓缓出发，踏上撤往北平的路程。

此刻，距傅作义向郭景云发出撤离张家口的命令，其间已隔一天多时间。

这一天多的时间，就像一根无形的绳索，套在郭景云的脖子上。可是，郭景云竟然一点感觉也没有。

接下来，郭景云在时间上犯下了第二个错误。

12月6日，郭景云率军，在飞机的掩护下，向北平回撤。

从下花园到新保安只有15公里，而新保安向东不足30公里，便是怀来县城。第35军是机械化部队，按理说，这点点路程对于他们来说，即使不是一泻千里，最起码也是疾走如飞。

但事与愿违。

第35军离开张家口后不久，便遭到对方阻击，整个部队动作迟缓，车队很快停了下来。公路上，如同躺着一条无法游走的蛇。

阻击者是冀热察独立团和当地的民兵。如果让第35军突破新保安，与邻近的第104军会合，无疑对中央军委和毛泽东在平绥线消灭傅作义嫡系部队的战略部署极为不利。于是，在大部队赶到之前，骚扰和阻击敌人，便成了独立团和民兵们的首要任务。他们就像一群攻击性很强的黄蜂,在35军这个庞然大物到来的时候,冷不丁飞上前叮咬一阵。

很是激烈的枪声,让35军军长郭景云感到震惊。他看见车队停了下来,急忙喊来参谋处长贾承祖:"快到前面看看,怎么回事?"

贾承祖带人离去后不一会儿,就返了回来。

贾承祖报告:"军座,下花园以西的路被挖断……"

郭景云说:"我问你这枪声是怎么回事?"

贾承祖答:"小股共军,仅是骚扰,人数不多……"

郭景云脱口骂了一句脏话,然后向参谋处长发出命令,立即派一个团,消灭这一小股前来骚扰的共军。

过后,有人劝郭景云,别与他们纠缠,赶路要紧。

这个敢于劝说郭景云的人,就是副军长王雷震。

副军长王雷震身患伤寒,躺在卧车的后座上,一会儿发热,手心烫人;一会儿发冷,牙齿控制不住,上下咯咯直打架。但他听说部队受阻,郭军长派出一个团的兵力与前来骚扰的共军纠缠,觉得不妥,便在副官的搀扶下,前去劝阻。

王雷震看见郭景云如同一头被激怒的狮子,正暴跳如雷地训斥参谋处长贾承祖,骂他蠢货,无用,只知道吃干饭,一个团的兵力竟攻不下对方的阵地……就知道郭景云丧失了理智。遇小股之敌阻击,本是很正常的事,但与之纠缠不休,便不正常了。于是,王雷震说:"军座,还是不要理睬那一小股共军为好,时间耽误不得啊!"

郭景云正在气头上,见王雷震劝,越发来火。

郭景云说:"雷震,你身体不适,就不要管了。老子不信,就这点共军,能把我们拦住!"说完,他让贾承祖亲自担当督战队队长,要是进攻时哪个敢往后撤,立即把他给毙了!

一个多小时之后,郭景云接到报告,已占领"共军"的阻击阵地。

在这一个多小时里,35军军长郭景云和他的部队就在公路上等着。时间一分一秒地流逝,郭景云撤回北平的机会也在一点一点地减少。但郭景云浑然不觉。

下午2时,当郭景云们好不容易行至下花园时,再次遇到共军的阻击。对于第35军来说,两次受阻和两次解困的过程大同小异,只不过这次花费的时间比上次更多一点。两小时之后,大队人马才得以继续前进。

在华北,冬天,天黑得早,才下午4点多钟,已是黄昏,天地之间的光线渐渐地暗淡起来。

郭景云抬起手腕看了看手表,吩咐随行的参谋处长贾承祖:"传我命令,部队加速前进,赶到鸡鸣驿宿营。"

鸡鸣驿位于下花园至新保安之间,距新保安10公里。

鸡鸣驿起于元代，或是更早的某个年代，由于地理位置的重要，历来为夺天下者所看重。据称，元朝，此驿便是自大都经中都至蒙古旧都哈尔和林的必经之地。蒙元皇帝及贵族夏天北归往往经于此处。到了明代，这一带乃是与北方强敌的争战之地，驻军和官员及其眷属曾一度数以万计。而后，这里渐渐由侧重军驿向邮驿过渡，直至现代邮政兴起，鸡鸣驿才渐渐荒废。

　　荒废了的古驿，道路窄，很不好走。当第35军军长郭景云和他的部队风风火火地赶到鸡鸣山下安营扎寨时，已是晚上9时。

　　夜色浓重。但郭景云还是看见了镌刻在这座虽已破损却尚未倾倒的城门的上方"鸡

鸣山驿"4个大字。就在这4个大字下，副军长王雷震抱病力劝郭景云不要在此宿营。

王雷震说："还是连夜赶路吧，这会儿共军肯定不会歇着的。他们正向我方步步逼近。"

王雷震又忧心地说："军座，夜长梦多啊！"

郭景云军人习性不听劝。

郭景云说："共军的两条腿，哪能赶得上我们汽车的4个轮子。"

郭景云接着说："你就放心好啦，部队实在疲劳，好好睡上一觉，养足精神，明早再走，绝对不迟！"

其实，郭景云这一夜并未睡好，他不断接到情报，说鸡鸣山以北方向出现"共军"，

正沿公路一侧的山坡构筑阻击工事；说下花园一带也发现"共军"，人数不详；说鸡鸣驿四周，"共军"的部队调动频繁……

郭景云睡意全无。

郭景云想来想去，最后还是决定连夜召开会议，商讨对策。不过，与会者都在看军长的脸色行事，见郭景云不提连夜开拔，大家也就很是知趣地不去触动这根敏感的神经，只是泛泛地说，应当派人继续侦察"共军"的动向，应当扰乱"共军"构筑工事，等等。郭景云本来就是刚愎自用的人，所谓开会，对他来说，仅是形式，走走过场而已。于是，郭景云吩咐大家，既来之，则安之，好好休息，养精蓄锐，并布置，明天一早，第267师为前卫，于拂晓发动攻击，摧毁共军的阻击阵地；而大部队则于早晨8时，及时跟进，直插新保安。

就在敌35军夜宿鸡鸣驿时，我华北第2兵团正在加速行军。

毛泽东发来电报："……希望杨、罗、耿能于6日夜或7日早在下花园、新保安线上抓住35军及104军主力……"

套在郭景云脖子上的那根绳索越勒越紧了！

郭景云感到喘不过气来，是在第二天早晨。12月7日6时，郭景云令267师为前卫，以进攻的方式为大部队开道，可是直到中午12时，仍未前进一步。郭景云这才意识到情况不妙。下午2时，郭景云请求傅作义派飞机支援。在这之后，经过4个小时激战，"共军"主动撤离，35军方异常艰难地进入新保安。

就在这时，郭景云犯下了第三个错误。郭景云见天色已晚，前方道路仍有"共军"阻击，即令部队就地宿营。

仍是副军长王雷震提出异议。

王雷震说："军座，应尽量争取时间，想方设法排除障碍，或另行选择道路前进。"

王雷震再三强调理由："一是共军大部队正往这里赶来，情况危急；二是新保安北靠大山，南临洋河，城如锅底，地形对我们非常不利；三是既然奉命速回北平，就没有必要在此住下。往前走，约两个小时，就可抵达怀来，若到了怀来，情况就大不一样了；四是受阻，即使走不出去，也应抢占有利地形，作好应对准备。军座，这一觉实在是睡不得啊！"

赞成王副军长意见的还有军参谋长田士吉。

田参谋长反对在新保安宿营，认为时间拖得越久越被动，他主张连夜进攻，最好能够赶在天亮前越过怀来，赶到八达岭一线……

可是郭景云根本听不进去。

郭景云太相信自己了。

当一个人听不进别人的忠言之时，就成了聋子和瞎子。

就在这一天傍晚，走进新保安的第35军军长郭景云，再也没有离开过这个地方。新保安成了他人生旅途上的最后一站。

细细算来，从接到傅作义撤离张家口的命令起，郭景云尚未率部出发，就延误了一天多时间；后来途中受阻，夜宿鸡鸣驿和新保安，两次时间加起来，大约又耽误了一天。这样一来，郭景云因为错误，损失了两天半的时间。

时间是一个长度单位。

人的生命长度，就是用时间衡量出来的。

从这个意义上讲，在这个寒冷的冬天，郭景云仅用两天半时间，就提前、加速走完了自己的一生。

3. 面对毛泽东的批评

华北第3兵团指挥所设在张家口西南旧怀安东北处，此地离孔家庄阵地很近。杨成武站在山坡上，风儿不时掀动他的衣角，他却像一座雕像，一动不动。他的目光注视着前方。虽然他看不到阵地上敌我双方激烈厮杀的场面，但他可以听到震耳欲聋的枪炮声，可以闻到空气中飘荡的硝烟气味。敌人大举反击，企图突破包围，仗已经打了一天，凭感觉，他知道孔家庄的战斗已进入到了白热化的程度。

11月30日，郭景云率领第35军101师、第267师和怀来的104军第258师驰援张家口。12月1日上午，抵达张家口的郭景云迅速组织了大规模的分路反击。他们从东南面，向沙岭子我1纵的阵地发起猛烈进攻；从西面，由101师向我2纵第6旅阵地发起攻击；从西南面，则以两个步兵师和一个骑兵旅的众多兵力，对孔家庄一线进行反击……真可谓，来势汹汹，气焰十分嚣张！

杨成武惦记着孔家庄阵地，那里由第2纵队5旅驻守。旅长是马龙。面对那么多穷凶极恶的敌人，马龙他们能守得住吗？

此时，远处的枪炮声越来越密集了。

一个征战多年的将军，自然能够听得懂这种由枪声和炮声组合成的语言。于是，杨成武略一思索，然后翻身上马，朝着孔家庄的方向飞奔而去。

杨成武来到2纵指挥所。

2纵代司令员韩伟向杨成武汇报说："马龙打得很艰苦。敌人轮番组织集团冲锋，部队伤亡较大，已有部分阵地落入敌人手中。"

杨成武看了看地图，说："敌人兵力雄厚。但他们打了一天，已是强弩之末。我看，黄昏来临，机会到了，该是我们组织反击夺回阵地的时候了！"

听杨成武司令员这么一说，2纵参谋长赵冠英眼睛顿时一亮："司令员，这差事就交给我吧。我去和马龙一道组织战斗，保证完成任务！"

杨成武笑了。

杨成武说："我不担心你们打仗。敌人疲惫之极，只要找准他的弱点，狠狠打他一家伙，肯定能够获胜。"

赵冠英问："那你担心什么？"

杨成武说："我担心的是马龙。他要是急红了眼，不管三七二十一，搞起'红眼战术'，与敌人蛮干、硬拼，那就麻烦了。所以，你一定要告诉马龙，就说是我说的，沉住气，千万不要头脑发热。"

赵冠英答道："是！"

随后，赵冠英匆匆离去。

就在这天黄昏，2纵5旅从兄弟部队借了一个营的兵力出击，打得敌人丢盔卸甲、

< 韩伟，1955年被授予中将军衔。

韩 伟 ———————————

　　湖北黄陂人。土地革命战争时期，任福建军区独立第8师师长、军区参谋长，红34师第100团团长等职。抗日战争时期，任晋察冀军区军政干部学校军事教育主任，第2军分区4团团长，冀中军区警备旅副旅长，第9军分区司令员，雁北支队司令员。解放战争时期，任热河军区司令员，晋察冀野战军第2纵队副司令员兼参谋长，第20兵团67军军长。

狼狈而逃。

一度丢失的阵地，重新回到了战士们的手里。

敌人被打懵了，打怕了，加上天色已暗，他们不敢轻举妄动，于是，阵地上的枪炮声渐渐平息下来。

但这仅仅是战斗的间隙。

张家口之敌是一头困兽，他们企图突破重围，起死回生。

紧接着，第二天、第三天，他们都在进行突围的努力。他们用炮火作犁，把我方阵地的冻土耕了又耕；他们用枪弹当刀，把孔家庄的树木砍得只剩下短短的树桩……可是阵地仍在我方手里。

又过了一天，即12月4日，战斗仍在继续进行。杨成武获知杨得志、罗瑞卿率华北2兵团7日可抵达下花园、宣化一线，而程子华、黄志勇率东北先遣兵团8日可达延庆附近，便考虑到敌人西逃和北逃的可能性增大。于是，为了防止这种情况出现，杨成武随即适当调整了兵力部署。当晚22时，杨成武致电中央军委：

为防张、宣敌西逃，我们拟调整部署，以两个纵队位于张、宣以北、以西地区，以一个纵队控制于张、宣两侧……第1纵队以一个旅控制于榆林堡以东地区，必要时进击张垣东北地区，该纵队主力控制于张、宣两侧洋河两岸地区，监视张、宣线。又因为担心张家口之敌向西北突围逃跑，而提议第2纵队马上加强到张家口西北。

< 黄志勇，1955 年被授予中将军衔。

黄志勇 ——————————————

江西崇义人。土地革命战争时期，任红7军政治部地方工作团宣传队分队长，红八军团第63团政治委员，红五军团第39团政治委员等职。抗日战争时期，任抗大第4大队主任，军委总参谋部作战科代科长，军事学院政治部主任，陕甘宁晋绥联防军组织部副部长。解放战争时期，任热河独立第14旅副政治委员，冀察热辽军区参谋长，东北野战军第2兵团参谋长，第四野战军13兵团参谋长，湖南军区政治部主任等职。

∧ 1939 年黄土岭之战中，杨成武（左）在前线指挥战斗。

这时候的杨成武，在判断上出现了一个失误，他忽略了敌人会东逃。

其实，关于敌人东逃的可能性，毛泽东在此之前不是没有讲过。

毛泽东说过："使张家口之敌无法向平、津收缩。"

毛泽东说过："以抓住一批敌人不使向东跑掉为原则。"

毛泽东还在12月2日至12月3日连续电致杨成武、李天焕："如果已把张家口包围，并把张、宣联系切断，你们应注意加强兵力，巩固这种切断，务使35军不能和张垣敌人会合，这是最关重要的"；"须加强切断张宣的兵力，因35军既然尚在宣化，我们便不怕张垣之敌向西向北逃跑，重点应放在隔断张、宣两地之敌。"

此后，毛泽东又于12月4日和12月5日，先后6次电告杨成武和李天焕："务使张垣之敌不能东退，这是最重要的任务"；"务必巩固张、宣间阻绝阵地，如兵力不足，应增加兵力"；"如张、宣之敌绕道向北平撤退，杨罗耿、杨李两兵团则应在敌运动中追堵包围之"；"你们必须坚决执行我们历次电令，1纵确保沙岭子、八里庄一带阵地，必要时将2纵一部或全部加上去。"

由此可见，毛泽东对切断张、宣联系，不使敌人东逃，是多么的重视！既然牵着敌人鼻子走，使35军远离了北平，岂有任其回头，重归老巢的道理？！要知道，留住35军，也就等于把傅作义留在了平津。

就在杨成武一再忽略了毛泽东关于防止敌人东逃的提醒时，恰巧战场上出现了一个敌我双方谁都不曾想到的变故，即东北先遣兵团11纵攻打密云。当时傅作义正在张家口，听到"剿总"司令部副参谋长梁述哉紧急报告后，立即飞回北平。这时候的傅作义也犯了一个判断上的错误。傅作义认为解放军攻打密云，目的在于夺取北平。于是，傅作义急令数日前西援张家口的35军立即回撤。而35军回撤这一变故，骤然间便使毛泽东关于防止敌人东逃的可能性，变成了现实。东北先遣兵团11纵是在12月5日拂晓，对密云发起总攻击的。而在此前若干个小时，杨成武向中央军委致电，对兵力部署进行了调整。其间，在这个时间差里，战场上发生的变故，竟成了一次重要的拐点，这是杨成武事先决不可能想到的事情。

还有一个令人想不到的事是，杨成武于12月4日22时发给中央军委的电报，毛泽东直至12月6日3时才收到！当时的通讯条件有限，电报发出后，信号是强是弱，电波在哪里受阻，看来只有天知道了！总之，这份电报从发出到收到，其间相隔了二十多个小时。而对于战争来说，这么长的时间，该会发生什么样的变化？

毛泽东在收到那份迟到的电报时，显得非常着急。这时候的傅作义已经命令郭景云率领35军撤回北平。于是，毛泽东当即起草电文，并于半小时后，以极快的速度致电杨李并告杨罗耿、程黄、林罗刘：

你们必须明白，只要宣化敌4个师……不能到张家口会合，则张家口之敌即不会西逃；如果你们放任宣化敌到张家口会合……则不但张家口集敌9个步兵师3个骑兵旅，尔后能于歼击，而且随时有集中一起向西部逃的危险。只要看敌连日打通张宣联系之努力，就可知敌人孤立两处之不利，而这种孤立对于我们则极为有利。你们必须坚持执行我们历次电令，1纵队确保沙岭子、八里庄一带阵地，必要时将2纵一部或全部加上去，待杨罗耿到达后再行调整部署（必须先得我们批准），不可违误。

就在电报发出3个小时之后，毛泽东紧接着又致电程黄、杨罗耿、杨李并告林罗刘、华北局：

涞水庄疃战役 ———————————————————— —

　　解放战争时期，中国人民解放军晋察冀野战军从1947年12月至1948年1月，在河北省涞水县城和庄疃地区对国民党军进行的围城打援战役。至13日晨全歼国民党第35军新编32师和第101师一部，军长鲁英麟自杀。此役，以杨得志、罗瑞卿为首的晋察冀野战军主力及北岳、冀中军区各一部，共歼灭国民党军1万余人。

　　杨罗耿全部到达下花园地区后，即以一个有力纵队开至宣化、张家口之间，与1纵队在一起确实控制张、宣间沙岭子、八里庄一带阵地，并尽可能向张、宣两方扩展，击破敌人一切打通张、宣的企图，使张、宣两敌各个孤立，以利尔后歼击。……待杨罗耿派出之纵队确实到达沙岭子、八里庄一带与1纵会合之后，杨李即可以2纵加到张垣北面及西北面，与6纵在一起加紧构筑阻击阵地，务须达到使张垣之敌任何时候都不能向北、向西北、向西逃跑。……杨罗耿其余两纵位于宣化以东，隔断宣化、怀来两敌之联系。

　　毛泽东还特别强调："张、宣两敌无论是互相打通联系之企图或向东突围或向西突围或绕道突围之企图，均必须坚决打破之，遇有此种情形发生即全军堵追歼灭之。"

　　然而，毛泽东的电报来得略微晚了一点，就在12月5日这一天，坚守沙岭子的我军第1纵队1旅竟在未经请示的情况下，将部队转移到沙岭子铁路两侧地区，脱离了与35军的正面接触。这样一来，就给了35军一个东逃的机会。

　　其实，1纵1旅一年前在涞水庄疃战役中，就与35军交过手。当时，他们伏击

∧ 东北野战军先遣兵团向张家口一带进发。

了35军军部，打了一个漂亮的歼灭战，致使敌军长鲁英麟兵败自杀。而这次在沙岭子，他们与老对手相遇，仗打得并不顺利。35军连续进攻了3天，直到1旅的部分阵地失守，形势处于劣势时，他们撤出了阵地。

1旅撤出阵地那天，是12月5日，天空突降大雪。鹅毛大的雪片，在西北风的席卷下，纷纷扬扬，下个不停。那时，能见度极差。七八米开外，几乎一片朦朦胧胧的白色。再加上张、宣公路两侧的树木很多，雪落在树上，就像平地竖起了一道高高的雪障，挡住了人们的视线。在这种情况下，35军捡了个大便宜，他们没有遭到任何阻拦，便一路扬长而去。

杨成武发现敌人东逃，觉得问题严重。

12月6日13时30分，杨成武立即将情况向毛泽东作了汇报。

紧接着，两个半小时后，杨成武向毛泽东发出了关于《对没有确实切断张、宣两处之敌的检讨及今后布置》的电文：

我们4日22时电报的部署，对军委批示研究不够，对军委的精神因理解发生错误，所以该部署是错误的。以前我们估计敌向东逃跑可能性（东面无我主力），后知杨罗7日可达下花园、宣化线，程黄8日可达延庆附近。在此情况下我们估计敌人发现后，敌向西逃的可能性增大（敌令骑12旅到张北），我们没有理解到切实切断张、宣联系，既可便于我尔后各个歼敌，又可避免敌集中张垣向西冲逃的危险。这一错误的部署是：第1纵队不应撤到张、宣路两侧，第2、第6纵队不应单纯的再向西面和北面堵击，这不是积极抓住的办法。经军委批示后，我们才理解这是错误的……

毛泽东接到杨成武电报的时候，正在对堵截35军进行部署。

毛泽东一面看着墙上悬挂的地图，一面对作战参谋口述命令。毛泽东要求杨罗耿兵团在沙岭子以东第35军东返北平的第二个必经之地下花园堵住第35军。

但随后，毛泽东很快得知，12月6日，杨罗耿兵力主力正在向涿鹿、下花园前进途中，仅有原来在平、张间的第4纵队第12旅及冀热察军区一部分地方武装于6日晨占领下花园以东的新保安阵地。于是，毛泽东起草了一份发往华北前线的电报：

杨蒙

林罗刘，华北

杨罗耿、杨、并告 ☒☒（一）杨罗耿五日卅
一时电悉。（二）杨罗耿全部到达下花园
地区后，即派一个纵队至宣化炮坛之间与
一纵在一起，确实控制炮宣间沙岭子八里庄
一带阵地，并尽可能向炮宣两方扩展，以
便破敌人一切打通炮宣的企图，使炮宣两敌
各个孤立 ☒☒☒☒☒☒☒☒
以利尔后歼击。（三）待杨罗耿口瓜脏、

79

"现敌已东逃,望你们务必全军立即行动,阻住该敌,如被突走,由你们负责。"

接下来,毛泽东给杨成武回电,表示中央军委同意他们兵团今后作战安排,并再次指出:

"过去违背军委多次清楚明确的命令,擅自放弃隔断张、宣联系的任务,放任35军东逃(35军两个师竟敢乘400余辆汽车毫无阻碍地东去,我1纵队撤至铁路两侧,坐视不阻不打),是极端错误的。"

毛泽东的批评相当严厉!

面对毛泽东的批评,杨成武心服口服。

一个人不可能不犯错误。问题是,犯了错误之后怎么办?

杨成武的态度十分明确,他在承担主要责任的同时,并就此事对部队进行了严肃的批评教育。杨成武随即给部队下达了死命令,知错就改,不准敌人突围!

12月6日,第1纵队重占沙岭子,一举歼灭了由宣化北逃的敌军271师,并俘虏了该师的师长。7日,1纵乘胜解放宣化城。与此同时,第2、第6纵队进一步紧缩包围圈;接着,王平率领的北岳军区及内蒙古3个骑兵师攻占了张北、康保、商都,全歼敌保安第3总队等部,构成了第二道包围圈;而由李井泉率领的晋绥第8纵队及地方部队构成了第三道包围圈。至此,东逃的第35军已经迟滞于新保安,等待他们的,将是全军覆灭的下场!

远在西柏坡的毛泽东,得知战况,甚是欣慰。

毛泽东对周恩来说:"我说过的,天塌下来,有罗长子顶着,也难为他们了,杨李和程黄兵团也均堪庆贺。前一阵把3兵团骂得昏天黑地,也把他们弄得紧张兮兮的,不要心存芥蒂才好。"

毛泽东的批评在先,表扬在后,很让杨成武感动。

很多年以后,杨成武在提及这一段历史时,不由长叹一声道:

"几十年的征战和军旅生涯,毛主席对我和所属部队的表扬不计其数,许多我都记不清了,而对我的批评只有一次,并且十分严厉,对我的教育是极其深刻的,至今我仍记忆犹新……"

< 土地革命战争时期,时任红1师师长的杨成武。

4. 郑维山的一次自作主张

谁都知道，执行命令是军人的天职。

但同时，谁都知道，战场风云瞬息万变，敌变必须我变。

于是，灵活、机智与死板、教条，便成了矛盾的两个对立面。如何把握其中的度，对于战争中的指挥员，无疑是一个极大的难题。

现在，华北 2 兵团 3 纵队司令员郑维山就遇到了这样的难题。

1948 年 12 月 8 日，郑维山率领部队按照兵团首长的命令以最快的速度向新保安抵进。新保安是第 35 军的驻地。高傲的第 35 军军长郭景云下命就地宿营，结果一觉醒来，发现自己成了困兽。远在西柏坡的毛泽东已经决定要在新保安彻底消灭这头困兽。而傅作义舍不得失去 35 军，他派兵前来接应，企图把这一步死棋救活。所以，新保安成了两军必争之地。所以，对中央军委和毛泽东作战意图一清二楚的郑维山，当然懂得自己的肩头责任有多么重大。

在此之前，郑维山收到兵团杨得志司令员和政委罗瑞卿的电报：

……军委已严令我们到达太迟，致敌 35 军得以东突，影响整个作战计划。现在我们确实围着敌 35 军于现在地区，并隔绝与怀来的联系。如果跑掉，由我们负责。我们已对军委负了责任。因此，我们也要求你们严格而确实地执行我们的一切命令，谁要因疏忽或不坚决而放走敌人，一定要追究责任……

这就是说，围堵并消灭敌 35 军，是一道让郑维山容不得打半点折扣的死命令！

然而，就在郑维山率部抵近新保安时，情况忽然发生了变化。当日上午 11 时，郑维山接到侦察分队报告，在新保安东南一带发现敌人……郑维山立即打开地图，将目光锁定在离新保安东南方向约 10公里的土木地区。

郑维山吩咐参谋："尽快联络一下，看看土木地区有我军的哪些部队？"

参谋打了电话后汇报说："在那一地区没有我友邻部队。"

郑维山大吃一惊，难道说，这一带成了我军的盲区？！

再看地图，郑维山眼睛不由瞪得老大。郑维山看到，一支部队

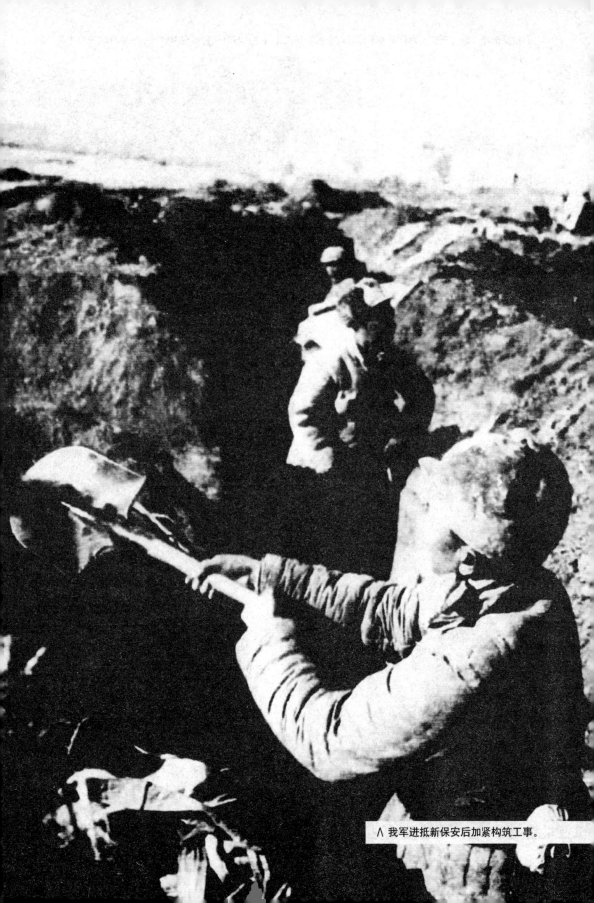

∧ 我军进抵新保安后加紧构筑工事。

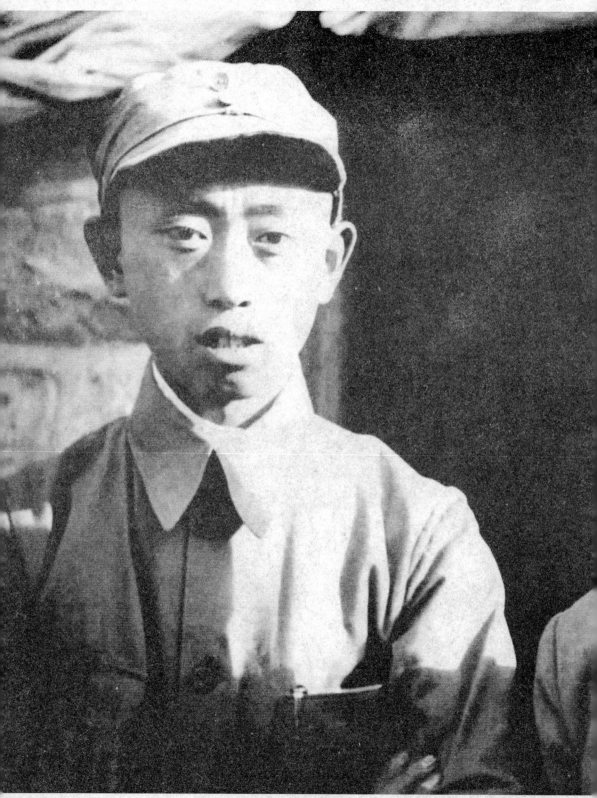

沿平张公路西行遭到阻击,然后正设法避开正面的阻击阵地,跳出火力控制的范围,绕道沙城南,紧靠洋河北岸西进,企图隐蔽接近新保安……

这是一支什么部队呢?

这会是一支什么部队呢?

显然,答案是肯定的,是一支敌人的部队!

从这支部队行动轨迹来看,郑维山确定他们是敌104军,也就是傅作义特地派来西援敌35军的部队。现在情况越来越清楚,形势也越来越严重,这支西援部队与35军相隔仅仅4公里,要是他们相互打通联系,汇聚在一起,后果不堪设想!

时间紧急,郑维山拿起电话与兵团指挥部联系。

可是偏偏在这关键时刻,电话不通。

怎么办?

这时,有两个不同的声音在郑维山耳畔响起。

一个说:立即堵截西援的敌104军!

一个说:我们的任务只是打35军!

一个说:决不能让104军与35军会合!

一个说:没有上级命令万万不能擅自行动!

……

作为纵队司令员,郑维山曾经在战场上果断下达过许多命令。

但这一次实属例外。他感到异常困难。毕竟在这之前,兵团有过电报,"责任"二字像座山,压在他的心头。他知道,这一步迈出去,事关重大啊!

可是郑维山思索片刻,最后还是决定先斩后奏,他一边令参谋继续与兵团指挥部联系,一边改变部署,令9旅配属7旅一个团,继续担任围堵35军的任务,自己则亲自率领8旅和7旅(欠一个团)东出阻击西援的敌104军。

这是一次没有上级命令的擅自行动。此时,郑维山顾不得那么多了,他满脑子只有一个念头,不能让敌104军与35军打通联系,那样,郭景云的部队就会在西

∧ 耿飚，解放战争时期曾任华北第 2 兵团参谋长。

援之敌接应下，由新保安突围，往东扬长而去，致使我军的一切努力付诸东流。

郑维山是个认准了理，绝不回头的硬汉。

他早已把个人的荣辱置之度外。

他豁出去了。

当郑维山带领前卫团来到沙城西南的宋家营村西时，与敌人遭遇。枪声异常激烈，郑维山从激烈的枪声中，断定对方就是他们要阻击的敌104军。于是，郑维山立即下令7旅在碱滩、马圈地区构筑三线阻击阵地，从正面阻击敌人；令8旅进至沙城东南侧，配合7旅，从侧后进行阻击；为了增加兵力，特令从围堵35军的9旅抽调一个团，部署在马圈和新保安之间，作为二梯队；纵队指挥所则设在沙城西南方向的小高地附近。

敌104军原以为改道，通过迂回，就能投机取巧，人不知鬼不觉地避开对方阻击，接应35军，谁知刚刚抵达宋家营，便与解放军迎面相遇。这使敌人暗暗吃惊。他们不知道作为空白地带的宋家营为什么会出现大量的"共军"？难道"共军"插翅飞过来的吗？简直不可思议！

挨了当头一棒的敌104军，凭借武器装备先进，发了疯似地向我阻击阵地猛烈攻击。他们知道与急待援救的第35军相隔仅仅4公里，只要在相互之间开辟出一条通道，便稳操胜券。

可是郑维山寸步不让。

阻击阵地仿佛是棋盘上一条不可逾越的楚河汉界，把对方的车、马、炮毫不客气地统统阻挡在外。

12月9日早晨7时许，气急败坏的敌104军，在12架飞机和密集炮火的掩护下，再次向我阵地发起猛烈攻击。与此同时，被围困在新保安的第35军见援军接近，也遥相呼应，拼命挣扎，集中火力，向东突围。

形势一时显得非常危急。

时任华北2兵团参谋长的耿飚在很多年后回忆说：12月9日，突然接到报告，3纵司令员郑维山自作主张，竟然在围堵35军的重要时刻，将8旅和7旅的两个团从新保安外围拉到城东南的沙城、碱滩一带，打敌104军去了……于是，兵团给3纵下了一道严厉的命令，要郑维山把部队撤回来。如35军逃跑，他要对自己的行动负完全责任。

接到兵团来电，郑维山知道上级没有领会他此行的作战意图。他被误解了。俗话说，军令如山啊！郑维山如果继续坚持自己的行动，便是抗令；而抗令，军法不容！

　　郑维山处于两难之中！

　　是撤兵，还是继续作战？

　　战胜敌人的前提，在于战胜自我。郑维山毅然选择了后者。

　　作为一个指挥员，应当把自己的作战重点放在那些对全局最重要、最有意义的动作上。既然不让35军逃跑是全局，那么，眼前惟有粉碎接应之敌，才能更有效地围歼35军。郑维山坚信，自己根据战场变化，从战役全局出发，作出的临机处置，应当是正确的。

　　随即，郑维山复电兵团，除简明扼要说明情况外，还希望立即增兵，增援一至两个团。

　　兵团指挥部很快收到电报。杨得志司令员当即吩咐参谋长耿飚："命令4纵增援3纵，不得有误。"

　　中午时分，敌104军又发起了新的一轮进攻。

　　双方很快进入了胶着状态。

　　阵地多次失而复得。

　　枪炮声和厮杀声，震耳欲聋……

　　就在这个紧要关头，援兵到了。4纵参谋长唐子安亲自带领两个营前来参战。

　　战壕里，郑维山紧紧握着唐参谋长的手，什么话也没说。但郑维山心里明白，兵团首长已经理解并支持了他自作主张把部队拉出来阻击104军的行动。

　　就在这天黄昏，敌104军终于在我军勇猛打击下，丢盔卸甲，四处溃逃……

　　当时，置身于具体战斗中的3纵司令员郑维山，也许还没有来得及从战役的高度，清楚地认识到自己的这一次擅自行动，对于歼敌于平绥线有着什么样的重大意义。然而，事隔多年，当年的华北2兵团参谋长耿飚，在他的回忆录中这样写道：

　　"正是郑维山同志这一行动，使新保安之敌待援突围的希望破坏，只能固守在城里了。"

　　这是历史的声音！

∧ 唐子安，1955 年被授予少将军衔。

唐子安 ━━━━━━━━━━━━━━━━━━━━━━━━━━━━ ◀ ━━

　　湖南湘潭人。土地革命战争时期，任红 12 军第 19 师 57 团副连长，红三军团第 5 师连长，红五军团第 13 师 37 团营教导员、营长，军团侦察科副科长。抗日战争时期，任晋察冀军区军政学校教务主任兼队长、第 3 军分区参谋长、第 3 军分区游击军司令员、晋察冀军区第 3 军分区参谋长，骑兵团团长，冀晋军区参谋长。解放战争时期，任晋察冀军区第 4 纵队参谋长，第 19 兵团 64 军副军长。

❶我军骑兵部队。

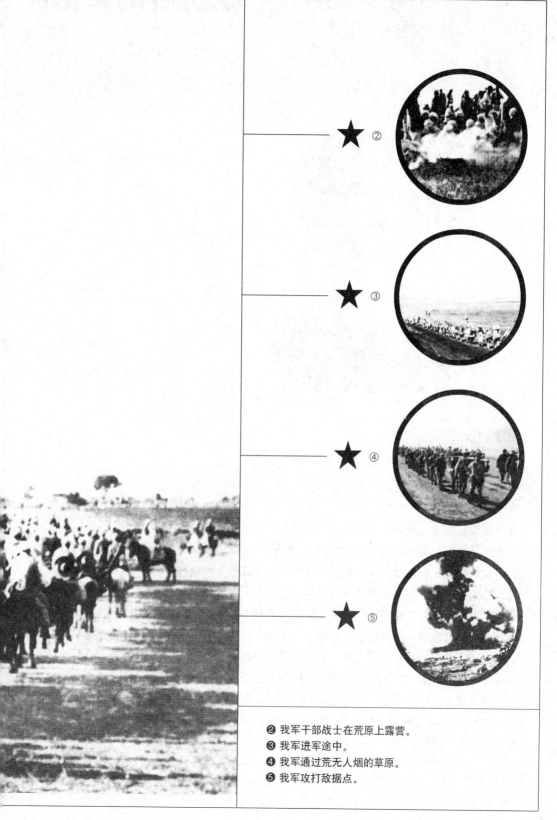

❷ 我军干部战士在荒原上露营。

❸ 我军进军途中。

❹ 我军通过荒无人烟的草原。

❺ 我军攻打敌据点。

郑维山
（时任华北军区第2兵团第3纵队司令员）

　　（国民党）第35军在新保安陷入重围，这是毛主席巧妙调动敌人的结果。敌人的愚蠢狂妄也是原因之一。35军军长郭景云在傅系军官中，素以勇猛骄横著称。这次他从张家口东撤，如接到命令立即行动，有可能逃到北平。当时，我们华北2兵团和东北先遣兵团，虽向平绥路疾进，但都还有3天路程，35军又配有足够的汽车，我少量地方部队阻袭，是难以挡住的。可是郭景云以为来时一天赶到张家口，回去也没有谁能挡住他的去路，他为多拉些物资，竟拖到6日下午才出发。刚过宣化，遭我地方部队阻袭，他没有督师前进，反而在鸡鸣驿宿营。这就前后耽误了一天两夜时间，使我原在平绥路附近的4纵12旅，先敌占领新保安，作好了阻击准备。7日，当其继续东进时，12旅在冀热察军区部队的配合下，顽强阻击。傅作义虽派飞机助战，也未能突破我阵地。战至下午3时，12旅主动撤至新保安以东新的阻击阵地。天黑前，35军全部猬集于新保安城内，这就注定了这支所谓"王牌"军全军覆灭的命运。

　　　　　　　　　　　　　——摘自：郑维山《平津战役中的华北第3纵队》

★★★★★

王雷震
（时任国民党第35军副军长）

（12月6日）我在新保安东门对他（指郭景云）说："上路虽然破坏，下路还可通行。"并就地图上指出另一条行进路线，即由新保安经东八里、沙城以南通怀来之大道，同他研究。因此路我过去走过，路还好走，并有熟悉这条道路的人作向导。我还指定了工兵连配属前卫，担任修路任务。他当时同意了这一措施，并且下达了继续前进的命令。但是就在所有部队均已上车，汽车即将开动之际，他突然又发出口令，高声喊："驻下吧，待明天再走！"不知怎的他又变卦，决定不走了。对此，我已身在病中，行动不便，也无可如何。回忆我在1948年2月间回任第35军副军长时，傅作义曾对我说："第35军要你负责任。"这时，我自己想：郭景云这样刚愎自用，怎肯听从我的话？而第35军就这样在当日的夜间，被解放军包围在新保安了。

——摘自：王雷震《第35军在新保安被歼纪实》

猫捉老鼠常玩的
一种游戏

★★★★★

∧ 1948 年 3 月，毛泽东自陕北前往西柏坡途中。

面对猎物,你完全可以扑过去,把它撕得粉碎。可是,你却不着急。捕获它,是迟早的事。它是你的襄中之物。现在,你只是静静地看着它。目光是一把利剑,气势是一把利剑,威慑是一把利剑,时间也是一把利剑⋯⋯那么多的利剑在它头顶高悬,可想而知,它会是一种什么样的痛苦而又绝望的感觉。引而不发,等同于力量、信心和控制力!

1. 把拴牛鼻子的绳索握在手里

第35军一路东撤,磕磕绊绊地来到鸡鸣驿,已是12月6日的晚上9点。军长郭景云不听副军长王雷震的劝说,固执地下令就地宿营。

当郭景云疲惫不堪地躺在行军床上准备休息时,有一个人正站在远处以轻蔑的目光望着他。这个人就是毛泽东。

就在昨天,也就是12月5日的早晨,毛泽东曾电令杨得志等:"杨罗耿应迅速控制宣化、怀来(不含)段,完成东西阻击工事,防止张宣敌向东及怀来、南口敌向西,并相机歼灭下花园、新保安诸点之敌⋯⋯";接着,又于6日6时,对围歼张家口、宣化、怀来诸敌作出部署:"杨罗耿全部到达下花园地区后,即以一个有力纵队开至宣化、张垣之间,与1纵在一起确实控制张、宣间沙岭子、八里庄一带阵地,并尽可能向张、宣两方扩展,击破敌人一切打通张、宣的企图,使张、宣两敌各个孤立,以利尔后歼击。"可是时值6日晚,杨罗耿兵团主力仍在急行军之中,并未到达宣化段铁路线。这样一来,在平张线怀来至新保安之间,只有华北2兵团4纵12旅和冀热察军区独立第7师及两个独立团。原先,仅是这一部分部队在2兵团主力抵达之前能否挡住敌35军,还很难说,毕竟35军武器装备好,兵员充足,亦有一定的作战经验。然而,恰恰这时郭景云犯了一个极大的错误,他在鸡鸣驿的宿营,在时间上为我军提供了一个机会。要知道,在双方激烈交战的战场上,一夜时间,将是多么的宝贵!于是,不失幽默感的毛泽东开了一个玩笑,他指着地图上的鸡鸣驿说:"感谢你啊,郭军长,但愿我2兵团主力的急行军,不会打扰了你的一夜好梦!"

12月7日凌晨2时,毛泽东发出电令:"⋯⋯望杨罗耿全力在宣化、下花园线坚决堵击⋯⋯"

接到毛泽东电报的杨得志,正率部夜渡洋河。

洋河不算宽，但没有桥。

洋河也不算深，经测量，最深处水至胸部。

然而，困难处在于，天气太冷。华北的隆冬腊月，水温极低。河面上结着一层冰，大部队经过，冰即被踏碎，人便全部浸在水中。刺骨的冰水像成千上万把刀子，在划割着过河将士们的皮肤。许多战士冻伤了，但没有一个人吭声。

一条冰河，岂能挡得住一支钢铁的洪流！

正在此时，杨得志接到毛泽东的电报。杨得志即刻下令："命令12旅不惜一切代价，坚决堵住35军，一定要坚持到大部队赶到！"

同时，杨得志给3纵、8纵和4纵的两个旅发去电报，令其务必加快行军速度，要拿出"拼命三郎"的劲头来，往35军的前头赶，往新保安赶！

时间就是胜利！

快速前进、前进！

站在岸边，杨得志看见大部队正以更快的速度通过洋河；而已经涉水过河的将士，登上对岸，身上的棉衣棉裤立即结成了冰，像是披上银盔铁甲，走起路来，嘎嘎直响。远远望去，竟也威风凛凛……

仅仅一个小时，洋河便落在大部队的身后。

夜色之中，与杨得志司令员相隔百里之外的4纵12旅，也在急行军。这支由纵队政委王昭率领的部队，在4纵主力南下保卫石家庄时留在了平绥路，他们频繁活动于平绥铁路和大洋河以北、新保安以东地区，主要担任牵制敌人的任务。现在，历史给了他们一个建立功勋的极好契机，也就是说，他们的位置正处于平张线怀来至新保安之间，他们离敌35军最近。华北2兵团若要在新保安地区挡住35军，作为先头部队，非他们4纵12旅莫属！

王昭是一位智勇双全的将军。王昭的老家在河北平山天井村。1932年，他参加革命时，年仅15岁。别看他那会儿年纪小，却是老资格，是八路军359旅"平山团"的创建人。在晋察冀，王昭可是一个大名鼎鼎的人物。他打仗勇猛，机智灵活，威震敌胆，屡建战功。只要提到他，没有哪个不竖大拇指的。这次，杨得志司令员把堵截35

> 红军时期的杨得志（右）与战友合影。

军，抢占新保安的任务交给他和他率领的部队，杀敌的激情便在他的胸中如潮奔涌。

在夜色的掩护下，王昭率领 12 旅，一路疾飞，像支离弦的箭，向新保安射去。

敌 35 军仍在鸡鸣驿睡大觉。他们睡得很舒服，很自在，根本听不到有一支奇兵正在急速赶路的脚步声。此时，他们已经落在那支奇兵的后面了。但他们丝毫没有察觉。等天亮，当他们一觉醒来，便会突然发现，他们正准备前往的那个新保安，已经出奇不意地成为对方的占领地。

而眼下，鼾声仍在响着。

而眼下，寒风仍在刮着。

而眼下，4 纵 12 旅仍在急速行军。

当 4 纵 12 旅接近新保安时，天仍未亮。

新保安守城之敌一个营，大约 300 余人。王昭不想动枪动炮。要想拿下敌人的一个营，对 12 纵来说，小菜一碟。但在这个即将来临的早晨，王昭觉得还是不费一枪一弹，静悄悄地拿下城池为好。城里还有老百姓，屋檐下还有熟睡的麻雀，我们干嘛要惊动他们呢？于是，王昭让一队士兵装扮成国民党军，然后由他们大大咧咧地向新保安的西门走去。

守城的敌兵发现有人前来。

敌兵睡眼朦胧，嘴里含混不清、嘟嘟囔囔道：

"什么人？"

"瞎了狗眼啦，你看老子是什么人？"

"哦，是自己人啊？"

"自己人！"

"哪部分的？"

"35 军。"

守城的敌兵不吭声了。他们知道 35 军朝这边开进，只是来得稍稍早了些。但这早与晚和他们当兵的有什么关系呢？既然没有关系，当然是放行啦。敌兵便打开了城门。

自称是"自家人"的这支部队，进入城内，迅速缴了守城敌兵的枪械。敌兵直发愣，说你们这是干嘛，我们是自家人啊？解放军指战员就笑，谁跟你是自家人啊！说着，脱下了用于伪装的国民党兵军服。敌人傻了眼，你们……你们……是解放军啊……

王昭看了看手表，只用 20 分钟，便解决战斗，拿下了新保安。

天亮了。一抹朝霞，从灰蒙蒙的晨霭中突出重围，悬挂在天空。新保安迎来了新的一天。

新保安是敌 35 军东逃北平的必经之路。

新保安一夜之间被我军攻占，让第35军军长郭景云恼羞成怒，他咽不下这口气，扬言，非要拔掉这颗拦在路上的"钉子"不可。于是，12月7日，就在我军占领新保安后不久，郭景云率部在18架飞机的空中支援下，气势汹汹地向我阵地猛扑而来。

王昭是一个聪明人，面对敌强我弱，果断决定部队撤出新保安。他不在乎一城一地的得失，不在乎丢弃坛坛罐罐。他在乎的是如何拖住敌人，不让敌人逃窜。而要做到这一点，最好的办法，就是要打巧仗，拖延时间，等待兵团主力部队的到来。

主动撤出新保安的4纵12旅，一点也没闲着，他们在旅长曾保全、政委李志民的部署下，由36团进至西八里、辛庄、水泉等地，构筑起第一道阻击工事，并在东黄庄高地利用斜切地形构筑工事，防止敌人从右侧迂回东逃；24团向西菜园、火车站一带发展，构成第二道阻击阵地；35团东退至五里台、东菜园、东八里及其东北侧，构筑第三道阻击阵地。如果从地图上看，这三道阻击阵地，恰到好处地把新保安地区的公路、铁路切成三断。那么，35军即使占领新保安还有什么意义呢？新保安将是一只囚笼，成为敌35军的葬身之地！

敌35军已被我军牵着鼻子走了。

敌35军进入新保安后，郭景云总是忐忑不安。共军是主动撤走的。共军为什么要把新保安留给他？郭景云不禁想起前不久攻打万全县城和宁远堡，也是空城。共军有意唱空城计而郭景云已经上了两次当。此次，共军会不会故伎重演？

一想到这，郭景云不由倏地出了一身冷汗。再看新保安城，郭景云觉得此地地形不利，地区狭隘，不宜久留，还是尽快向怀来行进为好。于是，郭景云下令部队出发。

可是他们进城容易出城难。

他们前进的道路被我4纵12旅堵得水泄不通。

4纵12旅的指战员们，凭借构筑的三道阻击阵地，积极主动，节节抗击，经过激战，迟滞、消耗和阻住了3倍于我的敌人。致使敌35军，拿出吃奶的劲头，打了整整一天，竟然只向前推进了4公里！

> 李志民，1955年被授予上将军衔。

李志民

湖南浏阳人。土地革命战争时期，任红三军团政治部保卫大队政治委员，红5军第6师7团政治委员，红三军团保卫局二科科长，中央军委直属第81师政治部主任等职。抗日战争时期，任晋察冀军区组织部部长，第4军分区政治委员，冀中军区副政治委员。解放战争时期，任晋察冀野战军第3纵队、第2纵队政治委员，第20兵团政治部主任，第19兵团政治委员。

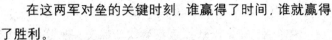

在这两军对垒的关键时刻，谁赢得了时间，谁就赢得了胜利。

12月8日拂晓，4纵11旅33团、32团、3纵9旅先后赶到；随后，我华北2兵团主力也抵达新保安城郊。

此时，拴住敌人牛鼻子的绳索，已经牢牢掌握在我军的手里。

2．"锁钥重地"的钥匙在哪里？

新保安是一个镇子。

镇子不算小，面积约有1平方公里左右。

镇子里住有两千多户人家，其中经商者居多。

早在明万历之前，新保安叫李家堡，后开始修城，更名为新保定，清康熙年间，又更名为新保安。那时，新保安虽然以镇建制，但级别较高，镇上建有府衙，以显示张家口至北平之间要道的重要。新保安有城墙环绕全镇，城高12米，顶宽6米，若是赶着两辆牛车并排行驶，绝不会觉得道路狭窄。整座城，分东、南、西三道门，严格按照"城池三门"的规格建造。每座城门十分高大，门楼耸立，具有威镇八方的意味。城内布局工整而又合理，城中心是钟阁楼，东、西、南、北4条街，分别向四周延伸。而钟阁楼内，有一口大钟，此钟敲响，清脆嘹亮，全城都可听到。更为珍贵的是，钟阁楼四壁凿有大字，西为"耀武"，东为"兴文"，南为"纲纪上游"，北刻"锁钥重地"。据说，"锁钥"二字出自五朝名臣寇准镇守大名府时的"北门锁钥"，钟阁楼的建造人之所以把"锁钥"用在这里，其含意，不外乎是强调新保安地理位置的重要。

别看第35军军长郭景云是个粗人，平时却喜欢弄点典故什么的装点门面，以显示自己文武双全。当他得知钟阁楼刻有"锁钥重地"4个大字时，联想到眼下的处境，不禁在心里询问自己，既然是"锁钥重地"，那么，开锁的钥匙究竟在哪里？要是能找到那把顺利通往北平的钥匙，他和他的35军就可以顺理成章地化险为夷，走出困境！

　　说实话，郭景云一点也不喜欢新保安，他觉得整个城池内的所有道路都通往钟阁楼，或是更为精确地说，通往钟阁楼内的那口悬挂着的大钟。而那口大钟不仅有"终"的谐音，还有丧钟的意思。自从进入新保安，郭景云就没有顺利过一次。第一天，仗打得昏天黑地，仅仅推进了4公里；第二天，又组织进攻。他先是派了主力第101师的一个团打头阵，其他部队则乘汽车快速跟进。但失败了。后来他增加兵力，派了两个团，仍旧被对方堵了回来。最后，郭景云急了，竟动用267师加101师的两个团，由他亲自指挥，发起集团冲锋。结果，还是不行。你想想，一个师加两个团，那得多少人啊，竟然……真是太不可思议了！

　　迷惑不解的郭景云，并没有从自身的角度寻找原因，而总是在想，冥冥之中一定有一只无形的手在左右战局。那只无形的手上，肯定攥着一把开启"锁钥重地"的钥匙！

　　他很想得到那把"钥匙"……

　　距新保安不远的赵家山，是地处燕山山脉西侧八宝山地段的一个小村子。这里住有二十几户人家。要是不仔细观看，外人不可能知道华北2兵团指挥部就设在村中某户老乡的家里。

　　此刻，就在郭景云苦思冥想，企图得到那只神奇的顺利通往北平的"钥匙"时，毛泽东给2兵团发来电报，要求杨罗耿对新保安之敌采取迅速构筑多层包围阵地，长久围困，待命出击的方针。

　　毛泽东之所以发来这样一封电报，出于如下考虑：即平、津地区的国民党军队没有向西安、郑州、徐州逃跑的可能。因为在这个方向上，有我西北野战军和华北1兵团，以及中原、华东的两个军，这是敌人无法逾越的障碍。他们想往绥远逃窜的机会看来也不大，平绥线上有我多个纵队把守，敌人插翅难逃。那么，他们会向青岛逃跑吗？虽然我军在天津、济南、青岛之间没有布兵，但敌人若从天津经济南到青岛，路程遥远，何况我军可随时从徐州前往胶济线进行截击，恐怕敌人也不会冒这个险。其实，真正要防止敌人逃跑的路线是海路。这一点毛泽东和中央军委看得十分清楚。因为我东北野战军主力大部这时刚刚抵达冀东地区，距平、津、塘还有数天的路程，此时，塘沽海口控制在敌人手里，敌人仍有逃离的条件。另外，还因为中原和华东野战军大约在十天之内即可解决被围的黄维及杜聿明集团。届时，蒋介石虽然痛心疾首，但他肯定会调整部署，极有可能启用在上海待命的几十艘船只北上，接走平、津、唐之敌。否则，蒋介石的老本就要输光，他岂会甘心？！

　　为了防止敌人从海上逃跑，实现就地歼灭傅作义集团的既定方针，毛泽东和中央军该师原为晋系军第67师，1935年底前后改番号为第101师。1937年11月，该师改隶傅作义之第35军，由该军第73师第218旅旅长董其武继任师长。1940年6月，郭景云继任该师师长。解放战争时期，在平津战役第二阶段，被人民解放军全歼，少将师长冯梓、少将副师长常效伟等被俘。战后重建第35军军部和第101师，由副军长朱大纯兼任师长。在第三阶段接受了人民解放军的和平改编。

∧ 我军某部战士利用敌人工事向新保安守敌射击。

委及时作出了"隔而不围"、"围而不打"的部署，变傅作义这只"惊弓之鸟"为"笼中之鸟"。即要求东北野战军和华北第 2、第 3 兵团从 12 月 11 日至 25 日两个星期内，对平张线上的张家口、新保安等地之敌只作战役包围，不作战术攻击；对北平、天津、塘沽等地之敌只作战略性分割，隔阻敌人相互之间的联系，不作战役包围，以便整个部署完成之后，再把敌人各个歼灭。

除上述安排，毛泽东还特地命令中原和华东野战军，给杜聿明集团留下两个星期的存活期，以便让蒋介石难下决心从海上撤走平津部队。

身在平绥第一线作战的华北 2 兵团司令员杨得志，完全领会了毛泽东和中央军委的作战意图，他在收到来自西柏坡的电报后，立即给所属部队下达了这样的命令：

"（一）你们现在应构筑多层阻绝阵地，从一切方面把敌人包死，并坚决打破敌人可能数次数十次甚至更多次的突围企图，并不轻易让给敌人一个阵地，待命攻歼该敌（现在不要忙攻击而是包死）。（二）3、4 纵队都应有对东防御的布置，以准备万一詹、苏抗击不住暂 3 军，还能确实断敌两军间之联系。（三）军委已严厉责备我们到达太迟，致使敌 35 军得以东突，影响整个作战计划，并要我们确实包围住敌 35 军于现在地区，并隔断其与怀来的联系。如果跑掉，由我们负责。我们已对军委负了责任。因此，我们亦要求你们严格而又确实地执行我们的一切命令，谁要因疏忽或不坚决而放走敌人，是一定追究责任的。（四）你们要反复进行政治动员，以鼓舞士气。你们要动员所有干部（包括你们自己），不要怕疲劳，不要因为疲劳而疏忽，不要怕伤亡，怕一切可能发生的困难，不要因有点困难或伤亡大一点而沮丧。只要我们做到这些，我们就一定能歼灭此敌，完成军委交给我们的任务。"

此命令大气磅礴，又细致入微。即使是多年以后的今天，重新读来，都令人轻而易举地感觉到字里行间"号角连营"，跃动着千军万马。

如此一来，一张天罗地网悄然布下。被我军围困于新保安的敌 35 军军长郭景云，又怎么可能想到其中的原委呢？

郭景云使尽了浑身解数，也没能突出重围，后来，他干脆不打了，躲在城里，固守待援。郭景云心里有数，傅作义不会放下他不管的。35 军是傅作义的命根子，没了 35 军，也就等于没了傅作义。记得从北平出发前，傅作义曾经拍着道奇大卡车的车头对郭景云说："这些都是我的看家宝贝，你是怎么给我带出去的，就要怎么给我带回来。一个零件都不能少。"郭景云知道，那400多辆崭新的美制道奇大卡车，不管往哪里一停，都是一大片风景，傅作义爱都爱不过来，怎么能舍得丢弃呢？

果然，傅作义得知35军被困，坐不住了，他急令驻怀来的第104军和第16军西进，接应35军突围；并令张家口的第105军向下花园、新保安方向发动攻击，对援救35军的行动进行策应。

看到援军浩浩荡荡地在飞机的掩护下，沿着怀来公路一路西进，郭景云似乎看到了突围的希望。忽然，郭景云觉得自己无形之中摸到了"锁钥重地"暗示的那把启锁的钥匙。那把钥匙分明就是傅作义，就是傅作义派来的援军啊！

可是这把救命的"钥匙"在郭景云刚刚感觉到它的时候，很快又消失了。因为援军的西进遭到了"共军"的顽强阻击。离35军最近的104军，向西突进到赵家营、碱滩、马圈一线，一度曾占领了距新保安不足4公里的马圈子村，最终还是没能与郭景云的部队会合。那个可恶又可恨的104军军长安春山，肯定是为了保存自己的实力，到了马圈子村就停止不前了。安春山要郭景云抓住机会，果断突围，东出新保安与他会合。郭景云不愿意，让他再使一把劲，打到新保安接应35军出城。然而，安春山说什么也不来。结果，战机稍纵即失，以至两军相隔最近点的4公里间隙，成了郭景云永久的遗憾。

后来，援军自顾不暇，解放军华北2兵团主力赶到，他们被纷纷击溃，正面临着灭顶之灾。

既然突围不成，郭景云只好寄希望于守城。他让手下的官兵砍树，拆房子，扒墙，甚至于卸老百姓的门板……凡是能用得着的，一律拿来加固工事。他还让政工处一连出了数期《阵中报》，并派出慰劳队，对士兵进行宣传，以稳定军心。当然，郭景云本人也不闲着，他经常把自己关在屋子里，求神问卦，占卜吉凶。

在被围困的那些日子里，郭景云最乐意做的一件事，就是召集部下训话，或说白了，是给部下打气。

郭景云说："你们知道吗？守城，是我35军的光荣传统。当年，直奉联阁对冯军作战，我们就守过天镇；后来，在北伐战争中，我们守过涿州；后来，抗日战争期间，我们守过太原；再后来，剿灭共匪，我们守过绥包。诸位知道我们四次守城的结果吗？大胜！……啊，三次大获全胜，太原失守，仅仅是个小小的意外。也就是说，我们守城，按百分比计算，获胜的概率极大！现在，就凭我们的武器装备，凭35军的人员实力，固守一个芝麻粒大的新保安，那简直就是水缸里捉鱼——稳拿！"

郭景云说："你们知道新保安的来历吗？新保安原本不叫新保安。新保安这个名字来自于清代。当年八国联军打进京城，慈禧太后一看不好，赶紧走人。她老人家一路

∧ 我军某部向新保安阵地发起冲锋。

奔波，没日没夜地赶路，来到这里时，早已饿得头晕眼花。太监见老佛爷饿了，哪敢怠慢，便四处寻找食物。后来一个太监在附近一户人家好不容易找到一碗稀粥，捧给太后喝了，慈禧才稍稍感到一些安稳。所以老佛爷一高兴，就将该地赐名为新保安。弟兄们，新保安，新保安，是为了保佑平安，这个镇子才得以存在的啊！"

郭景云又说："新保安，这个名字特别吉利。大家都知道，我是陕西长安人。我的儿子叫郭永安。瞧瞧，长安、永安、保安，难道仅仅是巧合吗？不是，是天意啊！有了这'三安'，就可以保证我们转危为安，平平安安地走出困境，返回北平！"

其实，郭景云对部下说了这么多的吉利话之后，就连他自己也时常犯迷惑。郭景云心里暗想，那些喷出去的唾沫星子，都是虚的，而实实在在的是，要找到那把"锁钥重地"所暗示的能够开启返回北平之锁的"钥匙"。

可是，那把神奇的足以用来救命的"钥匙"，究竟在哪里呢？

3. 煮"山药蛋"的故事

35军好比山药蛋，
已经放在锅里面；
解放军四面来烧火，
越烧越煮越软绵。
同志们，别着急，
山药蛋不熟不能吃；
战前工作准备好，
时间一到就攻击。

4纵11旅政委陈宜贵看到旅政治部出版的《野战报》上刊登的这首战士诗，乐得脸上笑开了花。副旅长谢正荣巡视阵地回来，一进门，见陈政委一个人独自偷着乐，连忙问，政委，有什么好事啊，看把你乐得？陈宜贵把报纸递给谢正荣，说你看看，这个诗人不简单，一首诗，既生动、活泼、形象、有力，又把握得准确到位，论宣传效果，比我这个政委讲一堂大课都要管用呢！

谢正荣看了那首诗直叫好，让参谋快去问问《野战报》的编辑，是哪个连队战士写的，给他嘉奖。

陈宜贵赞成。

陈宜贵说，老谢，别看你是军事干部，对抓政治工作很有一手呢！

谢正荣听到夸奖微微一笑说，我这不都是跟你学的嘛！咱们旅长李湘调走了，你是军政一起抓，对军事工作一点也不含糊！

不这样不行啊！陈宜贵说，我们正经历一个特殊阶段，明明我兵团主力把敌35军铁桶一样围在新保安，只待一声令下，就可以把敌人打得屁滚尿流、四爪朝天，可我们偏偏围而不打。也就是说，把紧攥的拳头收于腰间，憋足了劲，然后就停在那里了。于是，等待，再等待……这时，打变得容易了，不打，反倒增加了难度。这个难度主要在于控制力，看着敌人在你的眼前晃啊晃的，不打手痒痒啊！你说，咱们以前打过的仗还少吗？可打这样的仗，纯属大姑娘上轿——头一回！所以，这一仗，不光考验我们旅的作战能力，也考验我们的政治思想工作是否合格、是否到位、是否过硬！

的确，"围而不打"，对参战部队是一个前所未有的崭新课题。为了围堵敌35军，

> 陈宜贵，1955 年被授予少将军衔。

陈宜贵 —————————————◀—

安徽霍丘人。土地革命战争时期，任红30军88师264团连指导员、团部书记、师政治部秘书长、红9军政治部保卫局局长等职。抗日战争时期，任中国人民抗日军政大学三分校3大队指导员，冀中军区3团政治处主任，晋察冀军区陆军中学政治委员，第3军分区副政治委员。解放战争时期，任晋察冀军区第3军分区司令员，第4纵队11旅政治委员，第19兵团64军191师政治委员。

华北2兵团主力部队连续6天急行军，见山翻山，见水涉水，不分昼夜，风雨无阻，一路快步如飞地赶到新保安城下，就差伸出手指轻轻一捏，就把敌人像臭虫一样捏死了。可是，就在手伸出来时，却被上级叫停了。当时，上级没说打，也没说不打。上级只是说，坚决围住敌人，不准敌人逃跑，做好攻击准备。于是，部队在城外安营扎寨，住了下来。

陈宜贵记得很清楚：

第一天，战士们写的请战书，雪片一样，从连里飞到营里，又从营里飞到团里……

第二天，战士们写的决心书，如同接力棒，从各个连队，一级一级地往上传递……

第三天，请求担任"尖刀"任务的连、营、团的主官，把指挥部的电话都给打爆了……

第四天，耐不住性子的各级指挥员络绎不绝地找到旅首长，当面立下军令状……

接下来，第五天、第六天……全旅官兵摩拳擦掌，跃跃欲试。然而，上级仍旧沉得住气，不提那个"打"字。陈宜贵也没有办法，他只能对部队这样说："仗有你们打的。好好准备吧。"或是"不打无准备之仗，不打无把握之仗。"或是"要沉得住气。继续准备，听候命令。"

这样的话说多了，就连陈宜贵政委也觉得干巴巴的，没有说服力。

这一天，正吃饭，来了一个要饭吃的人，这个人是32团的团长张怀瑞。

张团长一进门就冲着政委陈宜贵和副旅长谢正荣嚷嚷，说："饿了。"

陈宜贵一看就知道来者不善，是来渲泄情绪的，就说："怎么，缺粮啦？"

谢副旅长也跟着开玩笑，说："你没听说过吗？缺一两，饿不死司务长；缺一钱，饿不死炊事员。你这个堂堂的团长，还能没吃的？是不是看我们伙食好，来'打土豪，分田地'啊？"

张怀瑞装作认真地看了看桌上的饭菜，然后说："你们旅首长的伙食真不咋样，还不如我们团的好呢！"

陈宜贵说："那你还来蹭什么饭啊！快，把你们食堂的好饭好菜端一些来，让我们解解馋。"

张怀瑞两手一摊，做出无奈的样子，说："好饭好菜，就是咽不下去，我这不是没有办法，才到你们这儿来的嘛。"接着，进入正题，"不瞒二位首长，我啊，都不敢到连队去了。一去，就受到包围。这个问，什么时候打啊？那个问，是不是打仗的任务给兄弟部队抢去了，让我们当预备队了？还有的说我这个当团长的不称职，不会向上级活动，有任务也弄不到手，太老实了。还有的说我打仗不积极，肯定思想有问题……你看看，就差点说我是臭狗屎，在帮敌35军的忙了！"

陈宜贵听了哈哈大笑起来。

"人家冤都冤死了，你还笑？"张怀瑞说。

"我在笑你呢，"陈宜贵说，"你哪是在说连队的战士们啊，是在说你自己吧。老实说，你是不是沉不住气，等得不耐烦啦？"

张怀瑞点点头，承认说："谁说不是啊！可这究竟打得什么仗？天天在准备、准备、再准备，却天天都在等待、等待、再等待。都把我弄糊涂了！"

"是啊，"陈宜贵说，"我们和你一样，也是第一次遇到打这样的仗。但有一点，我想我们比你清楚，那就是既然仗这样打，就有它的道理。你想想，我们只是盯着眼前的35军，可中央军委和毛主席看的可是全国的解放战场。中央军委和毛主席说，这个仗暂时不要打，我们当然就不能打了。当然，我只是假设。世界上没有一成不变的事情，何况是战争？战争历来有多种打法。也许我们正经历的，是一种特殊的打法。"

"嗯，有道理。"张怀瑞连连点头。

"怎么样，我们的伙食不错吧，"谢正荣打趣地说，"你还没吃呢，我看就饱了！"

"是啊，营养丰富，收获不小呢！"张怀瑞夸张地拍拍肚子，笑了。

就在这时，纵队指挥部来电话，通知陈宜贵和谢正荣参加一个会议。张怀瑞问，是不是有戏了？陈宜贵说，肯定与打仗有关吧。谢正荣性子急，兴奋地一边搓着手，一边大声喊叫：

"警卫员，备马！"

一条乡间小道通向远方。

几匹骏马在向远方奔驰。

陈宜贵和谢正荣的心情亦如骏马，一路奋蹄扬鬃。

很快，两人就来到了纵队指挥部。

陈宜贵眼尖，见兵团杨得志司令员和罗瑞卿政委来了，高兴地捅捅谢正荣的胳膊："你看，让张怀瑞团长说着了，今天果真有戏呢！"

谢正荣高兴地说："兵团首长到我们纵队来，肯定要打仗了！"

会议开始。

杨得志首先讲话。杨得志说："怎么样啊，大家手痒痒，想打仗了吧？"

与会的纵队和各师各旅主官们都笑，说："就等首长下命令了！"

杨得志说："这个命令啊，不是我下，而是要等中央军委和毛主席下。"

∧ 我军文工队员在行军途中进行鼓动宣传。

接着，杨得志说："辽沈战役后，华北的傅作义集团鬼得很，他把兵一线布开，摆出一条长蛇阵。为什么？为的是随时可以从海上南逃，或是从绥远溜掉。毛主席看得准，牢牢把握住傅作义的心理状态，有步骤地解决主要矛盾，不准敌人玩花招。他们想走，根本没门儿。于是，毛主席洞察全局，用兵如神，以高超的指挥艺术，抓住战役的关键部署战斗，牵着敌人的鼻子走，命令我们首先包围张家口，从西线拖住敌人，切断他们的退路，然后一箭双雕，将敌人引到平绥线上，再进行包围。我们这一网撒下去，把敌人的7个主力师和两个骑兵旅围在了张家口和新保安，收获真不小呢！"

"但是我们围而不打。这有点像猫瞅耗子，光看就是不逮。其中奥秘，是等待时间、把握最佳战机。"罗瑞卿政委插话说，"那么，我们要等什么呢？我们要等东北野战军主力入关，切断傅作义从海上南逃的退路，彻底完成对平津的分割包围，然后再打。要打，就要打大仗，把傅作义集团全部消灭掉。"

杨得志说："同志们，如果我们现在动手，歼灭的只是敌35军；要是再等两个星期，等东北野战军完成了对天津之敌的战役包围，到那时，我们歼灭的敌人将会更多。你们说，是先打呢，还是耐住性子等一等再打？我看，当然是等一等再打合算了。我们不能小家子气，抓条泥鳅就当大鲤鱼。我们要站得高，看得远，身在新保安城下，眼观整个华北战场。只要我们思想通了，心里亮堂了，兵也就好带了。至于仗，有你们打的。俗话说，磨刀不误砍柴工。希望大家不要急躁，回去后，把准备工作做到家，到时候，打起仗来，战无不胜，攻无不克，就全看你们的了！"

< 土地革命战争时期，时任抗大副校长的罗瑞卿在延安。

辽沈战役 ———————————————————— ▲ —

1948年9月12日至11月2日之间进行的，历时52天，共歼敌47万人，解放了东北全境。连同全国其他战场的胜利，人民解放军上升为300万人，国民党军队则下降为290万人。全国军事形势出现了一个新的转折点。辽沈战役的胜利，使得人民解放军拥有了一个巩固的具有一定工业基础的战略后方，为以后解放平津与华北创造了有利的条件。

从纵队回到驻地，陈宜贵和谢正荣连夜召集各级干部开会，传达上级的指示精神，统一思想，提高认识。

听了会议传达，32团团长张怀瑞拍着头连连说毛主席太英明了，围而不打，就是不宜立即就打，但又不能让敌人跑掉，这真是一场特殊的战斗啊！现在我不仅理解了这个作战方针，而且对毛主席的军事思想佩服得五体投地。

另一位团长贺友发当场表示，立即贯彻会议精神，让全团每一个战士都明白"围而不打"的道理，澄清模糊认识，从思想上真正解决问题，以崭新的姿态，扎扎实实地做好战前的各项准备工作。

◁ 谢正荣，1955年被授予少将军衔。

谢正荣 ——————————▶—

湖北黄安（今红安）人。土地革命战争时期，任红28军第81师通信连连长，红军大学步兵科第2团连政治指导员。抗日战争时期，任山西五台县游击支队支队长，晋察冀军区第2军分区5大队营政治委员，6大队营长，第4团团长。解放战争时期，任晋察冀军区独立旅第1团团长，第4纵队11旅31团团长，第11旅副旅长，第19兵团64军191师师长。

在接下来的一段日子里，4纵11旅全体干部战士的精神面貌焕然一新：

——大练兵活动开展得如火如荼。战士们的口号是："熟能生巧，苦练才出真功夫"。

——发扬军事民主。根据事先制定的作战方案，各单位在自制的沙盘上反复推演。

——组织爆破队，依据计算出的从出发点到接近敌城堡的时间，进行模拟演习。

——在敌前沿搞迫近作业，把战斗交通壕一直挖到新保安的城墙下。

——通过广播喊话，阵地前竖标语牌的方式，向敌人展开强大的政治攻势……

也正是在这样一种大的背景之下，《野战报》第二版，及时发表了那首战斗性和针对性很强的、鼓舞士气的战士诗，这让政委陈宜贵和副旅长谢正荣看了，感到十分高兴。

此时，正值午后，天很冷，有风，一阵接一阵地刮着。但有太阳，冬天的阳光，总让人能够在寒冷中捕捉到一丝暖意。

陈宜贵说："老谢，出去走走。"

谢正荣知道走走的意思，就是到连队去看看。

谢正荣说："到哪？要不，咱们去张怀瑞那里去瞧瞧他的伙食？"

陈宜贵就笑，说："对，这会儿大概他不会再喊饿了吧！"

32团离旅指挥部不算太远，陈宜贵政委和谢正荣副旅长沿途顺路看望了一个连队。当时，这个连队的战士们训练过后正在休息，大家围坐成圈，听站在圈子中间的一个文书模样的人在读报。

这个文书模样的年轻人，以朗诵的口吻，绘声绘色地念道：

35军好比山药蛋，
已经放在锅里面；
解放军四面来烧火，
越烧越煮越软绵。
同志们，别着急，
山药蛋不熟不能吃；
战前工作准备好
时间一到就攻击。
……

4. 一种全新的演习方式

华北2兵团8纵23旅68团参谋长张振川近来很忙。

68团是12月8日赶到新保安的。原以为经过长途跋涉，风风火火地来到新保安，就能够和敌人的"王牌军"第35军面对面较量，痛痛快快地打上一仗，可是作战命令迟迟不下来，这可把张振川憋得够呛。后来，还是曾绍东团长和张复海政委从纵队开会回来，说围而不打，是为了稳住傅作义，不让敌人从海上逃跑，然后伺机就地歼灭；还说，这是毛主席制定的英明决策，高明之处

在于不到火候不揭锅！张振川茅塞顿开，他觉得眼前一亮，于是，郁积在心里的迷雾一下子就消失了。作为军事干部，张振川立即理解了中央军委和毛主席的战略意图。眼下，张家口之敌已被我军包围，这样一来，傅作义西逃的通道就被堵死；而新保安的敌35军被困，更让傅作义雪上加霜。傅作义舍不得丢下35军独自南逃，35军便把傅作义的后腿拖住了。一旦我东北野战军入关，完成了对平、津、塘地区的分割包围，那时，即使傅作义想从海上逃跑，也逃不了了。所以，此时的张振川和他的部队情愿扮演一把猫的角色，守住耗子，不到时候，就是不扑过去。他觉得这样做的意义，实在是太重大了！

然而，围而不打，并非消极地等待。

剑锋的犀利，需要不断地打磨。

∨ 我军某部炮兵部队，在攻打新保安前在怀来车站集结待命。

　　从12月8日，68团抵达新保安，至12月22日，新保安之战打响，其间，张振川和他的部队一直在磨剑。

　　这种磨剑的方式，便是实兵、实地、实战演习。

　　如果说是猫捉老鼠的话，猫在盯住老鼠迟迟不动手的时候，猫在想什么？它一定会想，该从哪里下手，更迅速，更便捷，更有效。

　　而张振川面对新保安城，想的则是如何选择突破口。

　　新保安城是用砖砌的城墙，高约9米，宽约6米，相当坚固。张振川不止一次亲自观察过地形。以至于过后，他不用看标定的地图，就能清楚地记得敌人所有明碉暗堡的具体位置。甚至，他还能说出某一段城墙的弯曲度，说出那段城墙与护城河之间相隔多少距离……对于张振川来说，破城的方式，目前只剩下一种，那就是人工爆破。在此之前，8纵23旅所有的大口径火炮经过抽调，统统集中起来支援担任主攻任务的22旅了。也就是说，一旦发起总攻，战斗打响之时，张振川所在的68团不可能依靠有力的炮火，在他们攻击的方向上，对坚固的新保安城城墙进行轰击，为步兵突击打开缺口，扫清前进的障碍。他们得靠自己，靠炸药包。

再就是突破口的选定，对于部队届时能否顺利打入城内将起到关键作用。为了找到一个合适的突破口，张振川以轮番参战的方式，每次带着一个连队，在他们团所担负的攻击方向上，通过不间断的演习，对新保安城分段进行测试性的攻击。这种攻击，带有预演的性质，一方面检验连队练兵的成果，一方面摸清敌人防守的情况，可谓一举两得。

这样一来，围城就围得很热闹了，每天枪声、爆炸声、冲锋的呐喊声不断。

这样一来，68团参谋长张振川就很忙了，他要通过一次次演习，把敌人防守的软肋找出来，以便在总攻发起时，集中力量，给予对方致命的打击。

这样一来，新保安的守敌被张振川和他的部队弄糊涂了，以至于他们搞不清我军为什么围而不打，也搞不清围城的解放军每天发起的战斗究竟是演习还是真的进攻？他们被弄得十分紧张，又十分疲惫，心弦绷得紧紧，整日提心吊胆，不知道哪一天，大祸临头……

而68团却越练越勇。

尤其是以2连为主组织的36人的爆破队，真是好威风啊！他们在演习中，通过从出发地到新保安城城墙之间距离的计算，已经把运送炸药包的时间精确到了秒数。也就是说，他们已经把时间、距离、速度、地形地物等诸多要素综合起来，成为一个有机的整体，一旦作战需要，他们就可以完全有把握地对对方实施爆破。

这一天，旅长赵文进来到68团。

赵文进问张振川："突破口选好了吗？"

张振川说："已有目标。"

接着，张振川手指沙盘上的某一位置，向赵旅长汇报说："我认为，

> 我军某部在攻打新保安前演练攻城战术。

城堡西北角向东的第二个墩台，可以作为我们突破口的首选位置。"

赵文进问："理由？"

张振川说："一是对方防守相对薄弱；二是地形地物利于我出击；三是此段城墙陈旧，爆破效果可能更好一些；四是一旦越过护城河，敌人的多处碉堡便留有射击死角。"

赵文进没表态。

赵文进只是说："走，看看去。"

∨ 我军在战前演练爆破技术。

随即，张振川参谋长和曾绍东团长陪同赵旅长一起来到前沿阵地。

赵旅长用望远镜仔仔细细地把城堡西北角一带看了个遍。然后，赵旅长向张振川问了许多问题，这些问题问得很细，其中包括战斗打响后，爆破手出击道路的选择，是一条路线，还是事先设有多条备用路线？护城河的具体过法？根据炸药包的炸药当量，一次性在城墙上能炸开多大的缺口？估计这个缺口能通过多少部队？你们搞迫近作业，挖的战斗交通壕已从北山根通过了铁路，它的终点将在何处？等等。

张振川一一作了回答。

赵旅长说："好，突破口就选在这里了！"

接着，赵旅长命令张振川："今晚，你带一个营，再搞一次演习，对此处守敌进行火力侦察。"

张振川答道："是！"

夜幕降临了。

新保安城背衬铅灰色的天空，成为一个黑乎乎的剪影。

张振川带着战士们悄悄进入出击的阵地。

此时，四处一片寂静。偶尔，会有风声响起，像是大自然发出的一声声叹息，但不久就消失了。

突然，随着三发信号弹的升空，枪声大作，天地之间不再平静！

出击！出击！！

战士们纷纷跃出掩体，如同猛虎出山，迅速冲向护城河；

爆破手们在匍匐前进，敌人的子弹在他们的身边不断溅出一簇簇火花；

冲锋号吹响了，嘹亮的声音，让人听了热血沸腾！

敌人惊慌了，心想，解放军白天搞演习，晚上怎么又开打了？莫不是动真格的，开始攻城了？于是，城堡西北角一带明碉暗堡内所有的轻重武器一起开起火来。

那是一条条火舌，在狂舔夜色。

张振川看了，一一把敌人火力的配备及位置标定在地图上。

其实，地图上的每一个标定的记号，在不远的日子里，都将是一处敌人的坟地！

关于总攻击的突破口，就这样确定了下来。但这并不妨碍68团针对新保安城守敌而开展的实兵、实弹、实地演习继续进行。演习对于张振川和他的部队来说，已是一种最好的练兵方式。因此，他们每天都有新的训练科目，每天都要对新保安守敌进行攻击。

在不断演习的那些日子里，经常会发生一些令张振川高兴的事情。比方说，有一次张振川和副政委孙筱川在勘查地形。他们发现西北角城垛子上，不时出现一些反光点。

张振川说："看来敌人也不闲着，在用望远镜观察地形呢。"

孙筱川说："那好啊，来而不往非礼也。咱们用迫击炮干他一家伙，怎么样？"

张振川说："客气啥？就用迫击炮给他们吃一颗'要命丸'吧！"

接下来，张振川派人喊来团迫击炮连副连长李英。张振川手指西北角城垛上的望远镜镜片反光处，对李英说："给我来一炮。就一炮，要求首发命中！"

李英拍拍胸脯："没问题！"

随后，李英伸出胳膊，竖起大拇指，然后眯起一只眼，朝目标看了看，迅速下达了安装射击诸元的口令。

那是一门缴获来的美式迫击炮。

炮手们根据李英的指令，同步操作。

> 我军炮兵部队通过山海关向平张线推进。

迫击炮

用座钣承受后坐力、发射迫击炮弹的曲射火炮，通常由炮身、炮架、座钣和瞄准具组成。迫击炮射角大，弹道弯曲，初速小，最小射程近，杀伤效果好，适于对近距离遮蔽物后的目标和反斜面上的目标射击；结构简单，操作方便；体积较小，质量较轻，适于随伴步兵迅速隐蔽地行动。其主要配用杀伤爆破榴弹，用于歼灭、压制暴露的和隐蔽的有生力量和技术兵器，破坏铁丝网和障碍物等。

当炮手们操作完毕，报告"好"的时候，只见李英取出一发炮弹，对炮弹喃喃自语道："老伙计，就看你的了！"接着，李英将炮弹送入炮膛。

随着一声轰响，弹头在空中划过一道弧线，飞向西北角的城墙垛子。接着，炮弹准确地命中了目标！

由于隔得远，只能看到炮弹的弹着点，以及炮弹爆炸后抛向天空的碎石，却一时无法统计具体的射击成果。但凭经验，可以断定，敌人遭到了致命的打击。后来，当打下新保安，通过审讯俘虏，张振川得知，这一炮成效显著，共炸死炸伤10多名敌人的军官，其中有一名竟是35军101师的少将副师长！

对于张振川和他的部队来说，在12月22日新保安之战打响之前，各种大大小小的演习从来没有间断过。

① 我军某部冒着大雨，追歼逃敌。

❷ 我军某部涉水行军。
❸ 我军某部徒涉向前挺进。
❹ 我军在进军途中。
❺ 我军某部行进在云贵高原上。

曾思玉

（时任华北军区第 2 兵团第 4 纵队司令员）

　　傅作义的嫡系35军是我华北部队的冤家对头，过去曾多次与我纵交锋。这次抓住它，恨不得马上一口将它吃掉。

　　同志们的这种心情是可以理解的，但这里有个全局和局部的关系问题。

　　全歼敌于华北战场，是平津战役的根本目的，是毛泽东同志关于平津战役的战略决策。

　　新保安只是一个局部，局部必须服从全局。在整个战役部署就绪之前，对新保安之敌围而不打，是为了防止张家口和平、津、塘敌人西窜和南逃，是为了就地全歼华北之敌。为了实现战役的总意图，毛泽东同志具体规定两星期内对新保安等地之敌围而不打。

　　对此，我们在部队进行了教育，提高了指战员局部服从全局的自觉性。

——摘自：曾思玉《忆平津战役中的新保安之战》

杨得志
（时任华北军区第2兵团司令员）

　　……如果35军同104军会合，对我军整个战役部署的完成将造成很大的困难。

　　因此，罗瑞卿政委、耿飚参谋长和我都深感责任重大，而我兵团绝大部分部队尚在涿鹿以南，只有第4纵队政委王昭带着第12旅在平张线上活动，第12旅能否挡住35军是个严重问题。

　　我们一面命令兵团主力顶着寒风，破冰徒涉洋河，急速往前赶，另一方面命令王昭政委奋力阻击敌军。王昭率12旅于12月6日晨攻占新保安，歼敌300余人。同时冀热察军区部队占领了土木，这样就切断了敌35军东逃之路。

　　　　　　　——摘自：杨得志《长城内外展旌旗》

第五章

大风起兮，云飞扬

★★★★★

∧ 抗日战争时期，毛泽东在延安。

像一支离弦的箭，携长风，挟雷电，飞过高山，飞过大河……战场在漂移：百万雄兵提前入关了！

入关、入关、入关！前进、前进、前进！

战斗在召唤。胜利在召唤。

800公里路啊，人不下鞍，马不停蹄……

1. 镌刻在大地上的诗行

夜深了。

未眠的寒风，似乎怀有好奇心，在门外探头探脑，总想找个机会悄悄钻进来。门缝里便常常响起吱溜溜的声音。

那是风在吹口哨。

屋里的毛泽东聚精会神地在思考战争问题，丝毫没注意到风的动静。此刻，墙上挂的大幅地图，成为毛泽东生活中的惟一。毛泽东盯着地图上标定的新保安看了又看，然后抽烟，可是当手抬到嘴边，才发现指间的那只烟没有点燃。毛泽东发现后，轻轻"哦"了一声，却不立即点上，仅是把香烟夹在指间，继续他的思考。

傅作义的嫡系部队，已经按计划被毛泽东调往张家口。从兵力部署来看，毛泽东认为，我华北第2、第3兵团，完全有能力阻止敌人向绥远撤退。可是，要想阻止蒋、傅两系的部队从海上南逃，显然有困难。也就是说，仅仅包围张家口是不够的，不能达到抑留敌人于华北，就地全歼的目的。华北的敌人共有35个步兵师、4个骑兵师，合计60万人。假如傅作义拿定主意从海上逃跑，他完全可以仗着人多势众，集中十几个师强行西进，把张家口被围困的敌人接出来，然后从津沽海口乘船南逃。届时，你挡都挡不住——情况十分严重啊！

时间不等人。

形势在逼人。

这是一道摆在毛泽东面前，急待解决的难题！

毛泽东想了许久，当他再一次习惯性地把烟举到嘴边时，发现烟仍旧未点燃，不禁笑了。"点火，点火！"毛泽东自言自语道，然后从旧棉袄的口袋里掏出火柴，把香烟点着。

一缕淡蓝色的烟云袅袅升起。

一缕思绪也从毛泽东的脑海里缓缓升了起来。

毛泽东猛地吸了几口香烟，接着，把烟掐灭。

毛泽东坚定地说："就这么办，让东北野战军主力提前入关！"

朱德当即叫好。

朱德说："我华北40万大军，即使胃口再好，也难吃掉敌人的60万兵马。何况敌人搞不好鞋底抹油——溜掉了。一旦我东北野战军提早入关，情况就大不一样了。从全局来看，两大野战军协同作战，发动平津战役，有利于加速蒋家王朝的彻底崩溃！"

深夜，是清晨的前奏。

清晨，给新的一天带来了希望。

在西柏坡的这个深夜，毛泽东和中央决策层关于东北野战军提早入关的决定，同样昭示着华北战场上一个胜利的晨曲就要奏响。

1948年11月16日，毛泽东给林彪、罗荣桓、刘亚楼发去电报："我们曾考虑过你们主力早日入关，包围津沽、唐山，在包围态势下进行休整，则敌无从从海上逃跑。请你们考虑，你们究以早日入关为好，还是在东北完成休整计划后入关为好，并以结果电告为盼。"

毛泽东之所以在电文中用商量的口气，是考虑到辽沈战役刚刚结束，东北野战军主力立即入关，确实有困难。

接到毛泽东的电报，林彪倒骑座椅，将双臂担在椅背上，面对墙壁上的那张巨大的作战地图，沉默了许久。辽沈战役历时52天，歼敌47万，但我军伤亡也不小，以伤亡6.9万余人的代价，取得了巨大的战果。其中团以上干部就损失了18人。部队连续作战，太疲劳了，需要补充兵力，进行休整，至少一个月时间的休整。其次，部队中东北籍战士居多，故土难离啊，大量的思想工作等着去做，并非说走抬腿就能走得了的。再次，部队的冬装均未下发，后勤保障的展开，需要一定的时间……作为东北野战军司令员的林彪，不得不为他的部队考虑。

林彪性格内向，喜欢安静。

林彪静静地思考着上述问题，他的浓眉下的一双眼睛里，流露出了些许难色。

11月17日，林彪等向中央军委复电，——陈述了提前入关的困难，态度明了：部队留在东北进行休整。

由于站的位置不同，看问题的角度也就不同。林彪的目光局限在东北，局限在野战军自身。而毛泽东高瞻远瞩，俯视的是整个华北和华东。眼下，淮海战役已进入紧张阶段，华北傅作义集团亦有从海上逃跑的可能。纵观全局，毛泽东认为，要抑留华北的敌人，东北野战军必须入关。纵然东北部队主力入关困难重重，但这些困难不是不可克服的。关键在于决策的正确，在于操作的可行性把握。现在，看来已经没有更多的时间和林彪商量了，毛泽东必须拍板定案，做出果断的决定。于是，11月18日18时，毛泽东争分夺秒，一连向林彪发出三封电报。

连续三封电报，气势磅礴。

划过天际的那一道道电波，瞬间被岁月珍藏，载入了中国革命的历史。

此时，毛泽东在电报中一改商量的口气，字字句句，铿锵有力，透出的是军令的断然性、严肃性和不可违抗性：

望你们立即令各纵以一两天时间完成出发准备，于21日或22日全军或至少8个纵队取捷径以最快速度行进，突然包围唐山、塘沽、天津3处敌人，不使逃跑并争取使中央军不战投降（此种可能很大）。

望你们在发出出发命令后，先行出发到冀东指挥。

林彪接到毛泽东的电报，没有表态。他问罗荣桓和刘亚楼："你们的意见？"

罗荣桓是政委。

罗荣桓换位思考，从毛泽东的来电中读出了东北野战军提前入关事关平津作战大局。于是，罗荣桓态度明确地说："坚决执行中央军委和毛主席的指示。至于困难，我们自己想办法克服。"

作为军事家，林彪身经百战，他当然知道在瞬息万变的战场上捕捉战机的重要性。其实，11月17日复电中央军委和毛泽东之后，林彪已经意识到部队入关的十万火急，一旦延误时间，致使华北之敌向西或向南撤退，那么，不仅坐失良机，增加今后我军作战的困难，而且会酿成历史性大错，对解放战争的整个战局十分不利。对于征战，林彪一向深思熟虑。这次也不例外。他的主意已经拿定，但出于个人性格的原因，不爱张扬，他没有把话事先说出来。现在，见罗荣桓政

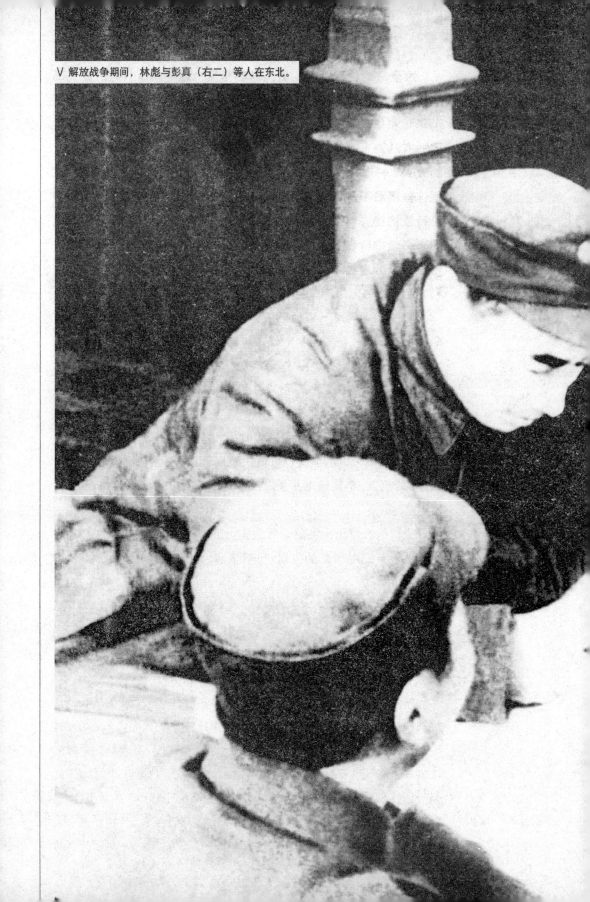

▽ 解放战争期间，林彪与彭真（右二）等人在东北。

委表了态，林彪这才不慌不忙地对参谋长刘亚楼说："命令部队，立即行动，准备入关。"

林彪下达这个命令的时候，面部风平浪静，语气十分随和，听上去，根本不像是在指挥千军万马，而是与房东老大爷在聊家常。

接着，经过和罗荣桓、刘亚楼等商定，林彪口述了一封给中央军委和毛泽东"关于东北野战军主力入关行动计划"的电文：

东北野战军决定暂时以玉田及其东西两侧地区为目标，向冀东前进。并计划取道两条平行路线分头前进，北路将经由义县、沈家台、达子岭、孤山子、喜峰口、遵化等地；南路则过锦州、边门、青龙、三岔口、建昌营。鉴于诸多困难，各路部队可能比军委要求的时间推迟一天。南路先头部队为锦州之第3纵队，北路先行者为义县之第5纵队，各纵均于23日黄昏出发，在沈阳之部队则于24日黄昏出发。各部都将采取夜行晓宿原则，迅速秘密前进。

此时，正值1948年11月19日9时30分。

刚刚升起的太阳，从灰蒙蒙的晨霭里钻出来，很快就映红了天边的云朵。

电报发出去了。

箭，搭在了弦上。

弓已拉开。

与此同时，东北野战军立即行动起来。

为了做好入关的思想动员，林彪、罗荣桓、刘亚楼、谭政于11月19日当天，联名致电各兵团、各纵队、各师的领导，提出了详尽的入关动员提纲。

在沈阳召开的入关作战动员大会上，罗荣桓政委充满激情，豪迈地说：

"同志们，我们现在的任务是立即入关！一两天之内部队就开动，去拿下天津、北

谭　政　

湖南湘乡人。土地革命战争时期，任中国工农红军第4军31团秘书，红4军军委秘书长、军政治部训练部部长，红12军政治部主任，红一军团第1师政治部主任、师政治委员，红一军团政治部组织部部长。抗日战争时期，任八路军后方政治部主任，总政治部副主任，陕甘宁晋绥联防军副政治委员等职。解放战争时期，任东北民主联军政治部主任、第四野战军副政治委员等职。

∧ 东北野战大军入关作战，受到华北民众的热烈欢迎。

东北野战军 ————————————————————————————

解放战争时期,中国人民解放军主力部队之一。原为抗战后期进军东北的八路军、新四军、东北抗日联军发展演变而成,曾先后称为东北人民自治军、东北民主联军、东北人民解放军。1948 年 8 月奉命改编为东北野战军,辖第 12、第 13、第 14 等 4 个兵团 1 个特种兵司令部。解放战争时期,东北野战军共歼灭国民党军队 180 余万人,部队由 11 余万人发展到 150 余万人。

平。现在的情况不允许我们再有一个月的休整。全国形势急转直下,蒋介石想撤退华北,要部队南下,傅作义却想西逃和'二马'会合。我们不能让敌人撤走,再死灰复燃,卷土重来。我们要迅速消灭敌人,夺取整个华北……徐州已经歼灭敌人 19 个师,现在敌人已经更加混乱,所以我们现在要赶快进关去……"

这是进军的宣言。

整个白山黑水都听到了这样雄壮有力的声音!

1949 年 11 月 23 日——请记住这一天吧,东北野战军开始了具有历史意义的伟大进军!

这支由 10 个步兵纵队和特种兵纵队 70 万人、火炮 1,000 门、坦克 100 辆、装甲车 130 辆、随同民工 15 万人组成的滚滚铁流,在极短的时间内,迅速向关内作 800 公里史诗般的推进。

无畏的将士们用他们的足迹,在大地上镌刻下了永不磨灭的诗行!

2. 兵不厌诈

1948 年 11 月 22 日,华北"剿总"宣布,华北地区进入作战状态,从即日起,唐山、塘沽、天津、北平、张家口之间地区为戒严区。

莫非傅作义先知先觉,人在北平,远离东北,就知道第二天,也就是 11 月 23 日,东北野战军主力要启程入关?

其实,华北"剿总"划定戒严区,与东北部队入关毫无关联,仅是时间上的一种巧合。傅作义之所以那样做,是给蒋介石看的。他要贯彻蒋介石的命令,就不得不做表面文章。至于东北野战军主力,傅作义倒不是特别担心,你想啊,农民收完秋庄稼,还要猫一个冬天歇一歇呢,何况一场大战刚刚结束,林彪的部队又不是铁打的,说什么也得休整四五个月,甚至半年吧!

滕代远 ————————————

湖南麻阳人。土地革命战争时期,任中共湘鄂赣边特委书记,红三军团政治委员,红一方面军副总政治委员,中央革命军事委员会武装动员部部长等职。抗日战争时期,任中共中央军委参谋长,八路军前方总指挥部参谋长,中共中央北方局委员。解放战争时期,任晋冀鲁豫军区副司令员,华北军区副司令员,中共中央华北局委员,中央军委铁道部部长。

于是,傅作义很是放心,他几乎每天都派飞机到山海关那边去侦察。而飞行员归来后的报告千篇一律,总是说"平安无事"。

傅作义的"放心",让毛泽东十分满意。

为了稳住傅作义,毛泽东先是命令撤围归绥、停攻太原,后来又令聂荣臻、薄一波、滕代远"转令攻击保定之7纵停止攻击,改取包围监视方针";接着,一再叮嘱东北野战军,提早入关的行动务必注重隐蔽性。毛泽东甚至还细致到,让林彪根据不同的地域,选择不同的部队分批行动。比如驻沈阳部队,宜推迟出发的时间,因为沈阳肯定有潜伏的敌特,我军一有动作,敌人就会通过电台向傅作义报告。所以,一方面要麻痹敌人,让敌人以为我仍在原地休整;另一方面要"夜行晓宿秘密入关",不让敌人觉察我军的任何行踪。

在行军路线的选择上,毛泽东提醒林彪,"傅、蒋在山海关的一个军尚未撤退,其目的是估计你们主力入关必走该地,让该部先挡一挡,"可是我们不走山海关,而走热河境内经冷口、喜峰口出冀东。俗话说,条条大道通罗马。天下的路,多着啦,傅作义傻乎乎地只把眼睛盯住山海关,又有什么用呢。

当然,一切内幕,傅作义不可能知道。

傅作义继续被蒙在鼓里。

就在这年的11月下旬,傅作义接二连三地接到手下人报告,说沈阳、新民、营口、锦州各地的东北野战军正在召开祝捷庆功会;说各部队休整期间还没忘记大练兵;说后勤部门及时下发了冬装,部队战士穿在身上如何的暖和;说林彪在沈阳看望某某部队,和战士们共同包饺子;说罗荣桓出席某个政工会议,作出重

要指示……傅作义虽然听得烦了，但他还是非常愿意听。这些消息统统来自新华社以及东北各大新闻传媒。对于傅作义来说，有了这些消息的存在，就等于有了安全感，说明东北野战军还在东北歇着，华北一带，暂时可以高枕无忧。

傅作义错了。

兵书曰：兵不厌诈。

孙子亦曰：能而示之不能，用而示之不用，近而示之远，远而示之近。

自古以来，战争中的诡谲、狡诈、欺骗、刁钻……都是褒奖的代名词，其目的在于迷惑对方，战胜对手。何况战争本身具有着极大的不确定性，用兵之道岂有一成不变、表里如一的道理？！

表象就是表象。

表象与本质，完全可以是天壤之别。

现在，傅作义得到的情报，便是毛泽东有意制造出来的一种表象。早在决定东北野战军提前入关之时，毛泽东为了迷惑敌人，不使傅作义过早发现我东北野战军的行动，以达到出其不易迅速出拳的目的，特意巧作安排，令东北各有关媒体大肆炒作我军开展多种活动的新闻，并提请东北军区副政委陈云、第二参谋长伍修权及东北野战军政治部副主任陶铸，在林彪、罗荣桓、刘亚楼带轻便指挥机构先行一周过后，在报上刊登一条林彪仍在沈阳的新闻，同时要求新华社转发该条消息……傅作义果真上当，中了毛泽东的计。毛泽东用"信息"作为武器，在东北野战军主力刚刚踏上入关的征途，就打了一个隐性的大胜仗！

在毛泽东"信息战"的掩护下，11月30日，林彪、罗荣桓、刘亚楼率指挥部乘火车由沈阳出发，到锦州改乘汽车，经义县、朝阳、建平、平泉、宽城、从喜峰口入关，按预定计划，于12月7日，顺利抵达蓟县以南10公里的孟家楼。

当我东北野战军主力大规模行动数日之后，敌人的飞机终于发现了蛛丝马迹，飞行员在空中大声惊呼：不好，"东北虎"入关了！

至12月8日，我东北野战军已有5个纵队越过长城踏入关内的土地，5个纵队和特种兵纵队正在快速入关的途中……

傅作义接到"东北虎"入关的报告，气急败坏，当场摔碎了手中的茶杯。

傅作义怒斥手下人："不是天天说'平安无事'的吗？怎么突然之间东北共军的大部分部队就进入了关内！难道他们是从地底下钻出来的吗？近一百万部队啊，浩浩荡荡，我们竟然没有一人及时发现？！"

手下的人个个垂头丧气，耷拉着脑袋，一声不吭，任凭傅作义痛骂。

但傅作义很快就不骂了。难道能怨手下的人吗？怪只怪"共军"太狡猾，轻轻地虚晃一枪，就蒙过了众人，让我们吃了大亏。

不过，傅作义不大服气，心想，自己读了这么多的兵书，怎么着就偏偏栽到了毛泽东手里，没有识破他"兵不厌诈"的诡计呢？

∨ 我军某部战士在小组会上提出开展杀敌竞赛的倡议。

3. 心有多大，舞台就有多大

3连指导员马德富在战斗中负了伤，他的伤与重伤者比算是轻的，与轻伤者比则是重的。他的伤分布两处，挺集中，都在脸上。一处是嘴巴，一颗子弹从左腮钻进去，然后从右腮飞出来，给马德富留下了两个不对称的大大的酒窝。一处是耳朵，医生说耳膜被炮弹震破，没法补了。马德富说不要紧，我还有一只耳朵震得不厉害，听得到声音。可是说归说，真到使用耳朵的时候，马德富就觉得不方便了，听声必须侧过脸去才能听到。两只耳朵，对于他来说，不幸的是其中一只竟然成了摆设。这种情况，在他受伤以前，无论想像力多么丰富，也不可能想像得到。

仗一打完，马德富就住进医院养伤。

伤还没好利索，听说部队提前入关，马德富待不住了，要求回连队。医生并不阻拦。据说纵队首长在入关作战动员大会上说了，重伤员留下，轻伤员能随部队走的，一律边行军边治疗边养伤。首长有话在先，医生当然遵命了。这样，3连指导员马德富就回到了连队。

连队战后在锦州附近的驻地休整，刚刚歇了没多少天，这不，入关的命令就到了。连长王国强见指导员嘴巴上的伤口愈合不久，说话不大方便，就让马德富多动手，少动口，政治思想工作尽量由他来做。王国强说，连队补充了一批新兵，一半是刚入伍的当地的翻身农民，一半是新解放的战士。由于命令来得突然，时间仓促，再加上思想准备不足，有许多问题急需要去解决。接着，王国强补充，新兵是工作的重点，但老兵也不能马虎。连里一些东北籍的同志，虽然入伍才半年多，但经历了辽沈战役，打了不少仗，也算是老兵了；可一听说部队要入关，就像烈日下暴晒的狗尾巴草，蔫巴了，情绪十分低落。上级传达的入关动员提纲中，要求各个连队保证不出现逃亡的现象。我们一定要把住这个关，不要在关键时候出纰漏！

马德富侧着脑袋听连长介绍完情况，然后和他一起把连里需要做思想工作的重点人员排查了一遍。马德富提议，连里的排以上干部每人承包5个，实行责任制，谁承包的对象出了问题，就打谁的板子，到时候拿他是问。

连长马上赞同，说这个办法好。

接下来，连里干部开会，进行了分工。

指导员马德富负责5个重点战士的思想工作。在这5个人中，有一个是5班战士赵中午。

赵中午祖籍山东沂水，早年爷爷那一代人闯关东，从此全家流落到东北。现在家里有母亲和两个妹妹。赵中午是个孝子，就在前几天，他还特地请假回家看望过母亲，谁知从家里回来，得知部队要开拔，入关作战，便闹起了情绪，竟连饭都不吃了，压起了铺板。马德富心想，赵中午入伍后多次参战，有一定的觉悟，不做好他的思想工作，会影响一大片人。

这样想来，赵中午就成了指导员马德富所承包的5个急需要做思想工作的人中的重中之重。

马德富经常去看赵中午。

马德富知道赵中午身体棒着呢，主要是思想出了毛病，但马德富对他仍像病号那样关心，问他哪里不舒服，卫生员给他吃药了没有，等等。有时候，指导员马德富什么也不说，只是在赵中午的床边静静地坐一会儿，就走了。马德富知道赵中午能够感觉到他的到来，尽管他把头蒙在被子里假装睡觉。

开饭的时候，马德富会给赵中午端来病号饭。那是一大碗马德富亲手下厨房做的热气腾腾的面条，面汤上还漂着细碎的小葱。赵中午有些不好意思，几次想张口说什么，都被指导员马德富堵住了。马德富说，快吃吧，别凉了；或是说，要是不够，我再去盛。

班里的战士见了赵中午就笑话他，说你什么病啊？面条吃起来一大碗！

说得赵中午低下头，不敢见人。

后来赵中午到炊事班自己打饭吃了。

11月23日，连队出发，踏上入关的征程。马德富见赵中午像霜打了似的，脸色苍白，一整天不说一句话，浑身无力地走在行军队伍中，就不时走过去关照他。结果，赵中午身上的背包不知什么时候转移到了马指导员的背上，惹得一些战士有意见，纷纷说赵中午不像话，人家的伤还没有好利索呢，你竟然一点儿阶级感情也不讲，让指导员受累。马德富说，没关系，都是自家兄弟，互相帮助嘛！

一路上，马德富没少和赵中午唠嗑。马德富不讲入关，也不讲离开东北，那是赵中午忌讳的字眼，他讲得最多的是他自己。他说，他的老家在陕西，父亲在他8岁的那年就死了，是被地主打死的。父亲要饭，路过地主家的大门，地主家的小少爷放狗出来咬。父亲用讨饭棍打了狗一下，就遭来杀身之祸，被地主活活打死了。那天，下大雪，父亲倒在地上，口中吐出的血都把白雪染得血红血红的……他说，是母亲送他到部队参军的。临别时，母亲拉着他的手说，记着，为你爹报仇。然后，母亲又说，跟着共产党去打天下吧，把地主老财都灭了，咱们穷人就能过上好日子了！那一年，马德富说他

147

∨ 我军某部干部宿营后帮新解放的战士挑血泡。

17岁，舍不得离开家，离开母亲。可是母亲还是把他送走了。这一走就是5年多。马德富说，1945年，已是一名老兵的他随部队进关，来到了东北。当时，他的老家早已是解放区，人民翻身做了主人。但他没有恋家，被故乡拖住后腿。为啥？因为他在部队受到过教育，眼光看得远了，不仅仅看到自己的家，还看到许许多多和自己一样的穷苦人，他要为大家去战斗，去推翻万恶的旧社会。所以，遵照中央的决策，接到队伍开拔的命令之后，他二话没说，拔腿就走。那是一次被毛主席誉为"又一个几千里的长征"，是人民军队历史上"第一次大规模的军事调动"。出关后，和他一样，来自五湖四海的远离家乡的10多万官兵，就像撒在黑土地里的种子，仅仅过了3年，就成长了，壮大了，然后，经过一场辽沈大战，灭敌57万，一下子就解放了全东北……

马德富就这样和赵中午心平气和地讲着过去的事。

马德富腮帮子上有伤，话讲多了，伤处就痛，但他仍旧坚持着讲。他知道讲的那些话，最终都会对赵中午有用处。

在马德富指导员和赵中午一边行军一边唠嗑的时候，赵中午很少讲话，只是默默地听着。连续多天了，赵中午仍旧提不起精神来。他的腿越走越沉重，像是灌满了铅。

部队一律晚上行军，白天宿营。

这天晚上走着走着，就看见夜色中黑乎乎的一条长龙沿着山脊蜿蜒而去，大家知道那条长龙便是长城，越过长城，就进入关内了。

看见长城，连里大多数人兴奋得手舞足蹈，可有的人却更加沉默寡言了。赵中午就是无精打采的人中的一个。

天亮时，连队在一个小山村住了下来。指导员马德富心里惦记着赵中午，不时到他所在的班去串门。可是一不留神，赵中午还是失踪了。班长说，刚才还看见他往厕所那边去了，怎么一会儿就没影了呢？

不能有一个战士逃亡，这是上级的要求。指导员马德富连忙发动骨干去找。

大家从村里找到村外，就不能再找了，再找，怕暴露部队行动的目标。白天，敌人的飞机天天在头顶上飞来飞去，万一被发现，便坏了大事。再说，大家行军了一夜，累了，也需要休息。

但指导员马德富不能休息。赵中午是他负责承包做思想工作的对象，赵中午跑了，他责任重大。于是，马德富一个人继续去找赵中午。

马德富在村里村外找了一圈又一圈，嗓子都喊哑了，也不见赵中午

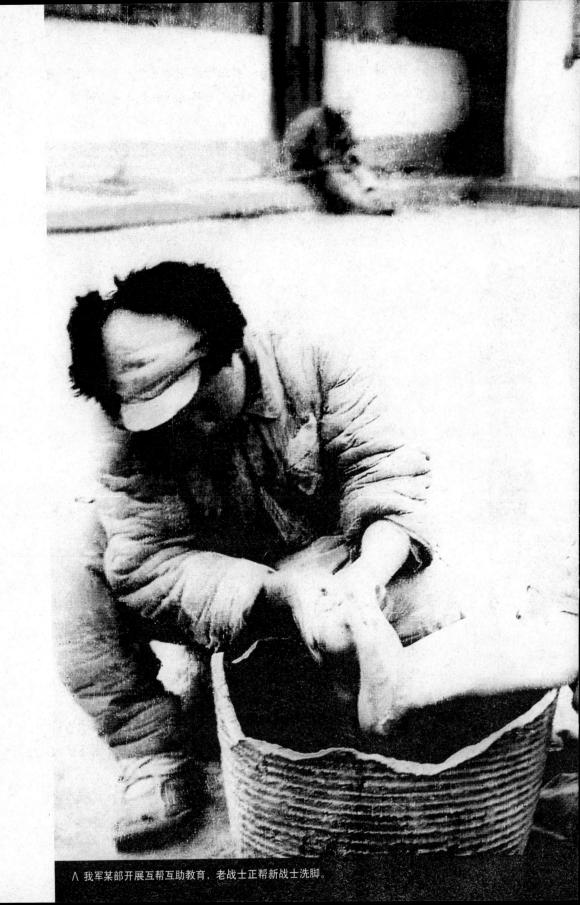

∧ 我军某部开展互帮互助教育，老战士正帮新战士洗脚。

的踪迹。马德富心想，他能跑到哪里呢？走回头路，往老家的方向去了？大白天，穿着军装，他东躲西藏的，又能走多远呢？

一直找到这天的下午，也没有找到赵中午，马德富有些绝望了。于是，他心里很难过，身子沉重，就在一户人家墙外的一块石头上坐了下来。其实，他并不埋怨赵中午，怨只怨自己的工作没有做到家。于是，就这样怨着、怨着，马德富嘴里忍不住唠

∨ 随我军入关作战的东北民工担架队。

叨起来。马德富嘟嘟嚷嚷道，是我不好，怕伤着赵中午，有一些话没有直说。其实，那都是应当说的。赵中午，你要是能听到，就给我好好听着，你这个逃兵，这个软蛋！你以为只有你有家，只有你有老娘，我们也有啊！我们离开家乡，到了东北，吃了多少苦，打了多少仗，好不容易把东北解放了，你却不想走了，不想和我们一起去解放华北，解放全中国了。要都像你，我们也不来东北了，让你自己去解放家乡你能解放得了吗？！马德富接着说，就你这样，逃回家，还不丢死人了。村里人不指着你的脊

梁骂才怪呢，你老娘不拿扫帚疙瘩搂你才怪呢，你将来要是能找到媳妇才怪呢！你这一辈子都会矮人家一截子。你这一辈子都会被人瞧不起。你这一辈子都会被人指责为逃兵。你这一辈子都不会像个男子汉那样挺直了腰杆儿。告诉你吧，到那时，你悔得肠子都绿了，也来不及了！

　　说得久了，马德富腮帮子就痛。那里的伤口近日有点发炎了。但马德富继续说着。

马德富说，赵中午，别以为我的腮帮子痛，就不说你了。受那点伤，算什么？哪像你，胳膊腿儿好好的，就当逃兵。哦，你会说你是孝子，离不开家，离不开老娘，可是挡不住别人会说你怕打仗，怕流血，怕牺牲。你要是有种，就别逃啊，和我们一起入关，打老蒋去，一直打到南京的总统府，去端他的老窝！你行吗？你敢吗？说话啊？你的嘴巴没受伤，你讲话啊？！

　　指导员，别说了！我……我赵中午对不住你……依墙立着的一堆高粱秸突然倒下，藏在里面的赵中午跑了出来，搂着马德富的肩膀说，我不跑了，再也不跑了！

据《中国人民解放军第四野战军战史》记载，由于任务紧迫，时间仓促，以至入关开进途中逃亡现象时有发生，其中以解放战士居多。从11月23日至12月底，总计逃亡1.1万余人。

马德富指导员所在的3连没有一个人逃亡。

当夜，连队行军攀上长城。月光下，马德富指着远处一大片土地，对赵中午说，你看，那就是关内，那就是华北！

就在那片广袤的大地上，一场史诗般的人民战争剧目，即将轰轰烈烈上演！

4. 自愿降职使用的谷广善

俗话说，兵马未动，粮草先行。

1948年11月23日，中央军委和毛泽东一声令下，东北野战军开始入关。

在这浩浩荡荡的入关大军中，其中部队80万人，俘虏5万人，民工15万人……也就是说，入关的总人数高达100万！

这么多人，是要吃饭的啊！那么，每人每天需要消耗多少粮食呢？这些粮食加起来，又是多少？

中央军委曾经预计，东北野战军进入平津地区作战，需要2个月，接着休整2个月，再接着休整后行动又需要1个月，加起来，共计需要5个月时间。在这5个月中，按每人每天的供应量，部队后勤保障的任务相当重。中央军委考虑，若是全部由东北供给，肯定有困难，于是，便让华北方面从中分担一部分，即对入关的部队，东北负责供给3个月，华北负责供给2个月，并连同做好即将进行的平津战役中30万俘虏的收容工作。按照当时的供应标准，部队每人每天1斤半粮食，每匹马每天8斤粮食、10斤草料……细细算来，即使不包括武器弹药、服装被褥等，后勤部门在时间紧、任务重的情况下，所需要供应的物资数量如此巨大，足见工作是何等的艰巨与繁重！

这道难题，历史性地摆在了东北军区和东北野战军后勤部的面前。

> 钟赤兵，1955年被授予中将军衔。

钟赤兵 ————————————————————————

　　湖南平江人。土地革命战争时期，任红三军团第5军3师军需处政治委员，第4师12团总支部书记、团政治委员，陕北省苏维埃政府军事部部长，军委一局局长等职。抗日战争初期赴苏联，先后入苏联共产国际党校、伏龙芝军事学院学习。解放战争时期，任北满军区政治部主任，东北民主联军后勤部部长，第四野战军特种兵部队炮兵纵队政治委员。

　　为此，后勤部的领导们召开了紧急会议。

　　会议由部长兼政委钟赤兵主持。

　　钟赤兵说："辽沈战役胜利结束后，部队本打算在锦州、沈阳、营口地区休整，现在中央军委下令，要求我们提前入关，而且说走就走，情况相当紧急。对于后勤部门来说，无论部队是休整还是入关，都需要物资供应。所以，我们原先就有准备。但问题在于，部队出发了，后勤保障如何紧紧跟上？在这个过程中，依我看，运输是关键的一个环节，而且迫在眉睫。大家都还记得吧，我们打锦州那会儿，大批的弹药都是靠汽车运上去的。现在，大军入关作战已经付诸于实施，可是通往关内的北宁铁路线尚未修通，由此看来，所需物资还得靠汽车运输。况且，现在的运输量，将是打锦州时的数倍！这样一来，运输的任务很重啊。所以，为了确保任务的完成，大家议一下，是不是成立一个专门负责运输的运输部？"

　　副部长周纯全和李聚奎立即表态赞成。

周纯全说:"这个办法好。"

李聚奎说:"有必要增设机构,这样可以从组织上保障任务的完成。"

副政委陈沂见参谋长谷广善不说话,只是笑,便打趣道:"你这个参谋长也不帮着参谋参谋,怎么光是笑?你看你,都把自己乐成了笑面佛了?"

谷广善仍在笑。

谷广善边笑边说"我这是高兴啊!眼下我们后勤保障的一个很大的难题就是运输。要是成立一个专门的机构,负责做这一项工作,问题就有可能得到妥善解决。"

接着,谷广善又说:"我们主要的运输工具是汽车。现在,我们的运输队伍壮大了,从最初的3个汽车团,发展成了5个,全部家当加起来,足有汽车2,000多辆!但是我们的汽车团长期以来缺乏统一指挥,运输效能没能得到最大的发挥。为了适应今后大规模作战的形势需要,我们有必要把5个手指合拢起来,攥成一个拳头,那样击打起来,肯定更有力量!"

陈沂说:"我同意谷参谋长的意见。5个汽车团全部归运输部领导,统一制度,统一管理,这样可以大大地提高执行任务的能力。"

钟赤兵当即拍板:"就这么定了,成立运输部。入关部队所需物资供应的运输,由运输部统揽!"

在1948年的这个冬天,当百万雄兵即将入关之际,东北野战军的战斗序列中又多了一个编制。运输部的组建,是我军进行大规模作战的必然产物。从这一天开始,浩浩荡荡大军的后勤运输,将纳入专业化、机械化的程序。

从此,运输不再是人挑肩扛的代名词。汽车,为部队供给插上了腾飞的翅膀。

于是,4个轮子,不仅仅体现了实力,还体现了速度。

兵贵神速啊!

参加会议的将军们当然明了运输部组建的意义。他们很是兴奋。接下来,会议的议题自然而然转到由谁来当这个运输部部长?

> 周纯全,1955年被授予上将军衔。

周纯全 ———————————————————————————

　　湖北黄安(今红安)人。土地革命战争时期,任中共鄂豫边特委常委,省苏维埃保卫局局长,中共川陕省委书记,红四方面军后方纵队政治委员等职。抗日战争时期,任中国人民抗日军政大学第一分校校长,滨海行署副主任等职。解放战争时期,任辽东省、安东省实业厅厅长,辽南行署主任,东北民主联军后勤部东线战勤司令员,东北军区后勤部部长,第四野战军后勤部部长。

因为群雁之首，实在是太重要了！

钟赤兵开始点将："我看，还是由李聚奎来挑这副重担吧！"

李聚奎当仁不让："我也觉得我最合适当这个部长。"

周纯全和陈沂表示同意。

谷广善不表态，只是笑。

陈沂急了，说："老谷，你笑什么，倒是说话啊？"

谷广善不急于表态，是因为他有自己的想法。他觉得由李聚奎担任运输部部长，那是电线杆子做火柴——大材小用。李聚奎是1928年参加平江起义、同年加入中国共产党的老同志。早在土地革命战争时期，他从红军排长、中队长、大队长、团长、师长、一直到担任红四方面军第31军的参谋长，可谓战功卓越。抗战期间，他历任八路军第129师386旅参谋长，抗日选先纵队司令员兼政治委员，决死第1纵队副司令员、旅长

兼太岳军区第1军分区司令员等职。解放战争中，李聚奎曾经担任过冀热辽军区参谋长，驻北平"军事协调处执行部"中共代表团执行处副处长，西满军区参谋长，东北军区后勤部参谋长兼西线后勤司令员……若论资格，当年长征，李聚奎任红1军团第1师师长时，谷广善任该师卫生部部长，就是他的部下。现在，运输部的任务那么重，要是让老领导去担纲，他谷广善实在是于心不忍。想到这里，谷广善主意已定，那就是自己去当这个部长。所以，谷广善在为自己的决定高兴时，面部便顺其自然地布满了笑意。

钟赤兵部长说："老谷，有什么想法你就说。"

谷广善说："那我就不客气了。我来个毛遂自荐，这个运输部长由我当！"

钟赤兵想了想，说："可以。运输部部长一职就由你参谋长兼任。"

谷广善直摆手："我看还是别兼任了吧。要干，就要一心一意扑下身子去干。往往兼任的结果，是兼而少管，会分心的。"

∨ 我军后勤部门源源不断地将粮食从东北运往平津前线。

宁都起义

　　土地革命战争时期，国民党第二十六路军在江西宁都举行的起义。1931年3月，国民党第二十六路军由山东开往江西与红军作战，在参加了第三次对中央革命根据地"围剿"后，留守宁都。因不满国民党的统治与政策，该军1.7万余人在参谋长赵博生、旅长董振堂和季振同等领导下，响应中国共产党的抗日号召于12月14日举行起义。起义后，编为中国工农红军第一方面军第五军团，季振同、董振堂分别担任总指挥和副总指挥，赵博生任参谋长。

　　钟赤兵说："那参谋长谁来当啊？"

　　谷广善说："那是你部长的事，我不管。我就当这个运输部长，专管运输！"

　　一时，会场上出现了沉默。

　　谷广善1925年曾在冯玉祥部当过医兵。1931年谷广善参加了宁都起义，随后加入红军，历任红5军团红15军卫生科科长、红44师卫生队队长、少共国际师卫生部部长、红1军团野战医院卫生所所长、红1师卫生部部长、八路军115师卫生部部长等职。平型关战役后，林彪被晋军误伤，就是谷广善及时赶到事发地点，为林彪进行了最初的包扎和诊断。当时，谷广善还在事发现场拾到一截半寸长的林彪的肋骨。后来，他用这截肋骨证明了林彪的枪伤是由背后打入的……也正是有了这段不同寻常的经历，发生于20世纪70年代初的"九·一三"事件，使谷广善一度受到株连，他的家被抄，但没有找到他"上贼船"的任何证据。他是清白的。当然，这都是后话了。眼下，与会者望着谷广善，无一不被他主动要求辞去参谋长而改任运输部部长的这种勇于挑重担的精神所感动。

　　钟赤兵说："老谷，你执意要把自己降职使用，我可当不了这个家，做不了这个主啊！我得向总部首长汇报。"

　　东北野战军政委罗荣桓听说了这件事，大加赞赏。

　　罗荣桓对谷广善说："这才是我们共产党人应有的风范！"

　　接着，罗荣桓又说："人家都喜欢升官，积极往上爬，你可好，却主动往下溜。我们的干部，能够做到这一点，实在是不容易啊！"

　　谷广善对罗荣桓说："只要工作需要，不论职务高低，我都乐意去干。请首长放心，我一定保证把运输任务完成好！"

　　1948年12月，东北野战军后勤运输部宣告成立，经中央军委批准，谷广善担任了运输部部长兼政治委员。

＜ 董振堂，宁都起义的主要领导人之一。

∧ 人民群众为我军修桥铺路，保障道路畅通。

运输部下设参谋、材料、燃料、民工、供给等处并设有政治部，辖 1、3、4、5 汽车团（其中 2 团拨归华北）。

谷广善走马上任后，立即抽调精兵强将充实领导机构和部队，接着利用各汽车团集中的便利条件，大抓规章制度，对部队进行整顿，很快就使部队的面貌焕然一新，把汽车运输纳入了后勤保障的快速轨道。

汽车运输目标大，是敌人飞机空袭的重点。飞机一来，有时在公路上排成长龙的车队躲都没法躲，因此不仅显得很是被动，而且还影响到运输的时效。

谷广善见状，决定汽车团白天休息，晚上行走。

但经过一段时间的实行，效果并不好。因为夜间行车，虽然没有敌人飞机的骚扰和

袭击，却跑不快。这样一来，一旦速度上不去，汽车运输的能力便大打折扣，受到影响。这让谷广善大伤脑筋。

谷广善苦思冥想，如何解决这个难题呢？

有一天，谷广善跟车时遇到了敌机空袭。敌机发现我军的运输汽车晚上行驶后，常常利用晴天，天快亮，能见度尚好的时候，对汽车团进行偷袭。而在这个时间段，通常汽车运输兵们想抓紧白天到来之前的短暂间隙，多跑一些路，于是，满载军用物资的车队便与敌机相遇了。敌机一次次地俯冲，向车队疯狂地扫射。不时，有汽车被击中，燃起火来，浓烟滚滚。

司机跳下车，欲拉谷广善到路边的树丛里隐蔽。

谷广善不走。他用车身作掩护，将目光投向天空。他看见敌机一次次俯冲下来，然后又一次次地飞走。在这个过程中，谷广善忽然举一反三，受到了启发。他想起毛主席说过的话，那就是"以其人之道，还治其人之身"。也就是说，你飞机能打我，我为什么不能打你呢？你打我，是因为我没有还手的能力，于是你就显得有恃无恐、肆无忌惮。要是我也能够对你进行还击，那么，你还敢这样猖狂无比？你就不怕被我揍下来吗？想到这儿，谷广善兴奋极了，他不由对着空中的敌机大喊："喂，你给我听着，从今以后，就没有你的好果子吃了！不信，你就试试，看我们怎么收拾你！"

守在一旁的司机见部长不仅不怕袭击，反而对着敌机大喊大叫，不明白这究竟是怎么回事，连忙用身体护着谷广善，说："部长，别喊了，危险！"

∨ 我军部队在行军途中，宣传队员们扭秧歌为战士们鼓劲。

谷广善说："没事。"

接着，谷广善对那个司机说："要是我们在汽车上装上高射机枪，敌机来了，就狠狠地揍它。你说，这个办法好不好？"

司机说："当然好啦。那样，我们的汽车团就成了兼职的机动高炮团，即使是大白天，也能上路行驶了！"

谷广善回到机关驻地后，立即向野战军后勤部打报告，要求给每10辆汽车配备一挺高射机枪。

钟赤兵部长见到谷广善打来的报告，连连叫好。

钟赤兵随后给谷广善打来电话，说："老谷啊，我们后勤部不光有了运输部，还新增了防空部队，真是可喜可贺啊！"

高射机枪很快装备到了部队，谷广善特命汽车4团团长胡飞统一指挥对空的射击。

从此以后，汽车团就有了双重身份，他们不分昼夜地运输物资，有力地保障了前线部队的作战需要；同时，在敌机袭来时，他们又是防空部队，对敌人进行坚决的打击。

在运输部组建两个月的日子里，曾有细心人作过这样的统计：4个汽车团共出车1万余次，行程可绕地球71圈，运送各种物资达1.7万吨……

5."脱口秀"其人其事

"脱口秀"是现代社会生活中新近涌现出来的时髦名词。

但不能因此说早年就没有"脱口秀"。

若按照辈份，早年的"脱口秀"应是现代"脱口秀"的祖师爷。

早年的"脱口秀"，在早年那个信息并不如现代畅通的年代，能够成为"脱口秀"，平心而论，着实难能可贵！

许明阳就是这样一位早年的"脱口秀"。

许明阳没有上过学，他所认识的字都是到部队后，从文化教员那里学来的。那时候，除了行军打仗，许明阳最感兴趣的，就是学习文化。他用树枝在地上练习写字，写多了，就用鞋子擦去。结果，久而久之，许明阳的鞋子总是比别人的底子先坏。文化教员看他学习认真，便特别乐意教他。

文化教员是个大学生，参加革命后投笔从戎来到了部队。文化教员爱写诗，受其影响，许明阳也就爱读诗。许明阳在认得一些字后，曾跟文化教员学过写诗，但他写得比文化教员差远了，所谓诗，都是一些大白话，或是顺口溜。按照文化教员的话说，就是缺乏诗味，纯属白开水。那么，诗歌究竟是什么味呢？许明阳品不出来。不过，许明阳却通过学习写诗，懂得了什么叫作合辙押韵。这对他今后人生道路的选择，起到了很大的作用。

后来，文化教员调到机关工作去了。

后来，许明阳就自己学习。他把自己写的诗，统统叫作顺口溜。他喜欢顺口溜。

后来，连队里一旦有什么任务，指导员便自然而然地想到许明阳。因为文化教员调走了，还因许明阳识字，会来几句顺口溜，这对于指导员，已经很满意了。于是，指导员总是让许明阳配合工作，搞好宣传。

其结果，实践出真知。许明阳顺口溜写得多了，日久天长，竟然熟能生巧，练就出了出口成章的高超本领。

比如说，部队大练兵，休息时，大家让许明阳来一段。许明阳也不推辞，走到人前，开口就说，并且句句合辙押韵，听起来，怪顺口的。

北风吹，雪花飘，
练兵场上好热闹。
端起枪来瞄准靶，
百步穿杨武艺高。
手榴弹一甩 80 米，
个个赛过小钢炮。
练好本领上战场，
打得蒋匪无处逃……

比如部队要打大仗，指导员做过动员，特地留一点时间让许明阳发言，进行鼓动宣传。许明阳不打讲稿，人往台上一站，脱口而出：

同志们，决心大，
紧握刀枪快出发。
敌人就在咱前面，
追上去，揪住它，
给它来个"包饺子"，
给它来个连根拔。
子弟兵个个都是英雄汉，

打起仗来顶呱呱。

彻底把敌人消灭掉，

胜利的红旗遍地插……

有一天，部队行军来到一处小村庄。指导员让许明阳抽空写了几条标语贴在村头显眼的地方。谁知许明阳贴完标语，刚转身，就遇到了一位首长。

首长问："标语是你写的？"

许明阳答："是。"

首长便念标语："用脚上的水泡，换敌人的大炮！——不错，有意思！"

接着，首长又念："咱们走得快，敌人死得快！——嗯，这条写得也很好！"

说完，首长看了看许明阳。

首长问："你叫什么名字？"

许明阳说："许明阳。"

首长问："上过几年学？"

许明阳挠挠头："家里穷，没钱读书。都是到部队后学得文化。"

首长点点头，说："好啊，自学成才。"

随后，首长便走了。

但首长走了几步，又折回来，很是干脆地对许明阳说："明天，你到纵队宣传队报到去！"

就这样，许明阳从连队调到了宣传队。

半年过后，也就是辽沈战役胜利结束之后，许明阳经过战火锻炼，已经成了宣传队的一名主要骨干。这期间，许明阳学会了打快板，"脱口秀"才能，得到了更加充分的发挥。

接下来，东北野战军接到中央军委的命令，决定提前入关。

这就应了一句老话，叫做"计划不如变化"。这个变化使刚刚经历了一场大战的部队，还没有来得及好好休整，转眼之间，又要踏上新的战斗征程。

由于变化来得快，部队缺乏应有的思想准备，宣传工作的任务便更加繁重了。在那些日子里，许明阳简直成了大忙人。

他看到大军入关，一些家乡观念比较重的东北籍战士，留念故土，情绪不够稳定，立即书写了诸如"华北不解放，东北不稳当"、"天下穷人是一家，立志解放全中华"的宣传标语，四处张贴。

行军路上，他成了活跃分子。往往他朝哪个行军路口一站，那里就是一处热闹的地点。

打竹板，听我说，

∨ 我军入关开进途中，受到沿途人民群众的热烈欢迎。

长途行军要快乐。
疲劳欺软却怕硬，
你前进来它退缩。
挺胸昂首大步走，
流点汗水算什么。
进入关内打平津，
接着再把长江过，
总统府里捉老蒋，
乘胜解放全中国……

　　部队进关以后，受到了当地党、政机关和人民群众的
热烈欢迎。白天，许多村镇组织的秧歌队、高跷队，载歌
载舞，夹道迎送；晚上，不少地方的群众自发地打着火把，
为战士们行军照路。只要部队一住下，乡亲们更是热情，
什么花生啦、红枣啦、柿子啦等当地的土特产，大把大把
地往你怀里塞……许明阳看在眼里，记在心中。他的快板
自然而然增添了新的内容：

百里行军宿山寨，
男女老少迎上来，
问寒问暖问不够，
送茶送饭又送鞋。
新媳妇让出新娘房，
老大爷一个劲儿递烟袋。
更有那三岁小娃娃，
抱住脖子亲你腮……
人民军队人民爱，
一片真情暖心怀。
有朝一日上战场，
定把顽敌脚下踩！
……

　　在许明阳所在的部队，尽管许多战士叫不上他的名

∧ 平津前线指挥部驻地——蓟县孟家楼村。

字，但大家都记住了他。以至于平津战役结束之后，纵队政治部接到不少基层官兵传话，说是要给宣传队的那个说快板的战士请功。

后来，许明阳"脱口秀"的故事经过口碑相传，结果传来传去，竟然传到了东北野战军政治委员罗荣桓那里。罗荣桓随即派人了解了许明阳的事迹，然后高兴地说：

"宣传鼓动工作，也应当出功臣模范。我看，许明阳这个功，该立！"

6. 1948 年 12 月 11 日·生活片断

这是一天上午。

阳光下的孟家楼，还像以前那样安静。四处很少有人走动。偶尔从哪家院子里传来母鸡觅食时咯咯的叫唤声，过后，便销声匿迹了。

东北野战军指挥部也很安静。

林彪在吃黄豆。

林彪吃黄豆不是为了充饥，而是喜好。他时常从衣兜里掏出一小把炒熟的黄豆，放在手心，然后独自旁若无人地吃着。他吃得很慢，一粒一粒地往嘴里送，然后细嚼慢咽。有时吃完一粒，他会因思考问题而止住，过了好一阵子，才接着吃。对林彪来说，一小把黄豆，至少能吃上半天或是一天。

罗荣桓、刘亚楼和林彪共事已久，习惯了林彪吃"独食"。再说，黄豆也不是什么特别好吃、不吃馋死人的食物，所以，他们视而不见，该干啥干啥。

刘亚楼在读一份当日9时毛泽东发来的电报。

电文很长。

林彪和罗荣桓是刘亚楼的听众。

刘亚楼在读：

三、3纵决不要去南口，该纵可按我们9日电开至北平以东，通县以南地区，从东面威胁北平，同4纵、11纵、5纵形成对北平的包围。

四、但我们的真正目的不是首先包围北平，而是首先包围天津、塘沽、芦台、唐山诸点。

五、据我们估计，大约12月15日左右你们的10纵、9纵、6纵、8纵、炮纵、7纵就可集中于玉田为中心的地区。我们提议，12月20日至12月25日数日内即取神速动作，以3纵（由北平东郊东调）、6纵、7纵、8纵、9纵、10纵等6个纵队包围天津、塘沽、芦台、唐山诸点之敌，如果诸点之敌那时大体仍如现时状态的话。其办法是以武清为中心的地区，即廊坊、河西务、杨村诸点，以五个纵队插入天津、塘沽、芦台、唐山、古冶诸点之间，隔断诸敌之联系。各纵均须构筑两面阻击阵地，务使敌人不能跑掉，然后休整部队，恢复疲劳，然后攻歼几部分较小之敌。此时，4纵应由平西北移至平东。我华北杨罗耿兵力应于4纵移动之前歼灭新保安之敌。东面则应依情况，力争先歼塘沽之敌，控制海口。只要塘沽（最重要）、新保安两点攻克，就全局皆活了。以上部署，实际上是将张家口、新保安、南口、北平、怀柔、顺义、通县、宛平（涿县、良乡已被我占领）、丰台、天津、塘沽、芦台、唐山、开平诸点之敌一概包围了。

六、此项办法，大体即是你们在义县、锦州、锦西、兴城、绥中、榆关、滦县线上作战时期用过的办法。

七、从本日起的两星期内（12月11日至12月25日）基本原则是围而不打（例如对张家口、新保安），有些则只是隔而不围（即只作战略包围，隔断诸敌联系，而不作战役包围，如对平、津、通州），以待部署完成之后各个歼敌。尤其不可将张家口、新保安、南口诸敌都打掉，这将迫使南口以东诸敌迅速决策狂跑，此点务求你们体会。

八、为着不使蒋介石迅速决策海运平津诸敌南下，我们准备令刘伯承、邓小平、陈毅、粟裕于歼灭黄维兵团之后，留下杜聿明指挥之邱清泉、李弥、孙元良诸兵团（以歼约一半左右）之余部，两星期内不作最后歼灭之部署。

九、为着不使敌人向青岛逃跑，我们准备令山东方面集中若干兵力控制济南附近一段黄河，并在胶济线上预作准备。

十、敌向徐州、郑州、西安、绥远诸路逃跑，是没有可能或很少可能的。

十一、惟一的或主要的是怕敌人从海上逃跑，因此在目前两星期内一般应采围而不打或隔而不围的办法。

十二、此种计划出敌意外，在你们最后完成部署以前，敌人是很难觉察出来的。敌人现时可能估计你们要打北平。

十三、敌人对于我军的积极性总是估计不足的，对于自己力量总是估计过高，虽然他们同时又是惊弓之鸟。平津之敌决不料你们在12月25日以前能够完成上列部署。

十四、为着在12月25日以前完成上列部署，你们应鼓励部队在此两星期内不惜疲劳，不怕减员，不怕受冻受饥，在完成上列部署以后，再行休整，然后从容攻击。

十五、攻击的次序大约是：第一塘芦区，第二新保安，第三唐山区，第四天津、张家口两区，最后北平区。

十六、你们对上述计划意见如何？这个计划有何缺点？执行有何困难？统望考虑电告。

刘亚楼读完来电，拍案叫绝。这位1929年参加红军，长征时任过红一军团第2师

> 土地革命战争时期，时任红一军团第2师师长的刘亚楼（左）与时任第1师师长的杨成武在一起。

师长，到达延安后担任过抗大训练部部长、教育长，并于1939年赴苏联伏龙芝学院学习军事长达7年的年轻将军，不仅富有实战经验，而且军事理论上也造诣颇深。此时，毛泽东的一封关于平津战役作战方针的电文，让他激动难抑。他连连说道："考虑得细致，把握得深刻，安排得周到。英明，英明！"

林彪早已停止了吃黄豆。

林彪没说话。

自从接到提前入关的命令以来，林彪一直与毛泽东通过电文往来讨论平津战役的作战方针。他对现在这个方针十分满意。他注意到，毛泽东电文中的第六条，特地说明了有关围而不歼及隔而不围，是对他以往作战经验的总结和采纳。

此时，政委罗荣桓亦很激动。巧的是，就在今天，东北野战军将发布《平津作战的政治动员令》。动员令指出："如我能作到全部歼灭华北敌人，占领平津，这将是一个极大胜利。不但华北全境可获解放，东北、华北两大解放区完全连成一片，且在华北我军歼灭傅作义，华东、中原我军歼灭杜聿明各军之后，蒋介石在全国范围内即无主力。那时长江以北局势即可稳定，全国胜利的基础从此即可巩固建立。故这一作战关系极大。"

展望未来，罗荣桓豪情满怀……

这一天，是一个好日子！

这一天，是一个历史不会忘记的日子！

这一天，是1948年12月11日！

苏联伏龙芝学院 ———————————————

苏联军队培养诸兵种合成军队军官的高等军事学校。校址设在莫斯科。1918年成立，1925年被命名为伏龙芝军事学院。1931年后学校招收了诸兵种合成军队指挥员、炮兵、坦克兵和航空兵等兵种学员，为苏军作战部队培养了大量的高级指挥官。第二次世界大战结束后，学校先后出版了卫国战争苏军团级和师级合同战术战例等一批军事学术著作。1945年获一枚"苏沃洛夫勋章"。

❶我军炮兵战士在擦拭榴弹炮。

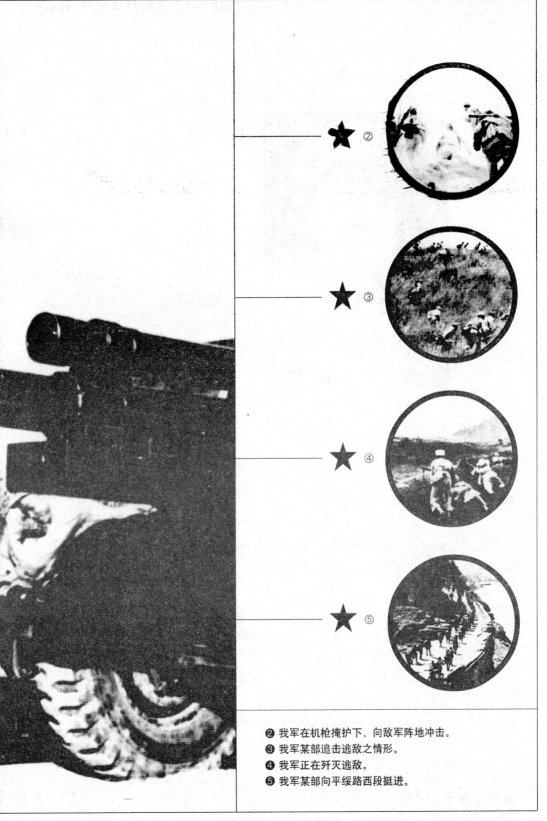

❷ 我军在机枪掩护下，向敌军阵地冲击。
❸ 我军某部追击逃敌之情形。
❹ 我军正在歼灭逃敌。
❺ 我军某部向平绥路西段挺进。

谭 政

（时任东北野战军政治部主任）

　　部队行进的途中，设立了宣传站、鼓动棚，门板上、村口、路旁刷写标语，张贴鼓动口号；宣传队员唱歌子、说快板，自编自演，动员欢迎的群众呼口号。宣传鼓动工作，热火朝天。

　　部队政治机关编的口号，生动活泼，内容恰当，效果很好。

　　如："华北不解放，东北不稳当！""拿咱脚上的水泡，换取敌人的大炮！""群众纪律要注意，办事态度要和气！""部队要出发，纪律要检查，人民一针线，咱们不能拿！""东北、华北解放军，本来就是一家人，团结起来力量大，并肩作战把敌杀！"

——摘自：谭政《东北野战军平津战役政治工作》

★★★★★

萧劲光

（时任东北野战军第 1 兵团司令员）

休整计划得到了军委的批准，同意从 11 月初休整到 12 月 15 日为止。

但是，大约只休整了十余天，当各部队都在忙于召开各种会议，总结战斗经验，评选功臣模范，调配干部，补充新兵，准备武器弹药的时候，军委来了急电，要求东北野战军全部提前入关，参加平津战役。

电报一份接一份，开始是商量、征求意见，后来是正式下达命令。

——摘自：萧劲光《正义之师直薄平津》

第六章

伸出自己的手叩响死亡之门

∧ 解放战争时期的蒋介石及其侍从们。

一棵大树挺立着。

在离地面不远处的树干上，隐隐约约有一个小洞。那是虫子的通道。虫子已经在树干中生活了许多年，树的木质，是它们的美食；树的汁液，是它们的饮料；树的年轮，是它们的游乐场所；树的气息，是它们的生存需要……

忽然一阵风吹来，大树拦腰折断，倒伏在地。

大树断裂处，正是虫们聚集的地方……

1. 狗咬狗，一嘴毛

第35军军长郭景云与他的三位前任不同，傅作义、董其武、鲁英麟都是军校毕业生，而他基本上没读过什么书。平日里，郭景云语言粗鲁、骄傲狂妄倒也罢了，可在战场上，竟然照旧端架子，耍起了大腕的脾气。他见带领部队突围不成，便气急败坏，说老子不走了，就真的不走了，退回新保安，固守待援。

傅作义舍不得丢掉35军，那是他的命根子，于是，急令104军军长安春山为西部地区总指挥，统一指挥104军、16军和35军，并率部火速赶赴新保安，通过内外夹击"共军"，接应并掩护35军返回北平。

没想到的是，当傅作义把此次行动计划电告郭景云后，却把郭景云惹火了。郭景云拿着电报，骂骂咧咧道："他安春山什么玩意儿，就那么一拃长的小矮个子，还当总指挥，指挥老子？！"

更让郭景云恼怒的是，随后安春山来电，称自己是"西部收容总指挥"。那么，安春山把我郭景云当成什么了？收容对象？！简直是对他的极大侮辱嘛！不管怎么样说，我郭景云是经过枪林弹雨打仗打出来的，要不，在年初的涞水战役中鲁英麟兵败自杀，怎么会由我接任了35军军长？这叫能耐！郭景云心想，即使此番受命驰援张家口，我也没损兵折将，仅仅是在返回北平的途中暂时固守新保安而已，怎么能叫"收容"呢？

国民党第104军 ———————————————————————————— ▲ —

1948年9月由暂编第3军改称。解放战争时期，由安春山担任军长，隶属华北"剿匪"总司令部，下辖第250师、第258师、第269师，参加了察绥战役、平津战役。在平津战役第一阶段中，该军军部及所辖3个师先后在平绥线怀来、康庄地区被人民解放军歼灭大部，副军长王宪章等被俘；战役第三阶段，该军参加和平解放北平，接受人民解放军改编。该军后编入人民解放军第38军军部。

真他妈的混蛋！随后，郭景云把电文胡乱丢弃在桌上，且并未及时把104军和16军前来接应的情况告诉手下人，以至于在后来的战斗中，郭景云的部队与安春山的援军不能相互配合，狗咬狗，扯皮的事情不断发生。

其实，所谓"西部收容总指挥"，只不过是郭景云手下的译电员把"西部地区总指挥"译错的结果。郭景云不明其中原委。郭景云便把怨恨集中到安春山的头上。

安春山不知电文译错，造成了如此巨大的误会。

安春山只是对接应郭景云心存不满。这个郭大麻子，对他一点儿都不尊重，见了面，不分场合，也不管周围有没有其他人，开口就叫他"安小个子"！老子长得略为矮了一点，竟然成了郭大麻子取笑的把柄，真是欺人太甚！平心而论，矮又怎么啦？人矮，浓缩型的，聪明。人矮，不浪费，穿衣服省布料。人矮，上了战场，便于隐蔽，挨枪子儿的概率小……总之，人矮并没有什么不好！相反，一脸大麻子，那才叫难看呢！一张好好的脸，好像被谁吐了一地的瓜子壳，恶心死了！

更让安春山生气的是，不久前，他的104军258师受命随35军驰援张家口。到了那里之后，军情有变，傅作义命令他们东撤。本来是一同去的，应当一起回来。可他郭大麻子却好，大胆谋私，竟用汽车先载那些和他有着利益关系的达官贵人、商家小贩，以及那个军械所的狗屁机器设备，反把258师甩在了张家口。一个师的官兵啊，就这么像丢弃一块抹布一样，被他郭大麻子随随便便地丢掉了。不是身上的肉，当然他割起来不在乎了。可是安春山心疼呢！安春山心想，好你个狗日的郭大麻子，老子总有一天要报这个仇！

现在报仇的机会来了，安春山接到命令后，并没有按照傅作义的要求，亲自率部前往新保安接应35军。他把此行的任务交给了副军长王法子。他在王法子的身后坐镇指挥。他很乐意用嘴巴的劳累取代双腿的劳累。

于是，副军长王法子只好领兵沿着平张线向前推进。

一路上，部队不断遭到"共军"的阻击。

安春山不敢怠慢。安春山知道，在他的背后，傅作义正在用一双期盼的目光看着他。35军是傅作义的心头肉。安春山自然掂得出35军在傅作义心中的分量。所以，不看僧面看佛面，他必须尽可能地让部队向新保安接近。

安春山决定绕道而行。他令269师，由250师师长王建业指挥，协同250师，在沙城以南贾家营附近集结后，向新保安的外围"共军"占领区域宋家营、赵家营、马圈发起攻击。同时，安春山又令35军在王建业师长指挥的部队展开行动后，由新保安向马圈方向攻击。即采取两面夹击的方式，尽快使35军突出重围，然后两军在怀来集中。

后来这个行动计划惨遭失败。

失败的原因在于郭景云。

郭景云记恨电文中使用的"收容"字眼，并没有把104军和16军前来支援35军的行动告诉部属，以至于战斗打响后，前来接应的部队在飞机的支援下猛打猛冲，先是攻下乔庄，后又攻下另外两个村庄……最后占领马圈。而此时，阴差阳错，郭景云的35军不仅没有相应配合援军，按照计划部署，夹击"共军"的阻击部队，却有劲没处使，向东八里方向发动了攻击。

　　这时候，有一个人很着急，但他爱莫能助。这个人就是空军副司令。战斗打响后，这位副司令特地乘机到前线观测，发现郭景云的35军竟和援军拧着来，焦急得不得了。他即与地面部队联系，让安春山立即转告郭景云，说他打仗打晕头了，不是朝东八里方向打，是朝马圈！这位副司令生怕地面指挥部队电台接收人员听不清楚，还特地解释说，马圈，就是养马的那个地方，该朝那里打！

∨ 从东北开赴平津前线的我军装甲部队。

其实，在这位空军副司令提醒之前，安春山就和郭景云通了话。安春山告诉郭景云，"共军"的东北先遣兵团已经赶到平张线，切断了康庄与怀来的联系，他要求郭景云一定要争取时间，两面夹击，力争尽快突围。

可是郭景云不听。郭景云心想，你别想来"收容"老子！

后来，250师占领马圈后，安春山又一次和郭景云通话，令他无论如何要抓住这千载难逢的机会，果断突围。不然，就来不及了。

郭景云却满不在乎地说："我可以走。但你必须令250师到新保安来接防。"

简直是开玩笑嘛，谁都知道，现在的新保安已是一座死城，安春山觉得这时候郭景云说这种话，大有戏弄他的意味！

于是，安春山说："真是昏了头啦？要是250师能进新保安，那我们还到这里来干什么？找死啊！我们的任务是迅速向北平集结。你听到了没有？"

安春山说这话的时候，报仇的欲望像种子一样在心田悄悄萌芽。

郭景云回话："他妈的，老子不走啦！你爱干嘛干嘛！"

安春山冷笑着说："老兄，要是后悔了，还来得及，届时到怀来来，我在那里等你。"

郭景云大骂："什么意思？你是想收容我吗？"

安春山火了，他把报话机的话筒一扔，大吼道："错过今天的机会，你就死定了，不可能再出来了！"

事后，郭景云和他的35军果然被安春山的乌鸦嘴不幸言中，最终也没有走出新保安。

事后，安春山仍旧认为，新保安向南的道路实际上已经被他的部队打通，35军只要决心突围，肯定不成问题。之所以有后来那样的结局，都是郭大麻子造成的。郭大麻子不仅开枪打死了自己，也葬送了第35军！

事后，要是郭景云不死，还有机会继续与"安小个子"明争暗斗，他一定不会放过这个让自己恨得咬牙切齿的对手……

2. 陷入泥潭中的傅作义

傅作义接连接到了两个电话，把他的心情一下子搞得很糟糕。

第一个电话来自新保安，是郭景云打来的。郭景云在电话里向傅作义告状，说安春山太不像话，对执行傅总的命令大打折扣，自己躲在怀来，却让副军长王法子带着部队前来接应。郭景云说，接应的部队走到马圈，就不走了。马圈离新保安最近的直线距离只有4公里，本来他们完全可以一鼓作气，抵达新保安城下，与35军会合，可是他们却停止不前了。这不是故意跟他找别扭吗？其间，安春山打电话，让他到马圈来。

安春山的口气很大，态度也很不好，说你要来，你就来；你要不想来，他安春山也没有办法，只好拍拍屁股走人……总座，你看看，安春山这是说的什么话？郭景云还说，安春山小看人，竟然打来电报，称自己是"西部收容总指挥"。您瞧瞧，他安春山把35军当成什么啦？前来竟然不是协助35军突围，而是收容！真是欺人太甚了！更可恶的是，在这之后，安春山说走真走，竟让王法子带着部队离开了马圈，撤向怀来。35军多好的一次突围的机会啊，就这样让安春山这个家伙给丧失掉了！现在，共军正从四面八方围住新保安。据手下的人报告，共军的队伍新增加了不少，其中有一些是从东北过来的……总座，35军被困在新保安，形势非常不妙。您是35军的老军长，35军是您一手缔造的，您可不能不管啊！

郭景云的话像一把把刀，直朝傅作义的胸口戳。于是，傅作义很生安春山的气，心想，安春山你太让我失望了。我委任你为"西部地区总指挥"，是对你的信任。你却好，对我阴奉阳违，当着我的面把队伍带了出去，一转眼，自己却待在怀来，让副军长带兵前去援救35军，真不像话！要知道，35军在我的心中分量该有多重？35军是我手中的一张王牌，是我的命根子。要不是张家口11兵团的孙兰峰那边吃紧，我还舍不得让郭景云离开北平呢！我对郭景云说过，要他快去快回，不要恋战。目的是什么？是让他赶紧回来，北平这边还需要他。35军不在身边，我的心里就不踏实！

傅作义把双手习惯性地插在棉裤的后腰里，在办公室一连走了好几个来回，越想越窝火，然后决定给安春山打电话，问问他究竟想干什么？傅作义知道安春山与郭景云之间有矛盾。但究竟是些什么矛盾，傅作义不想过问。他只是想提醒安春山，现在什么时候了，还你争我斗、互相诋毁地于大局而不顾，借出兵西援的机会闹意见、泄私愤？要团结！尤其是在目前困难的形势下，团结等同于生命！

就在傅作义准备拿起电话的时候，铃声骤响，安春山把电话打了过来。

安春山也是来告状的。

安春山说，情况如此紧急，郭景云还端架子，傲气十足，根本不把他安春山放在眼里。安春山说接到西援35军的命令之后，他的部队历尽千难万险，一路与共军拼杀，好容易瞅了一个空隙，趁共军不防，迂回插入马圈，便被前来堵截的共军拦在那里了。他们很

∧ 抗战时期的傅作义。

想打通马圈与新保安的通道，可是不行。共军的阻力太大，几经努力都没能如愿。这时候，他给郭景云打电话，让35军配合一下，从新保安朝马圈方向突围，然后两军会合，向怀来转移。可郭景云倒好，接到电话后，牛气得很，大耍老爷作风，自己窝着不动，却要他打到新保安去接他！安春山说，好歹自己是"西部地区总指挥"，35军还属于他的管辖，凭什么他郭景云就可以不听他的命令，自以为是，另搞一套？当时，马圈离新保安近在咫尺，说白了，也就顶多4公里的距离，郭景云要是稍稍使一点劲，从新保安朝外冲，他们也好相互协作，完成任务啊！后来，前来阻击的共军部队越来越多，仗也越打越激烈，加上时间拖得久了，解救35军机会也就越来越少了，最后，他们不得不撤出马圈。安春山说，当时要是晚撤一步，他们就有可能被共军包围……

国民党华北"剿总"总司令傅作义 ——————————————

山西临猗人。国民党二级陆军上将，曾任晋军第四路军总指挥，国民党第35军军长，绥区省政府主席等职。抗日战争爆发后，任第7集团军总司令，第八战区副司令，第十二战区司令兼绥远省政府、察哈尔省政府主席等职。抗战胜利后，任张垣"绥靖"公署主任，华北"剿总"总司令。1949年1月，接受中国共产党提出的和平解放北平条件，率部起义。

傅作义听了直皱眉头，此时是公说公有理，婆说婆没错，让他不知道该怎么办才好。傅作义一会儿倾向安春山，认为安春山说的有道理，郭景云是有傲气，王法子既然已经把部队穿插到马圈，你为什么不走呢？4公里的距离，凭着35军的实力，无论怎么说，你也能打过去了！援军已经抵达你的面前，你却守着新保安不动，这怎么行呢？你郭景云不是拿自己开玩笑，拿35军开玩笑吗？但仅是一瞬之间，傅作义又把天平上的砝码移向了郭景云。他觉得安春山没说实话，既然王法子带兵到了马圈，你就不能再使使劲往前推进4公里吗？你安春山对郭景云有成见，却不能在战场上故意闹别扭。还有，你安春山为什么不亲自带部队前往新保安？傅作义心想，既然已经这样了，我就不在电话里跟你算这个账了。但这件事不能就这么了了，如果不了了之，今后我说话还算不算话？那不是可以拿军令当儿戏了吗？傅作义认为，这件事，得给安春山记上账，等安春山回到北平，再跟他细论也不迟。而眼下要说的是，收容是怎么回事？你把35军当成什么了？竟然在战场上开起玩笑来，要收容我的35军！

这样想着，傅作义便在电话里问安春山，为什么要在发往郭景云的电报中写上"西部收容总指挥"的字样？

安春山被傅作义问得一头雾水。

安春山说，他没有这样做啊？他怎么样敢这样做呢？要知道这是打仗，不是平时互相之间开玩笑，他安春山可以拿脑袋担保，他只写了"西部地区总指挥"，根本就不知道"西部收容总指挥"是怎么一回事！安春山还在电话里说，所谓"收容"之事，肯定是郭景云杜撰出来的。郭景云是恶人先告状，目的在于推卸责任。他准是看到突围的机会丧失，就赖上了别人。这个家伙缺乏诚信，以前经常干这样缺德的事！

平心而论，郭景云收到的"西部收容总指挥"的电文，是译电员将"西部地区总指挥"译错了的缘故，责任不在安春山。况且，电报是王法子发给郭景云的。王法子率兵抵达马圈之前，给35军军部发去电报，告诉他所的在位置，并希望郭景云在他到达马圈后，率领35军及时从新保安出击，双方通过合力，打通马圈与新保安之间的通道。可是，正是在抄收这封电报时，35军军部的译报员偏偏出了差错，结果惹得郭景云为收容一事大为恼火。后来，王法子到了马圈，郭景云不积极从中配合，抓住机遇从新保安突围，也与译电员译错电报有一定的关系。毕竟，那份译错的电报是个导火索，它把郭景云平时对安春山的积怨引爆了。

当然，这都是后来才理清的事实。在当时，无论是郭景云，或是安春山，还是傅作义，对此都是一团乱麻。

于是，面对安春山，傅作义不好说什么了。因为傅作义搞不清楚35军没有能够突围，这个责任究竟在于谁？

放下电话后，傅作义觉得自己的身子被这两个告状的电话掏空了。他成了一副皮囊，内里什么也没有了，轻飘飘的，像是置身在云里或是雾中。

傅作义坐在沙发上。他用手吃力地支撑着头，好像此时不用手去支撑着，脑袋太重，肯定自动耷拉下来，然后再也抬不起来了。

形势怎么会发展成这样子呢？傅作义百思而不得其解，他总觉得冥冥之中仿佛有一只操纵的巨手在跟他拧着来。你瞧，傅作义明明把35军派出去，是去救11兵团的，可是35军一去就惹上麻烦，反而被困于

> 20世纪40年代，傅作义与友人在北平留影。

新保安；然后他又派104军和16军共计5个师去替35军解围，可是双方部队仅差4公里距离就会合了，却没能打通通道，偏偏失去了一个极好的机会。那么，究竟是谁的错？或是谁都不怪，要怪就怪运气不好？

傅作义感到十分痛苦。

对于35军和104军，尽管傅作义有亲有疏，但同是手心手背，都是他身上的肉。同样，对待郭景云与安春山，傅作义基本上做到了一视同仁。以至于现在，板子打在谁的身上已经不重要了，重要的是，西援35军的计划没有实现，他的"王牌军"仍旧被"共军"死死包围在新保安。傅作义不由心想，下一步该怎么办呢？

傅作义想了很久，想得脑袋瓜隐隐作痛，也没有想出一个理想的办法来。

后来，傅作义决定先给郭景云和安春山分别打个电话，一来安慰对方一下，尽量平息二人心里的怨气；二来协调一下，看看双方还有没有重新协作的机会。

在打这个电话之前，傅作义首先要求自己不要发火，说话的态度和语气尽可能地做到亲切、和蔼。就好像在此之前，什么事情也没有发生过，什么不愉快的细节也没有听说过。一切从零开始。为此，傅作义彻底做好了思想准备，一切服从于大局。大敌当前，他这个华北"剿共"总司令权当委屈自己一把，给部下多说一点好话，给对方多提供一点温暖，哪怕纯属是哄一哄他们，又有什么不好呢！

想到这儿，傅作义就开始打电话。

傅作义先把电话打到了新保安的35军军部。

他要与郭景云通话。

他当着郭景云的面，说自己如何把安春山臭骂了一顿。他说安春山没有亲自率兵前往新保安，本身就是一种严重的失职行为。他说他们既然已经赶到了马圈，却没能一鼓作气，打通马圈与新保安的通道，纯属作战不力。他还说他们撤向怀来的行动过早，要是再坚持一会儿，也许战局会出现转机……

郭景云见傅作义为自己出了一口气自然很是感激，他在电话里再次把安春山数落了一遍，然后才按照傅作义的要求，把新保安的形势及他的打算一一向傅作义进行了汇报。最后，郭景云小心翼翼地问，安春山受到总座训斥后情绪如何，他有没有可能再次西进，前来接35军突出重围？

傅作义说，我让安春山务必想想办法。只要有可能，就不要放弃西去接应的可能。

接着，傅作义让郭景云一边继续固守待援，一边自己寻找突围的机会。在结束通话的时候，傅作义还特意告诉郭景云，一定要有信心，毕竟35军是有实力的。等到35军突出重围，回到北平的那一天，他一定亲自到城外迎接他们！

他在给郭景云鼓劲。

他知道，处于惶恐之中的郭景云现在最需要的就是他这样的鼓劲。

挂了电话，傅作义觉得心里多多少少得到了些许安慰。郭景云还在努力守城，他的35军还在战斗。困难只是暂时的，天下没有过不去的坎。傅作义这样对自己说道。

随后，傅作义又给安春山打电话。

傅作义在电话中告诉安春山，他已经狠狠训斥了郭景云。他说郭景云仗着35军实力雄厚，一向目中无人，竟把眼睛长到后脑勺上去了。他说你们好不容易冲破共军的层层阻拦，打到马圈，已经竭尽了全力。郭景云在关键的时刻没能配合你们，那是他的错误。他把自己的位置放错了，以至于丧失了一个极好的突围机会。等到郭景云回来，他一定要好好教训教训他。他还说，这次西援的任务没能完成好，作为总司令，他傅作义也有责任。平时，他对郭景云管教不严，这是个教训，等等。

安春山在领受任务后，没有亲自率兵前往新保安接应35军，原本心虚得很，现在见傅作义不仅不训斥，反而表彰他尽职尽力出兵打到马圈，自然心里十分受用。于是，安春山不再抱怨郭景云如何不是玩意了，他认为该低头时则低头，何况面对的是傅作义呢！因此，安春山当即轻描淡写、偷工减料地作了一点自我批评。

傅作义见目的基本达到，便话题一转，问安春山有没有可能再次出兵西去，接应被困于新保安的35军？

安春山本想一口予以回绝，但觉不妥，那样傅作义肯定不开心。于是，安春山脑袋瓜急速转了转，然后对傅作义说，王法子正带人从马圈往怀来撤。等看一看情况再说吧。总之，我会积极寻找机会的。只要有百分之一的可能，我就会尽百分之百的努力。毕竟任务没有完成，身为"西部地区总指挥"，我总得对总座您有个交代啊！

见安春山这样说，傅作义便不好再讲什么。现在安春山有个明确的态度，也就可以了。

傅作义放下电话之前，用对待郭景云同样的话和同样的语气，对安春山说，接应35军的事，就交给你了。等你完成了任务，回到北平时，我一定亲自到城外迎接你！

傅作义本不是那种逢人说人话、见鬼说鬼话的人。但这时候他实在没有办法。他是被郭景云和安春山逼的。挂了电话，就连傅作义自己都觉得不应该这样。他们是谁？是他的部下。他们执行命令不力，没有完成他交付的作战任务，本该狠狠训斥他们才是。可是，不行啊，傅作义有他的难处。他要是对他们瞪起眼睛来，那他们很可能更加糟糕。还是现实一点为好啊！

什么时候他也变得如此世俗，如此现实起来？

想到这儿，傅作义顿时发出了一声无可奈何的叹息。

相互诋毁，相互攻击，相互不信认，这一切难道是国民党军队内部不可根除的痼疾吗？

联想到近一年多来发生的战事，堂堂国军数百万大军，装备那么精良，却常常不堪共军一击，这是什么道理？

照此下去，国军还有希望吗？

傅作义不敢再往下想。

但傅作义又不能不去想眼前的事。只要35军被围困一天，傅作义的心就会悬挂一天。他在等安春山的电话。他计算着王法子就要带104军回到怀来了。到时候，安春山会怎样安排？他会像他所说的那样，尽可能地寻找机会，再次出兵接应35军吗？

等待是痛苦的。

时间一分一秒地过去了，安春山那边毫无动静。

有几次，傅作义的手已经拿起电话，可是随后又放下了。他不能主动打这个电话，那样一方面会让安春山从中发觉他的心情是多么迫切，另一方面也会给安春山带来压力。毕竟这是打仗。在战机没有出现的时候，你再着急也没有用。

于是，傅作义继续等待。

可那种等待，实在是一种对于身心的极大摧残！

在这期间，傅作义时常会出现幻觉。他觉得自己坐在山上，这座山不是普普通通的山，而是火山。火山随时有可能爆发。他觉得屁股底下已经开始热了，他不知道这是不是火山即将爆发前的征兆？他又觉得自己漂流在一条河上，河面很宽，一眼望不到边。此时有风，也有浪。他身上竟被河水打湿了。更加奇异的是，他的身下没有船。他是漂在水上的。他为什么会漂呢？要是何时他不漂了，会不会沉到河底去？……总之，这些奇怪的幻觉均为不祥之兆，可是他想摆脱却摆脱不掉。这让傅作义很伤脑筋。

其实，傅作义十分孤独。他的这种心境没有人能够体谅。手下的人，只知道他的权力很大，工作很忙，整天不是看地图，就是打电话或是批文件。大家对他总是毕恭毕敬，他说什么，大家就去做

∧ 吴克华，1955 年被授予中将军衔。

什么。至于他的想法，他的苦恼，他们一概不知。所以，他觉得自己很苦，甚至眼下连个可以敞开心扉，说说心里话的人都没有。

于是，他只好一个人待在办公室里。

他的脑子很乱。

他曾想静下心来考虑一点什么，可是思想不集中，只好作罢。

然后，他就盯着桌上的电话机，期盼安春山能够带来他所希望听到的好消息。

可是越盼，电话机越是沉默无语。它就像是一只沉睡的猫，趴在桌上，一动不动。

傅作义等得急了，便在屋里来回踱步。

他走了十圈，电话没有声响。

他又走了十圈，电话仍无动静。

当他再次走了十圈时，终于电话铃声响了。

电话果然是安春山打来的。

安春山的声音有些颤抖。安春山说，总座，情况危急，据16军军长袁朴报告，从延庆方向杀出一支共军大队人马，正向康庄快速逼近。眼下，他已自顾不暇，无法再出兵前往新保安接应35军了！

傅作义听后，如同五雷击顶，头脑随即嗡地响了一声，接着就懵了。

手中的话筒什么时候掉下来的，傅作义已经记不得了。

那只话筒吊在空中，像是钟摆，一副垂头丧气的样子，左右晃动着……

3. 康庄，与"康庄大道"没有任何关联

康庄，是一个地名，地处平张线上。

康庄驻扎着国民党第16军军部、109师、94师和22师各一个团。军长名叫袁朴。

袁朴发现情况不妙时，康庄已经处于共军包围之中。共军的动作这么快，大大出乎袁朴的意料。于是，袁朴立即派人打听，包围他的究竟是什么部队？从什么地方而来？不久，袁朴接到报告，来者是东北野战军吴克华率领的第4纵队。袁朴大惊失色，这还得了，东北野战军的第4纵队那可是大名鼎鼎、如雷贯耳啊，塔山阻击战就是他们打的。这是一支善打硬仗的精锐之旅，当年在塔山，坚守了六天六夜，无论你怎么打，他都固若金汤、寸土不让。难怪这支部队入关后，傅作义特意通报各部，说是守备塔山的共军来了，大家都给我盯着，决不可以麻痹大意、掉以轻心。

现在，这支"共军"部队果然厉害，当袁朴刚刚听到一点动静，他们的3个师便突然现身，并以迅雷不及掩耳之势，迅速切断了怀来与康庄的联系，把康庄团团围住，令

他措手不及、防不胜防。

袁朴慌了，连忙禀报。

傅作义回电：既然共军已经完成对康庄的包围，你们应立即果敢突围，回到八达岭附近集结，以保北平。

第4兵团指挥官李文回电：突围一定要慎重。如果认为突围有困难，可加强工事，进行固守。

一方是华北"剿匪"总司令，一方是有着隶属关系的顶头上司，且两个命令不一致，袁朴傻眼了，不知该怎么样办。

袁朴手下有个师长，名叫黄剑夫，关键时刻出谋划策：

"军座，三十六计，走为上。咱们还是想办法突围吧。现在突围还容易，共军刚刚对我实施包围，兵力并不十分强大，肯定有缝隙可钻。再说，八达岭离我们不远，趁晚上没有月亮，利用夜色作掩护，突围的可能性极大。总之，突围是主动性的，总比固守被动挨打好吧。如果真的固守了，想想看，有谁会来救我们呢？到那时，大概只有天知道了！"

国民党第5兵团司令李文

湖南新化人，国民党陆军中将。黄埔军校第一期毕业。抗日战争时期，任第1军第78师师长，第90军军长，第34集团军总司令。抗日战争胜利后，任第4兵团司令长官兼北平防守司令，西安"绥靖"公署副主任兼第5兵团司令长官。1949年底，第5兵团在四川被解放军击溃，李文被迫投降。次年3月，逃离出四川，1951年4月去台湾。

一番话说得袁朴蠢蠢欲动了。

其实，袁朴原本就倾向于走。袁朴听说对手是东北野战军的第4纵队，就像老鼠见了猫，浑身上下的骨头都酥了。当时，他的第一个念头就是赶紧溜。不溜，就是找死！你能打得过共军的4纵吗？卫立煌的部队已经在前头试过了，被人家打得个落花流水，你再接着打，那还不是明摆着鸡蛋碰石头！他袁朴才不干傻事呢，既然打不过，就走呗！两条腿长在自己的身上，还犹豫什么？！

随即，袁朴下令，当晚突围。

12月9日午夜时分，驻扎康庄的第16军开始行动。

算是运气好吧，袁朴率部接连越过了两道警戒线，"共军"竟然没有发现。这让袁朴既兴奋，又担心：兴奋的是，果然如同黄剑夫师长先前所说，"共军"的包围圈不严实，有缝隙可钻；而担心的是，走得太顺利了，会不会是"共军"有意而为，故意设下圈套，诱其上钩？

袁朴有所不知，真实情况是这样的：东北野战军第4纵队12月7日因攻打密云受到毛泽东的批评后，为把失去的时间抢回来，他们一路马不停蹄火速往怀来、八达岭地区赶路，由于连续数日急行军，部队相当疲劳，以至于战士们抱着枪站着就能睡着了。然而恰恰在这个时候，袁朴率部离开了康庄。袁朴占了一个小小的便宜。但接下来，袁朴又因占小便宜吃了大亏。要知道，并非全部"共军"都睡着了，有一支部队醒着，他们是4纵10师362团。

醒着的362团是一支警觉的枪口。

袁朴和他的16军冷不丁撞到枪口上了！

"什么人？站住！"362团担任警戒的哨兵大喝一声，"口令！"

∨ 我军与敌在新保安展开激战。

对方顿时乱了阵，脚步声噼哩叭啦响，仿佛炸了营。

哨兵扣动扳机，清脆的枪声划破了夜空。

听说过这样一个故事吗？一枝枪的枪口，与树上的一只鸟儿对视。许久，枪没有击发，那只鸟儿也没有飞走。鸟儿吓傻了，竟忘记了飞翔。于是，鸟儿一动不动地与枪对峙。鸟儿的身心倍受煎熬，时间对它来说，就是射来的子弹。后来，终于枪响了。却没有射出子弹。枪里没有子弹，只是扳机被扣动，枪膛里的撞针空击了一下。那声音不大，不注意听，根本听不出来。可是鸟却中弹，从树上掉下来，死了。鸟儿死于内心极度恐慌，它的胆被吓破了……

现在，袁朴和他的部队如同那只鸟，哨兵的一声枪响，就把他们事先策划好的突围计划全盘打乱。这时候，袁朴已经管不了他的部队了，尽管他挥着手枪大喊："给我回来！别跑呀！"可是没人理他。大家都在疯狂地逃命，不顾一切地逃命。

逃亡像是可怕的急性传染病病毒，迅速在空气中蔓延。前头的部队一跑，后面的人虽然不知道发生了什么情况，也跟着跑起来。恐慌啊，谁跑得慢了，谁就没命了啊！一时，大家仿佛在比赛看谁跑得快。可是那么多人都在奔跑，却不知往哪里跑。

一辆辆美国造的军用卡车，开着大灯，四处乱闯；

一匹匹骡子驮着山炮，一边奔跑，一边仰天大叫；

坐在高头大马上的骑兵，在乱成一锅粥的步兵队伍里团团打转，寸步难行；

那些红了眼的士兵见到汽车就往上爬，被车上的人用枪托一顿乱砸，打了下来……

到处是喊叫声；

到处是东西碰撞声；

到处是哭喊声；

到处是慌乱的脚步声……

大堤决口了，洪水飞泻而出。

这个夜晚，对于袁朴和他的部队来说，太恐怖了。眼前的景象，即使是世界末日，也不过如此。

东北野战军第4纵队的362团，把本应是阻击战，打成了追击仗。于是，战争出现了奇迹，一个团把一个军的敌人追得连滚带爬、望风而逃。

团政委刘玲，一边指挥部队追击，一边把情况向师里报告。

师指挥所问，究竟有多少敌人在逃？

刘玲说，不知道。我带着七八个参谋干事，在路上追到一股敌人，大家便扯着嗓子喊："你们被包围了，放下武器，赶快投降！"敌人也弄不清我们有多少人，稀里糊涂扔下枪来，乖乖做了俘虏！

当时，俘虏真多。

在这场大追击中，我军一个排，俘虏敌人一个营的战例已不新鲜。一开始，战士们让俘虏把枪栓卸下，交给他们；后来，枪栓多了，背不动，战士们还得继续追赶敌人，索性让俘虏把枪扔在地下，空手跟他们走。再后来，俘虏还是太多了，跟在后面走，不方便，干脆有的连队就成了专门的俘虏押运队，让其他连队轻装往前冲……

当362团追到外泡村时，敌人迎头被我12师堵在了泡儿山、杨岭一带。这时，4纵10师、12师猛插敌阵，联手合作，从两面包抄，前后夹击，终于把敌人包了"饺子"!

追击战历时6个小时，歼敌6,000余人。

敌16军军长袁朴跑了。他乘着夜间混乱，在警卫营的护卫下，仓皇而逃。

袁朴虽然活着，但他的心已经死了，那颗惊恐万状的心，今后还能承受得起生活中哪怕是一点点微风细雨吗？！

康庄，作为北平外围的一个重要据点，敌人在那里构筑了大量而又坚固的防御工事。如果16军凭借这些工事负隅顽抗，肯定还能抵抗一阵子。但是他们弃阵逃跑了。他们被打过塔山阻击战的东北野战军第4纵队吓坏了，他们受不了极度恐惧的折磨。从某种意义上讲，他们的失败是从他们的内心开始的。

康庄，对于袁朴和他的16军，绝非康庄大道……

4. 堂堂的大军长当了一把"伙夫"

敌104军军长安春山开始了他的逃亡经历。

纵然安春山有一千个或一万个不愿意逃亡的理由，但他把握不住自己了。或者说，他把自己出卖了，眼下，他只有逃亡这一条路可走。

12月10日上午，驻守怀来的第104军军长安春山得知16军被歼，康庄失守，当即犯了一个和袁朴同样的错误。尽管安春山在很短的时间里无法弄清袁朴的16军为什么会溃不成军，但他和他内心的恐慌程度却是一样的，当安春山听说16军败在东北野战军的手里，于是，他把自己复制成了袁朴，立即决定率部撤离。

当时，前往新保安接应35军的250师和269师刚刚回来，部队疲惫不堪，但也阻止不了安春山撤离的欲望。安春山在团长和独立营营长以上人员参加的紧急会议上说："共军的先头部队已经迫近怀来。当前我们惟一的生路，是经十八家子、横岭关、镇边城、门头沟、石景山等地向北平急进。"

这是一条逃亡之路！

安春山在步袁朴的后尘。

又是一只惊弓之鸟！

∧ 东北野战军第4纵队，在辽沈战役塔山阻击战中向敌人发起冲击。

接下来，安春山率部手忙脚乱、慌里慌张地出发了。

由于极度恐慌，安春山在临行前或上路后，竟然没有设置途中遇到"共军"阻击部队如何对应等等预案，所以，当104军的出逃被东北野战军先遣兵团发觉后，一场换了时间，换了地点，却没有更换如同歼灭第16军那样过程的大追击开始了！

溃军在逃，拼命地逃；

追兵在追，拼命地追！

逃兵魂飞魄散；

追兵越战越勇。

真是兵败如山倒啊，一时，满山遍野都是逃亡的官兵……

就像数小时之前，敌16军军长袁朴任凭想像也不可能知道追赶他的4纵10师362团的团政委刘玲，竟然只带身边的几个参谋干事，一声大吼，就可以让他的一大群部下举手投降，成为俘虏。

同样，逃亡之中的敌104军军长安春山，此时也绝不可能想到，类似发生在袁朴身上的事情，再次惊人地重现。只不过，这次抓俘虏的已不再是团政委，级别大大提高了，是东北野战军第4纵队的司令员吴克华和政委莫文骅！很多年后，莫文骅将军这样回忆当时的情景："我和吴克华军长等牵着马，攀援而上。翻过长城，刚下山，一检查队伍，发现携带电台和手摇摩托架（发电用）的人员和一个警卫班没有跟上来。由于前面部队已经走远了，我们不能停下来等他们。忽然，发现不远处有一股敌人堵在路上，还架着机枪。我们这支小部队，很沉着地从敌人面前走过去。我还故意地问道'是哪部分的？'他们回答：'报告长官，是军部的。'当离开他们十几米远时，我小声对身边的伍参谋说，'快去缴他们的枪！'他掏出手枪回过头，毫不费事地就缴了敌人的枪。"莫将军还说："在这次追歼战中，蒋家王朝分崩离析、兵败如山倒的迹象已呈现出来了……"安春山若有知，不知会作何感想？！

没有斗志，没有信心的军队，不能称得上军队。

那是一盘散沙。

逃亡中的104军军长安春山，便是这盘散沙中的一粒。

逃亡，他在继续逃亡！

无论安春山逃往何处，他都觉得身后有一双手在向他扑来。于是，他只能不停地逃。

一生中，安春山从来没有这么狼狈过，一个军的人马被他转眼之间弄丢了。他已顾不上他的手下，他们现在逃到哪里，他竟一点儿也不知道。逃到后来，就连他的军特务营营长都带人离开了他。那可是拜了把子的兄弟啊，那可是把命都可以托付给对方的人啊，平时安春山对他不薄，可是，到了关键时候，他以为他安春山不行了，竟不辞而别。

一生中，安春山同样没吃过这样的苦，接连走了三天三夜，累得他的腿已不像是他的腿，脚也不像是他的脚，它们除了酸、痛、沉重之外，好像与他没有关系。他太疲惫了，甚至走着走着，身子往路边一倒就睡着了。那是农田中的堰埂啊，竟比睡在弹簧床上还舒服。他不想起来，就想这么永远睡下去，那该多好啊！可是他的副军长王法子不让。王法子一再把安春山喊醒。王法子说："军座，万万睡不得，还是尽快走路吧。"王法子还说："这里是开阔地，不安全。"安春山没办法，只好走。他觉得这一回，他把一辈子的路都走尽了。以后，他再也不想走路了。

前面有一条山沟。

这次是副军长王法子走不动了。王法子有病，浑身无力，气喘吁吁的，走路对他是一种酷刑。

王法子对安春山说："我走不动了。我就留在这里了。"

王法子又说："你不能这样走。要换件衣服……"

过后，安春山从这条山沟往外走的时候，他身上的将官服已经换成了士兵的服装。那是一件油不啦叽的破旧的棉袄，一只袖口绽露出了脏兮兮的棉花。安春山闻着衣服上的气味，直犯恶心。但他还是穿上了。

> 莫文骅，1955 年被授予中将军衔。

莫文骅 —————————— ◀

广西南宁人。土地革命战争时期，任红7军直属政治处主任，湘赣军区政治部宣传部部长，中央苏区军委会总司令部直属政治处主任，红军大学政治部主任等职。抗日战争时期，任中国人民抗日军政大学政治部主任，八路军留守兵团政治部主任，八路军南下第二支队副政治委员等职。解放战争时期，任东北野战军第4纵队政治委员，第四野战军41军政治委员，第13兵团政治委员。

又走了很久，好像是迷路了，安春山已辨不清东西南北。他和他手下的20来个人只是按照他们假定的北平的方向走着。

他们走过一个小村庄。

村里有人。村民们似乎见惯了战败逃亡的士兵，见他们没拿枪，也就不把他们当一回事。甚至一只狗追着他们又叫又咬，是一个村民阻止了它。村民大概是可怜他们吧。此时，安春山心里不由荡起一丝暖意。人在落难的时候，感觉和以前不一样。现在，他需要同情，需要温暖。他很想掏出一块金条递给那个村民，作为回报。可是不行。他现在已不是军长了，是"伙夫"；"伙夫"身上怎么可能揣有金条呢？于是，安春山只是看了看那个村民一眼，头一低，走了。

又是一道山沟。

沟很深。

当安春山和他的手下费力地从沟底爬上来时，一抬头，傻眼了，站在沟沿用枪指着他们的竟是解放军！

"你们是哪部分的？"

安春山手下人小声答道："104军。"

"具体一点？"

"呵，250师的……"

解放军战士挨个盘问他们是干什么的。

有的说是公务员，有的说是收发员，有的说是文书……轮到安春山。安春山说他是伙夫。接着，许是怕对方不相信，安春山补充说："干了十多年了。不干了，不能干了……"说完，安春山心里扑通扑通直跳。他连忙用手捂住胸口。

那战士问安春山："你不跟他们干了，可愿意跟我们干？"

安春山装得挺像。

安春山说："我还是回家吧。家中上有老，下有小，离不开我啊！"

后来，解放军真的放他走了。临走前，那个小战士给他发了还乡证，还发了几块钱路费。小战士说："革命自愿，决不勉强，愿干者干，不愿干就放。只要放下武器，我们既往不咎。"

真险啊，堂堂的第104军军长，被解放军抓住了，随后又放了。谁信啊？

就连安春山自己都不大相信。

那天，104军刚刚撤离怀来城，就遭到"共军"猛烈追杀。"共军"真厉害，吴克华令4纵以每小时7至9公里的速度抄小路跟在安春山身后咬住不放；而贺晋年的11纵已越过居庸关，占领南口，切断了怀来东面的道路。接下来，两路兵马一路穷追猛打，短短几个小时过后，104军便全军覆灭。现在，转眼间安春山就成了地地道道的光杆司令，并

∨ 1948年12月10日，国民党军第104军被我军全歼，这是东北野战军第4纵队在战斗中缴获的敌军美式汽车。

差一点成了"共军"的俘虏。安春山不知道见到傅作义，该如何向他交代。

黄昏时分，安春山向远处的北平走去。

安春山用手摸了摸口袋里解放军发放的那几块钱路费，又摸了摸他带在身上的几根金条，恍若梦中。

吴克华 ——————————————————————————————————————

江西弋阳人。土地革命战争时期，任红八军团第21师63团参谋长、红五军团第13师35团团长等职。抗日战争时期，任八路军山东纵队第五支队副司令员、第二支队司令员，第5旅旅长，胶东军区副司令员等职。解放战争时期，任东北民主联军第4纵队司令员，辽东军区副司令员兼参谋长，东北野战军第4纵队司令员、第41军军长等职。

贺晋年 ——————————————————————————————————————

陕西安定（今子长）人。土地革命战争时期，任陕北游击队参谋长、总指挥，红27军第1团团长，红十五军团81师师长，红27军军长等职。抗日战争时期，任陕甘宁八路军留守兵团警备第1团团长，八路军联防司令部警备第3旅旅长等职，解放战争时期，任东北民主联军合江军区司令员，东北野战军骑兵纵队司令员，第7纵队副司令员，第11纵队司令员，第15兵团副司令员等职。

❶我军爆破小组在火力掩护下冲向敌堡。

★②

★③

★④

★⑤

❷ 我军某部炮兵以猛烈火力轰击守敌。
❸ 国民党俘虏被成群地押出战场。
❹ 我炮兵在战前擦拭榴弹炮。
❺ 我军炮兵向碾庄圩守敌猛轰。

程子华

（时任东北野战军第 2 兵团司令员）

　　……敌 104 军军长安春山于 10 日中午，从怀来率领该部和 16 军一部，乘汽车沿旧公路企图绕过南口，逃回北平。

　　我当即赶到 4 纵司令部，查实敌情后，即令 4 纵和 11 纵追歼逃敌。……

　　12 月 15 日，包围张家口的华北 3 兵团电报中央军委：现张垣敌还有兵力在 5 万以上，在数量上我不占优势。我们估计该敌在我 2 兵团开始攻歼 35 军或 35 军被歼后，有极大可能企图突围逃跑。如东面程、黄或杨、罗能抽出一部兵力，加强张垣外围防敌突围，则更为妥善。第二天，中央军委即将此电内容转告东总，并指示派 4 纵或 11 纵协同华北 3 兵团包围张家口。当夜 24 时，东总电令我兵团：4 纵全部开张家口归杨、李指挥。翌日，4 纵即以急行军向张家口挺进。21 日下午进抵张家口东南宁远堡、榆林堡地区，接替华北 1 纵 1、2 旅防务。

　　后来情况的发展，果然不出华北 3 兵团领导的预料。12 月 22 日，当华北 2 兵团攻克新保安、歼灭 35 军后，23 日晨，张家口守敌立即向北突围逃跑。华北 3 兵团及东北 4 纵立即发起追击，至当日下午 4 时 30 分，占领张家口地区。尔后向北继续追歼逃敌。至 24 日 15 时，全歼张家口之敌。

　　　　　　　　　　　　——摘自：程子华《从先遣入关到卫戍北京》

★★★★★

王雷震

（时任国民党第35军副军长）

　　安春山对解新保安的围，也的确不积极。当我初听到安军来解围时，还认为有可能接出第35军。乃知他本人不到前边来指挥部队完成任务，而让副军长来指挥，我心中就十分诧异。为什么像这样紧急重大的任务，安不亲自指挥呢？这一定与他和郭景云过去的不睦有关。后来还听安自己说过，那时傅作义给他打电话，让他解新保安的围，他假装睡着了，不去接电话，而是让他的副军长去接。他还表示过，他就是不愿解35军的围，而是愿意35军败。从此更可以看出，在傅部的干部之间，早已存在着勾心斗角、互相猜忌、倾轧的矛盾。

　　——摘自：王雷震《第35军在新保安被歼纪实》

第七章

频频摇动的榄橄枝

∧ 毛泽东在中共七届二中全会上作报告。

寒风中，一群鸽子飞了过来。鸽子落在雪地上，它们的羽毛和雪一样洁白。
洁白的雪上很快嵌上了漂亮的枝形图案——那是鸽子们的脚印。鸽子们在觅食，它们在雪中用小嘴不停地啄着什么，然后发出"咕咕、咕咕"欢快的叫声。

随后，鸽子们纷纷抬起头来，把目光投向天空。

它们准备飞向哪里？它们面临选择……

1. 耍一把投石问路的伎俩

傅作义有一个习惯，喜欢两手插在棉裤的后腰里。

当时间进入 1948 年 11 月份以来，傅作义经常把手插在棉裤的后腰里，在办公室内走来走去。傅作义思考问题时，能够一整天不说话，见到手下的人，就跟没见到一样。

这种状况延续多日，直到有一天，傅作义不再踱步，他把手从棉裤的后腰里取出来。然后，用在裤腰里暖了很久的手，写了一封密信，让人交给共产党。

为傅作义送信的是两个人，一个名叫彭泽湘，一个名叫符定一。

彭泽湘是早期的中党员，后来自动脱党。辽沈战役后，彭泽湘来到北平，自称是"中国国民党革命委员会"主席李济深的代表，想见傅作义。那时傅作义身为华北"剿匪"总司令，并非是什么人想见就能见到的。于是，彭泽湘采取迂回战术，联系著名学者、毛泽东在湖南师范读书时的老师符定一，一同去见傅作义。后来，傅作义会见了他们。傅作义对符定一与毛泽东的特殊关系很感兴趣。在傅作义看来，符定一是一座桥，他在桥这头，而毛泽东则在桥的那一头。有了桥，就有了双方的沟通。那天，会见开始后，彭泽湘对傅作义再三游说，要傅作义独树一帜，走第三条道路，既不跟随蒋介石，也不投奔共产党，而是通过与中共和谈，设法在华北建"独立区"，成立联合政府。

这符合傅作义的心愿。

傅作义知道自己不能指望蒋介石了。老蒋排斥异己，早已让他心寒。跟蒋介石走，

符定一 ————————————————————————————————————▲——

湖南衡山人。辛亥革命后，历任湖南省立第一中学校长，湖南省教育总会会长兼湖南高等师范学校校长，北洋政府安福会众议院议员，财政部次长兼盐务署署长、稽核总所总办。1923 年创办衡湘中学。1946 年应毛泽东之邀访问延安。1949 年出席中国人民政治协商会议第一届全体会议。著有《联绵字典》、《新学伪经考驳谊》。

中国国民党革命委员会主席李济深 ———

广西苍梧人，国民党二级陆军上将。曾任国民革命军第4军军长，国民革命军总司令部参谋长，黄埔军校副校长，广东省政府主席，国民革命军第八路军总指挥等职。1933年联合十九路军蔡廷锴等在福建组织反蒋抗日的"中华共和国人民革命政府"任主席。抗日战争爆发后，任国民党军事委员会委员、军事参议院议长，桂林办公厅主任等职。1948年任中国国民党革命委员会主席。

明摆着，死路一条。远的不说，就说上个月上旬，蒋介石从沈阳、葫芦岛飞到北平，本是要召开军事会议的，后来竟为处理家事，调解蒋经国和孔祥熙的儿子、宋美龄的外甥孔令侃之间的矛盾，让宋美龄一个电话就召走了。都到什么时候了，蒋介石置党国大事于不顾，很让傅作义失望！

再就是华北的局势，不容乐观。辽沈战事结束，按照傅作义的估计，东北野战军主力少则三个月，多则小半年，才能入关。其间，他还有充裕时间进行应战的准备。可是情况说变就变，"共军"打仗不按常规，"东北虎"提前入关，弄得他焦头烂额、措手不及。眼下，华北与东北的"共军"联起手来，力量猛增，致使傅作义在军事上已毫无优势可言。而北平，是一座历史文化古城。一旦仗打起来，吃了败仗不说，古城被毁，他傅作义还要承担历史罪人的罪名，他不能不心存顾虑！

尤其是近两天，一个生活片断，经常在傅作义眼前浮现。那是11月初，在南京开会期间发生的一件事。那天，会议上发生了争吵。华中军政长官白崇禧当着蒋介石的面居然拍着桌子大喊大叫道："国军的处境人所共见，我们现在的选择决不是守，更不是撤，上上之策只能是与共产党议和。"接着，白崇禧指着在座的将领，慷慨激昂地说："你们这些只有匹夫之勇的沉睡之人，当前东北共军尚未入关，平津依然在我之

手，徐蚌一带几个兵团仍可坚持数日。这是天赋我等的最后时机了，倘若再过几月，我等就只有坐以待毙了。"当时，傅作义很是吃惊，这位被称为"小诸葛"的、公认的"军事天才"白崇禧，居然能讲出这样的话来？但过后一想，又觉得不无道理。议和，是时候了啊！

这样想来，傅作义就想到了与中共和谈。这在目前情况下不失为一条出路。傅作义想过，共产党既然主张成立联合政府，他完全可以凭借实力，以华北五省二市为资本，参加联合政府。甚至于傅作义还设想划华北的平、津、保、察、绥地区为"和平区"，华北"剿总"所属部队更名为"人民和平军"，等等。傅作义这样想的目的，是想保存实力。你想，一旦保住了军队，保住了地盘，也就有了东山再起的机会。至于和谈，对于傅作义，仅仅是手中的一张牌。傅作义现在要打的，正是和谈这张牌。

彭泽湘和符定一带着傅作义的密信，悄悄地离开北平，来到石家庄。

站岗的解放军战士拦住他们，问："你们找谁？有事吗？"

彭泽湘说："我们想见毛泽东。"

站岗的战士笑了："毛主席不住在这里。"

彭泽湘指着身边的符定一，说："他是毛泽东在湖南上学时的老师。"

那战士说："对不起，毛主席真的不住在这里。"

符定一说："那就麻烦你通报一下你们的长官，就说我们有要事相见。"

站岗的战士见他们有来头，就让彭泽湘和符定一稍等片刻，立即向上级汇报。

此后，傅作义派来和谈的使者就与中共接上了头。

彭泽湘、符定一说，傅作义已决定和谈，目前考虑的主要是和谈的具体时间，如何处置近20多万蒋介石派驻华北的中央军，以及怎么样和中共进行更高级别的联系等等问题。并且，他们当面向中共方面的有关人员呈交了傅作义写给毛泽东的密信。

傅作义的密信经层层传递，很快经聂荣臻之手转报给中央军委。

毛泽东看完信后笑着说："傅作义心存幻想，目的在于保存实力！"

周恩来说："是啊，主席的《论联合政府》是针对1945年年初的形势写的，那时共产党的实力还相对较弱。可是现在情况不同了嘛，我们现在要建立一个人民民主专政的政权，是共产党领导下的人民政权。傅作义想凭借实力在国、共两党之外，以第三者的身份参加联合政府，未免太不合时宜了。"

毛泽东风趣地说："傅作义想像力还是很丰富的。傅作义想在政治上与我们平分政权，还想在军事上保存实力，想得美啊，我们不能不让他去想啊，只可惜的是那样想不切合实际。"

毛泽东又说："但是，他既然托人捎了信，说明他跟蒋介石的立场发生了动摇，对此，我们对他愿意和谈表示欢迎。既然想谈，那就谈好了。这样，不仅可以利用机会稳定傅作义不让他走，还可以迅速解决中央军，我看，是件好事啊！"

11月19日，毛泽东以聂荣臻的名义给彭泽湘和符定一写了一封信。信中说：

"某先生有志于和平事业，希派可靠代表至石家庄先作第一步接洽，敬希转达某先生。"

信中所提到的"某先生"就是傅作义。

接到回信，傅作义心里似乎有了底。于是，他在作两手准备，一面加紧与中共联系，一面不断加强兵力部署。傅作义清楚，没有实力作后盾，任何谈判都没有实际意义。

傅作义在打小算盘，耍小聪明。

2. 看不见的战线

历史在追溯1948年冬天发生于平津战役中的一段往事时，总会提到毛泽东、朱德、周恩来、林彪、罗荣桓等伟大人物，但与此同时，也决不会忘记一个普普通通的人，那就是李炳泉。

李炳泉是河北任丘人，1919 年生于济南，1940 年在西南联大读书时加入共产党。抗战胜利后，任北平地下党平津学委的支部书记。

　　1946 年的秋天，国民党华北"剿总"机关报《平明日报》创刊。党组织认为这是一个打入敌人内部的极好机会，便让李炳泉想方设法进入报社谋职。

　　李炳泉找他的堂兄李腾九帮忙。

　　李腾九问："那活儿东奔西跑的挺累人，你真想去？"

　　李炳泉说："总得有个事做吧，要养家糊口呢！"

　　李腾九是华北"剿总"联络处少将处长，早年毕业于保定军校，与傅作义是校友。近些年来，李腾九一直追随傅作义，作为他的幕僚，两人关系非同一般，铁得很。于是，有着这样一种背景，李腾九出面推荐，报社岂敢不要？李炳泉一到《平明日报》上班，就担任了采访部主任。

保定军校 —————————————————————————————— —

　　北京政府培养初级陆军军官的正规军事学校。1912 年 6 月，北京政府陆军部为培养初级军官，决定在保定原陆军速成学堂旧址开办军官学校，后改称陆军军官学校，通称保定军校。9 月 21 日颁布《陆军军官学校条例》，直隶于陆军部。学员修学期为 2 年，10 月正式开课。分设步、骑、炮、工、辎重 5 科，教学内容主要有战术、兵器、地形、筑城 4 大教程及外文等。保定军校共举办了 9 期，毕业学员 6,253 人，其中许多人后来成为著名的军事人物，在近代军事教育史上有很大的影响。

彭泽湘 —————————————————————————————————— —

　　湖南岳阳人。土地革命战争时期，曾任中共湖北省委书记，北伐军前敌总指挥部政治部主任，中共上海沪中区委委员、宣传部部长、区委书记。抗日战争时期，任中华民族解放行动委员会（第三党）中央委员、中央常务委员、组织委员会书记等职。1947 年，任中国农工民主党中央监察委员会主席等职。

《论联合政府》 ———————————————————————————— —

　　1945 年 4 月 24 日毛泽东在中国共产党第七次全国代表大会上所作的政治报告。总结了抗日战争八年的历史经验和抗日解放区建设经验，全面阐述了新民主主义革命理论和国家学说。报告科学地分析了第二次世界大战结束前夕的国际和国内形势，总结了抗日战争期间国共两党的两条不同抗战路线斗争的历史，阐述了中国共产党在新民主主义革命时期的政治、经济、军事、文化纲领和政策，进一步指明了新、旧民主革命以及新民主主义革命同社会主义革命的区别。

李炳泉进入报社后，利用职务之便，接二连三把地下党员李孟北、王纪刚安排到《平明日报》担任记者。记者的好处是可以到处跑。中共地下党员当了国民党的记者，好处当然就更多啦，等于我党多了几双公开搜集情报的火眼金睛！不仅如此，第二年夏天，李炳泉又借招聘编辑的机会，把后来曾一度担任全国人大副委员长的王汉斌也安排进了报社，增强了党在隐蔽战线的战斗力。《平明日报》是傅作义办的报纸。后来傅作义得知在他的报社里竟有如此之多的共产党，不寒而栗，觉得没脸见人。

当然，这是后话。

当时，地下党安排李炳泉打入报社的一个主要目的，是让他通过堂兄李腾九做傅作义的工作。中共晋察冀中央局城市工作部部长刘仁说过这样的话。他说："傅作义曾是抗日的爱国将领，与蒋介石有很深的矛盾。在蒋介石政权即将覆灭时，我们有可能把他争取过来，力争和平解放北平，尽可能地保全古都的文物古迹，减少人民生命财产的损失。"

李炳泉肩上的担子很重。

这一天，李腾九来到大草厂甲16号李炳泉的住处，李炳泉如同往常一样，一边寒暄，倒茶递烟，一边让妻子出门，放哨望风。他要做堂兄的工作。

李炳泉与李腾九，抗战期间天各一方，几乎没有什么联系。后来组织上指示李炳泉要利用堂兄的关系设法接近傅作义，李炳泉才与李腾九有了较多接触。开始时，李炳泉当着李腾九的面，有意谈论时事政治，李腾九也不反感。后来两人聊得多了，说话也就随便了。

李炳泉问："看你疲劳的样子，一定很忙啊？"

李腾九说："瞎忙。东北战事结束了，共军随时可能入关，局势不好，危在旦夕啊。即使是忙，也是白忙乎！"

李炳泉说："傅总司令从南京开会回来，不是对守住华北信心很足吗？"

李腾九说："他啊……"

李腾九没有接着往下说，只是摇摇头，然后转换了话题。

李腾九说："人心惶惶。今天一过，明天还不知怎么样呢！"

又一天，李腾九神情沮丧，来到李炳泉家，进门后，坐在沙发上一言不发。李炳泉见他心情不好，就和他扯起了家常。

李腾九说："现在时局严重，乱得很，你快把你母亲、我的四婶

▽ 我军占领了北平的南苑机场。

送到南方去吧。"

李炳泉故意问道："抗战八年，颠沛流离，现在刚安稳了几天，又到南方去干什么？"

李腾九说："华北迟早是共军的天下。现在，一些有权有势的人，已经开始把眷属往南方疏散了。"

李炳泉说："局势这么严重，难道一点儿办法也没有？"

李腾九迷惘地说："办法？办法在哪儿？"

李炳泉见机会到了，便说："事在人为。傅先生如能看清形势，以大局为重，还是有希望的。"

李腾九摇了摇头，不再说什么了。

到了 1948 年 11 月下旬的一天晚上，李炳泉和堂兄聊起时局，李炳泉直言不讳地说："解放军东北、华北部队会合，已经发起了平津战役。北平将被围困。如果傅先生不自量力，幻想支持危局，负隅顽抗，将文化古都毁于炮火，那就成了千古罪人……"

李腾九凝神聆听，过后叹息一声，说："那又有什么办法呢？"

李炳泉认为时机成熟，就把自己的身份告诉了李腾九。

李炳泉说："历史不可逆转，顺应潮流才是俊杰。我们一起去做傅作义的工作，争取和平解放北平。"

李腾九连忙握着李炳泉的手，激动地说："就这么办！"

12 月 8 日，李腾九趁傅作义一人在办公室之际，和他聊起了当前局势。李腾九是傅作义信得过的人，也是傅用义身边少数能与他说上话的人。此时，李腾九一面察颜观色，一面慢慢涉及正题。

李腾九问："傅总，今后的方针大计究竟怎样？"

傅作义反问："你说该怎么样？"

李腾九说："事已如此，只有和谈了。"随即，他向傅作义谈起共产党关于和平起义的政策，以及对起义人员的优待等。

傅作义问："这些，你都听谁说的？"

李腾九答："一个北平地下党的代表。"

傅作义连忙问："谁？"

李腾九说："李炳泉。"

当傅作义得知李炳泉曾任《平明日报》采访主任时，苦笑着摇了摇头，然后自嘲道："竟是我的手下人。就在我的眼皮子底下啊！"

12 月 10 日，李炳泉应傅作义之约，由李腾九陪同，来到傅作义办公室。

李炳泉开门见山地说："我受北平地下党的派遣，代表中共来见傅先生。欢迎傅先生作出决断，进行和平谈判。"

当天，李炳泉和傅作义见面时，傅作义对和谈的条件，作了如下答复：一、参加联合政府，军队归联合政府指挥；二、在一定时间内起义，要中共方面为他保密；三、要求林彪的部队停止战斗，双方谈判。

事隔一天，即12月14日晚，傅作义对和谈条件作了修改：一、军队不要了；二、两军后撤，谈判缴械；三、由傅发通电缴械。

并且，傅作义提出，是否派崔载之为他的和谈代表，由李炳泉带领，一同到解放军前线司令部与中共方面的领导面谈？

李炳泉当即表示同意。

12月15日，李炳泉和崔载之秘密出城。为了防止蒋介石的特务跟踪，他们先是乘汽车出西直门，换乘三轮车到颐和园，然后步行至黑山扈。在通过一段两军相峙的无人地带之后，遇到解放军的前线部队。由于出城后没有按照约定与我方接头人员见面，李炳泉只好要求解放军战士把他们当作俘虏送到司令部去。

在东北野战军11纵队司令部，有关人员经过与城工部刘仁同志联系，李炳泉的身份得到了确认。

12月15日20时，11纵队司令员贺晋年、政委陈仁麒随即电告东北野战军司令部："北平地下党关系人李炳泉，带傅作义的和谈代表崔载之前来接头……"

3. 两封劝降信

钢枪擦亮了，

子弹擦亮了，

刺刀擦亮了，

就连目光都擦亮了……

战士们早已把一切准备好，就等总攻击的一声令下！

1948年12月19日，杨得志向林彪、罗荣桓、刘亚楼报告：我兵团攻歼新保安第35军的准备工作就绪，拟于21日扫清外围，22日发起总攻。

林彪回复："同意。"

林彪补充："事先可向郭景云劝降。"

其实，劝降的工作已经考虑并安排了。

∧ 我军平津战役总前委组成人员。左起：聂荣臻、林彪、罗荣桓。

▽ 时任华北军区司令员的聂荣臻（左四）与杨得志（左二）、罗瑞卿（左五）、杨成武（左三）、李天焕（左一）在平津前线。

∧ 我军某部攻上新保安城头。

　　为了瓦解敌军，尽可能减少攻城给部队带来的伤亡，杨成武特地让城工部部长甄华给敌101师师长冯梓写过一封劝降信。敌101师是35军的主力师。要是101师不战而降，将对敌军是个巨大的打击。

　　101师师长冯梓接到劝降信是在12月15日，此时距我军对新保安发起总攻还有一个星期时间。

　　冯梓打开信，看到信是由一个名叫甄梦笔的人给他写的。

　　甄梦笔是冯梓非常要好的同学。1926年冬至1927年春，两人同在太原。但冯梓不知道他的这个同学是打入国民党内的中共党员。1927年暮春，国民党在太原"清党"，甄梦笔逃回山西平定县时被捕，后来经过组织营救，出狱后即东渡，到日本留学。当两人再次见面时，是在山西，那时正值抗战，甄梦笔还到冯梓所任营长的部队教战士们学习在战场上如何用日语向敌人喊话，比如"举手投降"、"缴枪不杀"之类，并支持和鼓励冯梓好好抗日。再后来，两人又失去了联系。

　　然而，在1948年年末这个寒冷的日子里，解放军兵临城下，大战一触即发，此时却收到了甄梦笔的信，一封劝降信，冯梓先是感到突然，过后，却一点儿也不觉得意外。在这种时候，甄梦笔的及时出现，本身已经很说明问题了。

甄林笔的信是这样写的：

冯梓，你好！我是甄梦笔，现在我的新的名字叫甄华。我想，我不说，你也能从我的笔迹上认出来的……你们已经被包围了，你们完了！……顺时代潮流而为，千万不要当蒋家王朝的殉葬品。莫迟疑，快快率部起义吧！我们将欢迎你们，人民将欢迎你们！

冯梓看到这里，觉得脑袋"轰——"地发出一声炸响。"你们完了！"甄华仿佛站在身边，一遍又一遍地对他大声说道。

冯梓的头开始疼起来。

冯梓的思想发生了激烈斗争。

冯梓想过起义，也想过投降。他明白固守新保安，等于用鸡蛋碰石头。解放军太强大了，顽抗到底，既没有出路，也毫无希望。

但冯梓心想，甄华不知道他的苦楚。对他来说，战场起义，困难太大。虽然他是师长，可手下3个团的团长，都是绥远人，在傅作义办的绥干团受过训，是这个部队土生土长、经过一级级台阶而逐级提拔上来的。郭景云就是这个师的前任师长，师里的2团，是他当年当团长时从独立第7旅带过来的，跟他的关系非同一般。所以，在这个基础上，事先没有充分的准备，就想突然换手易帜，搞得不好，起义未成，脑袋就得先搬家了！

这样想来想去，冯梓决定走一步看一步。于是，看完信后，冯梓把信悄悄烧了。

现在，林彪指示对郭景云劝降，杨得志立即照办。

12月18日，距我军对新保安发起总攻还有4天时间，杨得志、罗瑞卿向郭景云发出了一封《紧急劝降书》：

郭景云军长暨35军全体官兵：

你们被包围在新保安孤城，粮弹两缺，援兵无望，完全陷于绝境，等待着被歼的命运。傅作义大势已去，南口、通县、沙河、良乡、卢沟桥、丰台、门头沟、石景山、南苑、廊坊、唐山等军事经济要地，已经丢了，眼看北平、天津也保不住，就要全军覆灭。104军、16军在怀来、康庄之间已大部被歼，105军也被我包围在张家口，同你们一样欲逃不得。傅作义既然救不了104军、16军和105军，又怎能救得了你们？既然保不了北平、天津，又怎能保得了新保安、张家口？因此，你们不要想任何增援，你们不就是因为增援张家口而陷入重围的吗？104军、16军不就是因为增援你们而被歼灭了吗？你们也不要幻想侥幸突围出去，本军对你们的包围像铁桶一样，而且东至北平，西至张家口沿途到处都是解放军，不要说你们没有长着翅膀，就是你们长着翅膀也是飞不出去的。你们更不要幻想你们所筑的那点工事能够固守，请问新保安的工事，比之石家庄、临汾、保定等处工事如何？更不要说济南、锦州、长春、沈阳、洛阳、开封、郑州、徐州等等地方了。本军以压倒优势的火力，只要向你们集中轰击几个小时，或者更多一点时间，立刻就会使你们全军覆灭。本军为顾念你们两万多人不做无谓牺牲起见，特向你们建议：立即向本军缴械投降，以长春郑洞国、新7军为榜样，本军当保证你们全体官兵的生命安全和你们随身携带财物不被没收。本军所要求你们的，只要投降时不破坏武器，不破坏汽车和所有军事资源，不损坏全部文件等。如果你们敢于拒绝本军这一忠告，本军就将向你们发起攻击，并迅速干净全部地消灭你们。识时务者为俊杰，在此紧要关头，谅你们中当不乏聪明人。时间不会太多地等待你们了，何去何从快快抉择。如愿接受本军建议，当即派负责代表出城，到本军司令部谈判。

郭景云看完《紧急劝降书》，当场把它撕得粉碎。

郭景云气急败坏、暴跳如雷："要老子投降？没门儿！老子已经给自己留了一颗子弹，你们就来吧！老子誓与35军共存亡！"

一颗无知的心，竟然拒绝继续跳动！

郭景云在把劝降书撕碎的同时，实际上，等于把自己和35军也撕碎了！

12月22日7时，总攻如期而至！

战到下午4时左右，我军包围了敌101师。冯梓见败局已定，不由想起甄华写给他的劝降信。虽说现在投降为时已晚，但早一时总比迟一时好吧。若再耽搁下去，真是黄花菜都凉透啦！于是，冯梓让302团政工室主任王德全赶快设法与解放军联系，就说我们不打了，我们投降！

大约半个小时后，王德全领着三位解放军来到冯梓的掩蔽部。当着解放军官兵的面，冯梓通过电话，下令全师放下武器，停止战斗……

就在冯梓的101师阵地上的枪声戛然而止之后，拒不投降的郭景云，在他的军指挥部，拔枪自毙！

下午6时，攻打新保安的战斗结束，敌35军全军覆灭！

∨ 我军占领了新保安车站。

4. 傅作义戴上了"战争罪犯"的帽子

傅作义在耍小聪明，他把和谈当成手中的一张牌，想出时，就随手出一张。

可是傅作义的"牌技"实在不高明，每回出牌，总免不了出错。

和谈断断续续、磕磕绊绊地进行着，当时间走到1948年12月22日这一天傍晚的时候，傅作义才发现他哪里是和谈，分明是在玩火，一把大火烧得他焦头烂额！

——新保安失守！

——35军覆没！

——郭景云自杀身亡！

傅作义哭了，大哭、号啕大哭！傅作义一边哭，一边扬起两手，狠狠地打着自己的脸："完了！我傅某闯荡半辈子谋取的事业就这么完了！一切都完了……"

看到父亲难过的样子，傅冬菊走过来，拉住傅作义的手说："爸爸，你不能这样作贱自己，身体要紧啊！"

傅作义看了看女儿，用抽打过自己脸的手，抱着头，瘫倒在沙发上，然后重重地叹了一口气。他喃喃自语道："我把命根子丢了……今后我没有资本了，没有了……"

傅冬菊看父亲渐渐安静下来，倒了一杯水，端到他面前。

傅冬菊想了想，说："爸爸，没了资本，那就别打了吧。跟共产党和谈，走一条属于自己的光明的路。"

傅作义仍旧双手抱头，耷拉着脑袋，把下颏抵在胸前。

见父亲在听，傅冬菊接着说："爸爸，您不能抱着侥幸的心理，往绝路上走！共产党解放华北，只是时间问题。和谈吧，不和，就得挨打啊！"

傅作义内心某处不禁抽动了一下。

傅作义心里很清楚，在华北战场上，他一直都是两手准备，一手秘密寻求和谈之路，做给毛泽东看；一手公开加强华北防御，做给蒋介石看。他企图在玩平衡。他曾为自己的手段高明得意过，认为即使是和谈，也要靠实力说话。所以，其间，他间断过和谈，但决没有间断过整补部队和调整城防部署。

愚蠢的人，总是把别人当成傻子。

其实，毛泽东早就把傅作义看透了。毛泽东对于和谈的基本方针是傅作义必须放下武器、解除武装。毛泽东指出，傅作义的和谈要求是建立在他的主力尚未被消灭，还保存着保全自己的力量这个基础之上的。那么，这很好办啊，尽可能地削弱他的有生力量，打得他疼了，就能促使他向接受我军的和谈条件这方面转变。

12月22日，新保安一战，打得傅作义叫疼了。这时，傅作义才开始比较认真地考虑和谈问题。

傅作义对女儿摆了摆手,说:"我想一个人静一静。你的话,不是没有一点道理……"

傅作义哪里知道,自己的女儿竟是中共党员,是党组织特地派她来做自己工作的。

12月23日,傅作义考虑再三,给毛泽东发了一份电报:

毛先生:

　　前曾来电赞同先生新民主主义与联合政府之主张,今后治华建国之道,应交由贵方任之,以达成共同政治目的。为求人民迅即得救,拟即通电全国,停止战斗,促进全面和平统一。余绝不保持军队,亦无任何政治企图。在过渡阶段,为避免破坏事件和糜烂地方,通电发出后,国军即停止任何攻击行动,暂维现状。贵方军队亦请稍向后撤,恢复交通,安全秩序。细节问题请派人员商谈解决。在此转圜时期,盼勿以缴械方式责余为难。过此阶段之后,军队如何处理,均由先生决定。望能顾及事实,妥善处理。余相信先生之政治主张及政治风度,谅能大有助于全国之安定。

国民党第105军 —————————————————————

　　1948年9月由暂编第4军改称,基本为傅作义的晋绥军。军长袁庆荣,副军长杨维垣,参谋长成于念,隶属第11兵团,下辖第210、第251、第259师。在平津战役第二阶段作战中,该军在张家口地区被人民解放军全歼,中将军长袁庆荣、少将副军长杨维垣等被俘。

应当说,以战促和,毛泽东让傅作义多多少少有了一点长进。

但还不够。

还需要对重症患者,下一剂猛药。

仅仅过去一天,即12月24日,傅作义当胸又被重击一拳——从张家口突围的105军全部被歼!也就是说,失去了35军,傅作义少了一只胳膊;再失105军,傅作义的两只胳膊全没有了。他赖以发迹的主力部队,顷刻之间烟消云散、化为灰烬!

更让傅作义捶首顿胸、大惊失色的是,12月25日拂晓,"新华社"发表电讯稿,中共中央以陕北权威人士的名义,列出以蒋介石为首的43名"头等战争罪犯"名单。其中,傅作义排在第31位。与此同时,中共还发表了一篇短文,指出:"像傅作义这样的战犯不惩罚不可能,减轻惩罚是可能的,其出路是缴械投降,立功赎罪。"随后,新华社在12月26日《收复张家口全歼逃敌》的新闻通讯中再一次指出:"傅作义是和蒋介石等人处于同一地位的头等战争罪犯。他要减轻人民对他的

国民党政府"行政院"院长阎锡山 ————————— ▶

　　山西五台人。国民党陆军上将。1909年毕业于日本陆军士官学校。回国后历任山西陆军监督、新军标统、山西都督。北洋政府期间任山西省省长。1927年任国民革命军北方总司令，1928年任第3集团军总司令，1929年任陆海空军副司令，1932年任太原"绥靖"公署主任。1949年6月任国民政府在大陆的最后一任"行政院长"兼国防部长。去台湾后任"行政院长"及国民党中央评议委员。

惩处还是有可能的，'这即是由他下令平津全军不再抵抗，缴械投降，并保证不再危害平津革命人民的生命，不再破坏平津公共财产及武器弹药'。"

傅作义是从新闻秘书送来的材料中看到这个消息的。他简直不敢相信自己的眼睛，这会是真的吗？自己的名字真的出现在中共开列的战犯名单上吗？作为战犯，罪大恶极，国人皆曰，便是要杀头的呀！傅作义觉得"战争罪犯"这顶帽子实在是太重了，压得他喘不过气来。

傅作义精神恍惚，时常一个人静静地坐在那里，面色腊黄，唉声叹气，吃不下饭，也睡不好觉。他常常自言自语："我是战争罪犯吗？我十恶不赦吗？我的名字怎么就上了'黑名单'了呢……"

让他身边的人看了心里害怕，连忙把他的手枪藏了起来，害怕他想不开自杀；怕他大脑受到刺激，郁闷成病，耽误了眼前重要事情的处理；怕他……

事实上，戴上"战争罪犯"这顶帽子，对傅作义是有利的。其中原委，毛泽东在1949年1月1日2时给林罗刘的电报中做了详尽阐释。

毛泽东指出：新保安、张家口之敌被歼以后，傅作义以及在北平直系部属之地位已经起了变化，只有在此时，才能真正谈得上我们和傅作义拉拢并使傅部为我所用。因此，你们应认真做傅作义的工作。

毛泽东就中共中央的原则立场和政策以及和平解决平津问题的诚意，拟出原则意见，并指示林彪通过北平市党委直接告诉傅作义。

在这些意见中，有一条是这样的：

傅作义反共甚久，我方不能不将他和刘峙、白崇禧、阎锡山、胡宗南等一同列为战犯，我们这样一宣布，他在蒋介石面前的地位即加强了。傅作义可借此做文章，表示只有坚决打下去，除此以外再无出路，但在实际上则和我们谈判，里应外合，和平地解放北平或经过不很激烈的战斗解放北平。傅作义立此一大功劳，我们就有理由赦免其战犯罪，并保存其部属，北平城内全部傅系直属部队均可不缴械，并允许编一个军……

傅作义，你听到了吗？

这是智者的声音！

这是正义的声音！

你该清醒清醒了……

❶我军机枪手在阵地上扫射反扑的敌人。

② 我军正在与敌军进行激战。
③ 我军某部在前沿阵地上待机歼敌。
④ 我军重机枪手正向敌人射击，以掩护部队向前冲锋。
⑤ 我军某部在阻击增援之敌。

林泽生

（时任国民党第35军第267师政工室主任）

在新保安被围的日子里，解放军对第35军的围攻是军事、政治双管齐下的。

在政治方面，一到晚间就可以听到解放军的战场喊话，后来白天也能在城楼上看见解放军在城外竖起来的大幅白布标语，此外还不时投进来大批宣传品。

例如《告蒋军官兵书》、"通行证"等等，还有专门为新保安被围时的情况（内无粮草、外无救兵）所画的宣传漫画。

总之，都是希望第35军官兵能够迅速觉悟、放下武器投降人民的内容。在军事方面，解放军有时则寂静无声，有时攻城攻得很猛烈，炮弹就像下雨一样，打得我们在掩蔽部里都抬不起头来。

在这些日子里，城内躲炮弹也就好像小孩子躲石头子一样，我们有时上街，如果遇到解放军炮击，街上又没有交通壕（因为交通壕不是所有街道都有），那就只好从墙外跳到墙里，或者从墙里跳到墙外，这主要是躲迫击炮弹，遇到山炮或榴弹炮，那只好送命。

——摘自：林泽生《从张家口解围到新保安被俘》

★★★★★

苏 静

（时任东北野战军作战处处长兼情报处处长）

12月14日，第11纵队报告：

"傅作义派了两名代表，携带电台和报务员，一行5人，乘一辆吉普车出了北平城，声称要到石家庄去找我党中央谈判，被抑留于纵队司令部。"

平津前线首长命令第11纵队派兵护送傅方代表到平津前线司令部。

——摘自：苏静《回忆北平和平谈判》

第八章

风儿吹落屋檐下
倒垂的冰挂

★★★★★ ∧ 晋察冀野战军主要领导合影，左起：潘自力、杨成武、杨得志、罗瑞卿、耿飚。

一把把银剑，列队，排列在屋檐下。

看上去，剑体透亮，剑锋犀利。只是剑柄朝下，少了许多气势。要是有只手握着它，那只手上方的胳膊，也肯定下垂着。

它们由寒冷铸造而成。却经不起风。

风儿伸出手指轻轻对着它弹了弹，银剑便纷纷坠落。

1. 一个人的战争

那天，104军的250师和269师好不容易冒着枪林弹雨一路跌跌撞撞地到达马圈，离35军最近距离只剩下4公里。104军军长安春山要郭景云抓紧时机，赶紧从新保安城突出来，与他们会合。可是郭景云大耍老爷脾气，冲着安春山大叫大嚷："傅总命令你来解新保安的围，你的部下就应该打通道路，到新保安城下接35军。不然，老子不走！"安春山说："我的部队只能到达马圈，你要是不走，不能怪我。爷们不侍候了！"郭景云听了，便骂："好你个安小个子，你就等着吧，等我突围回到北平，看怎么跟你打官司！"接着，郭景云仍觉得不解气，冲着电话机吼道："小子，你给老子好好听着，我跟你没完！"

郭景云与安春山通电话后不久，104军前来接应的两个师迅速撤离了马圈。他们顾不得35军了。他们不能不撤，"共军"包围上来了，再不走，他们便泥菩萨过河——自身难保。

104军的250师和269师向怀来撤退。他们并不知道，怀来已不是安全的海湾，而是他们的墓地。他们在争分夺秒赶路。他们准备把自己提前交给末日。

别看郭景云口头上痛快了一阵子，可是过后就后悔了。毕竟前来接应的是两个师啊，且离他们最近时只有4公里。凭35军的实力，4公里不就是4,000米吗？硬打硬上也冲过去了！安春山有一点说的没错，那是个机会，稍纵即失的机会，他没能把握住。现在，前来接应的104军离他越来越远了，他们再也不可能回来了。现在，他只有靠自己的力量在这个小小的新保安固守了。

什么叫做孤独无援，郭景云这下子算是尝到了滋味。

别看他骂安春山"安小个子"，可是就是这个平时令人瞧不起的小个子，却把他这个大个子抛弃了！

四周如同海水，郭景云站在一小块礁石上。潮水上涨，很快就有淹没他的可能。郭景云感到绝望。

郭景云召开会议，研究和部署下一步的行动。会上，有人提出，汽车不要了，大炮不要了，凡是笨重的东西统统不要了，集中人员，一律徒步，轻装前进，向南突围。有人提出，向大同方向突围，理由是出其不易。因为途中桑干河流域都是山地，没有公路，所以汽车万万带不得……总之，大家的意见比较一致，就是变机械化部队为步兵部队，快速突围，不能坐以待毙！郭景云不同意。郭景云发了好大的脾气，说这400多辆道奇，是35军的家底子，是傅总司令的命根子，不能不要！副军长王雷震抱病参加会议。王雷震见大家不敢吭声了，就说，大家的意见也可以听一听嘛！只要能突围出去，留着青山在，不怕没柴烧！郭景云眼一瞪，那也不行！

接下来，没人敢讲话了，会也就没法开下去，只好散会。

可是会后，郭景云却突然缓过劲来，决定立即突围。他命令部队除了人员手中的武器弹药，其他可以扔掉的东西一律扔掉。对于大炮、汽车、电台等，派人把重要的零部件拆下来埋入地下。对于伤员，一律自理，凡能自己走的，跟着突围；不能走的，就地分散隐蔽……但郭景云在下达这个命令时，对两个人例外，一个是正身患伤寒、病重多日的副军长王雷震，一个是在攻打东八里时负伤的第101师副师长常效伟。郭景云说，全军只允许有两副担架抬这两个伤员，其余人都跟老子往外冲！

一声令下，35军行动起来，就等着夜晚到来，好趁着黑暗掩护进行突围。

到了晚上，部队突围的准备基本就序，然而，郭景云却变卦了。郭景云像是一只泄了气的皮球，精神头突然就没了。郭景云无精打采地说："不走了，不走了，还是固守待援吧。"

王雷震说："军座，都准备好了，就等着你下令了，可是……此地是死地，决不能守啊！"

郭景云说："什么也别说，就这么定了吧。"

王雷震还想劝说，力争按照原计划突围，可是被郭景云制止住。

郭景云显然不耐烦了："我已经布置好啦，你去休息吧！"

这话等于逐客令，王雷震只好离去。

过了一天，郭景云不知怎么又想起了突围。刚好，天降大雪，郭景云认为苍天有眼，给了个好机会，就组织人往城外突，可是很快就被"共军"打了回来。过后，郭景云再也不提突围了。郭景云好像已经把突围给忘记了。

既然不突围了，郭景云就张罗着守城。郭景云以新保安南北门为界，分为两个防区，西面由101师防守，东面由267师把着。军部的位置，设在钟阁楼北边。炮兵阵地集中在城西101师防区内。从这个部署来看，郭景云是四面设防。

　　郭景云认为哪边都有可能是"共军"攻城的重点。他每偏重一点东面防区，就觉得西面危险；反过来加强了西面防守，又认为东面打起仗来，肯定吃紧。于是，郭景云颠来倒去，不仅把部队搞得疲惫不堪，也把他自己搞得神经紧张。他像一根绷紧的弦，随时都有可能发生断裂。他恨自己，怎么不生出无数只手呢？要是那样，无数只手就可以揪住城里的无数个地方，每一个地方都不让"共军"夺走了。

　　四处设防，构筑工事的需求量大，材料紧缺。郭景云说，那就砍树、拆房、扒墙、挖地、卸老百姓家的门板……能弄到什么，就给我弄什么！

　　一时间，新保安城里乱成一片。

∨ 激战过后的新保安城内。

∧ 新保安解放后，人民群众帮助我军平毁敌工事。

郭景云在城里视察。

到处都是女人的哭声、老人的骂声、孩子们的叫喊声，以及拆房子发出的"乒乒乓乓"响声……

有一个满头白发的老太太，见郭景云身后跟着一群随员，认定是个大官，便哭着上前告状，说士兵不讲理，把她家的切菜板都抢走了。老太太说，那块切菜板能有什么用途呢？能修炮楼？能挡得住子弹？……你快管管他们吧，不要让他们作孽了……

郭景云让手下人把老太太赶走了。

然而，回到军部，郭景云却时常念叨起那个老太太，说你们真没出息，怎么就抢人家老太太的一块切菜板呢？要抢就抢大东西，比如拆房子，下大梁，摘门板……那块切菜板弄来干什么？难道修掩蔽部时能用它来当柱子支撑？蠢货！

郭景云有时特别注重鼓舞士气。他令政工人员组织宣传队，出阵中日报，派慰问队，张贴标语，甚至亲自到各个师去训话。他最得意的训话内容是："35军是常胜军。常胜军的军长不好当！大敌当前，本军前任军长鲁英麟在涞水战役中已经为我做出了榜样，如果你们打起仗来，给我丢人，给35军丢人，我也会效仿鲁军长的。军人嘛，最好的去处，就是战死在沙场！"郭景云倒是为自己做了最后的准备，他让手下人在军指挥部的院子里放了几桶汽油，万不得已时，他可以将那些汽油点燃。

郭景云有时又特别沮丧。他当着别人的面，常常作出一种英雄姿态，走起路来挺胸昂首，把腰挺得笔直；可是人后，却心绪不宁，吃不下饭，睡不好觉。他会长时间把自己关在屋子里不出门，就这么一个人呆呆地坐着。他还会莫明其妙地发怒，摔茶杯。在骂人的时候，暴怒得像个疯子。到了晚上，郭景云总是把军部政工处的那个会算卦的副处长找来，给他占"响马卦"，占卦的内容大致是新保安能不能守住？何时能够解围？北平的情况怎么样？傅总司令还会派兵来援救吗？等等。一开始，占卦占好了，郭景云就笑，开心得像是出门拾到一块金元宝；后来，若是占卦占得不理想，郭景云就会骂人。逮到谁，骂谁。结果，一到晚上，郭景云身边的人都不得不小心翼翼，生怕触到郭景云的霉头。

在固守新保安的那些日子里，郭景云直到临死都没有搞清楚，"共军"以兵力4：1的绝对优势，早已把他团团包围，却为什么迟迟不动手，把他彻底解决？他不知道什么叫"围而不打"，也不知道"围而不打"有着什么样的重要意义？他只是觉得度日如年，每一天都很难熬！

其实，解放军说是"围而不打"，但每天都在真枪真炮地搞实战演习。从12月15日开始，每天上午9点到下午3点，甚至更晚一些时候，都属于攻城部队的演习时间。那时，解放军不仅向城内开炮，还会派部队对守敌发起攻击。这让郭景云很是头痛。这种战斗，说不上激烈，但属于动真格，是真打。你要是不打，对方万一攻进城来怎么办？可要是每天都必须应对，郭景云便觉得很累，因为你不知道哪次是真的进攻，哪次是佯攻，哪次是演习？即真真假假，把郭景云搞晕了，搞得他很被动。

这天，解放军又开始对城内进行炮击。一颗炮弹在附近的院落爆炸，气浪把屋梁上的尘土震落，洒了郭景云一头。郭景云窝了一肚子火，没处出，于是他跑到门外，大叫大嚷道："有种的，你进攻好啦，光打炮有什么用？来啊，打啊！为什么不快打？真是折磨人，把我气死啦！……"

郭景云正在进行的是一场一个人的战争。

他把自己打得头破血流。

经过军部门前的几个士兵见了，不知怎么回事，悄悄嘀咕：军长疯了？！

2. 用炮声发出的宣言

阳光下，古老的长城像一条金色的龙，被崇山峻岭托举着，向远方不断延伸。

与长城并行的，也是一条龙，一条由军人们组成的长龙，他们沿着山路，快速行进着。

长城因为有这一支军队相伴，而显得生动；

军队因为有了巍巍长城相随，而越发生辉。

其实，古老的长城太熟悉这支部队了。三年前，这支部队中的一部分人，从延安奔向关外，就从她的身边走过。那时候，他们人数不多。他们的武器也很一般，背在身上的子弹袋看上去鼓鼓的，但大多塞得是高粱秸子——那是为了迷惑敌人。可是现在，他们回来了，入关了！瞧，今非昔比，他们肩上扛着锃亮的枪，子弹袋货真价实地鼓着，并且还有汽车、大炮……

这支部队是东北野战军第2兵团第4纵队。康庄、怀来大捷后，他们先是奉命占领南口、八达岭一线阵地；接着，奔赴张家口，配合华北部队去歼灭那里的敌人。

山路，蜿蜒起伏。

部队组成的"长龙"忽而借助山势跃起，忽而隐身于某一段峡谷……

云端之上，一只雄鹰在飞。

> 解放战争时期的罗瑞卿。

罗瑞卿 ───────────────────────────

　　四川南充人。土地革命战争时期，任红4军第11师政治委员、军政治委员，红一军团政治保卫局局长，红一方面军政治保卫局局长等职。抗日战争时期，任抗日军政大学教育长、副校长，八路军野战政治部主任等职。解放战争时期，任中共晋察冀中央局副书记，晋察冀军区副政治委员兼政治部主任，晋察冀野战军政治委员，华北军区政治部主任兼第2兵团政治委员，人民解放军第19兵团政治委员等职。

　　前面是新保安。

　　新保安是这支部队的必经之路。

　　新保安住着敌35军。但35军是被紧紧包围着的。这支部队仅是从新保安的外围经过。在他们经过的路上，到处驻扎着自己的部队。

　　他们一路走来。

　　他们在走近新保安的时候，许许多多熟悉的面孔便不断涌现在他们眼前。

　　这支部队的政委莫文骅就在这个时候遇到了他的老相识、老战友罗瑞卿。自打延安一别，两人已是多年没见。一见面，你当胸捶他一拳，他冲你肩膀拍一巴掌，然后就亲热得不得了！

　　罗瑞卿是华北第2兵团政治委员。

罗瑞卿拉着莫文骅的手说："老莫，可想死我啦！"

莫文骅就笑："几年不见，你还是那么高！"

罗瑞卿幽默地说："是啊，和我们部队一样，茁壮成长啊！"

接着，罗瑞卿说："你们一路辛苦，今晚，就住我们那里吧。杨得志司令员早已吩咐管理员，让他把机关的住房给你们腾出来了！"

莫文骅说："光腾房子恐怕还不行吧？"

罗瑞卿说："当然，还要请你们吃饭。现在条件好啦，傅作义几乎天天派飞机到新保安空投物资。他们的飞行员水平太差，竟把好吃好喝的东西一个劲往我们阵地上投。

< 曾思玉，1955年被授予中将军衔。

曾思玉 ——————————

江西信丰人。土地革命战争时期，任红一军团第36师团政治委员，第2师司令部通信主任，军委警卫团政治委员等职。抗日战争时期，任八路军115师教导第3旅兼鲁西军区政治部主任，运河支队政治委员，冀鲁豫军区第8军分区司令员等职。解放战争时期，任晋冀野战军第1纵队副司令员，冀察军区副司令员，冀察热军区司令员，华北军区第4纵队司令员，第19兵团64军军长等职。

即使是你不想要，恐怕都不行。这不，你千万不要责怪我华北2兵团小气、吝啬，我们请你们吃饭，都是由傅作义掏的腰包呢！"

莫文骅说："其实，我们也不大方。我们吃你们的、喝你们的，也得给你们一点回礼吧。这几年，我们在东北缴获了不少武器，装备上大约要比华北部队好一些。这样吧，我们支援你们一些枪支弹药……不过，虽是我们请客，埋单却是蒋介石哟！"

当晚，华北2兵团首长请东北野战军4纵的干部吃饭。

饭桌上，罗瑞卿一连向莫文骅敬了三杯酒。

放下酒杯，莫文骅说："罗政委，有话就直说吧。"

罗瑞卿就笑："你怎么知道我有话？"

莫文骅说："咱们谁跟谁啊？你心里想的什么，我一清二楚。"

罗瑞卿问："那你说说看，我想什么？"

莫文骅说："是不是看上我们的大炮啦？"

莫文骅又说："我们一到，我就发现你看我们榴弹炮的眼神不一样。你肯定惦记上它们了！"

罗瑞卿哈哈大笑。

罗瑞卿说："既然你知道了，我也就不客气了。我想借你们一个炮兵团用一用。"

罗瑞卿接着说："马上我们就要打新保安。新保安曾是古驿站，城墙高大厚实，而我们2兵团缺的，就是攻城的大炮！"

莫文骅想了想，说："尽管以前，在战场上借一个炮兵团的事情从来没有过，但我看可以。只不过，我们得向野战军总部和军委请示。我估计，不成问题。"

过后，莫文骅开玩笑地说："以后，罗瑞卿请客，可要小心哟，说不定他又在盘算你什么了！"

过后，原属于东北野战军4纵的一个炮兵团，便暂时归华北第2兵团指挥。

再往后，这个借来的炮兵团被安排到华北部队4纵。

根据作战部署，攻打新保安，4纵主攻城东南。炮兵的任务，一是战斗发起时，向城内实施火力急袭，打乱敌人的指挥系统，破坏其通信联络；二是压制敌人的炮火；三是在城墙上炸开可供步兵出击的突破口；四是步兵突破后，炮火延伸，支援纵深战斗。

华北4纵的司令员是曾思玉。

曾思玉思路开阔，打仗灵活。曾思玉常常会突发奇想，捣鼓出一些新鲜东西来。这次曾思玉制造的杀敌致命利器是"重炮部队"。曾思玉把纵队所有的炮，无论大小，都集中起来，然后编成营、团，由纵队统一指挥。这样做的好处是，火力集中，威力提高，机动力拓宽，摧毁力增大！

12月22日清晨7时，6颗红色信号弹腾空而起，总攻开始了！

华北4纵的"重炮部队"上百门火炮一齐发出愤怒的吼声，顷刻之间，山摇地动，惊雷滚滚！

炮兵们大显威风的时候到了！他们用山炮直接瞄准低堡，并连同炸毁城墙；用野炮、榴弹炮掀翻敌人的高碉；用迫击炮专打敌人的散兵阵地；用远程大炮向敌人的纵深进行压制射击……，新保安城迅速被火光吞没。敌人的明碉暗堡飞上了天。厚厚的城墙瞬间被撕开了一道缺口。敌人的美式大炮不顶用，很快就成了哑巴。守城的敌兵更惨，或是胳膊，或是腿，或是炸成碎片的枪支，不时被气浪抛向天空！

罗瑞卿从莫文骅那里借来的炮兵团，在攻打新保安的战斗中立了大功。他们把一发发炮弹准确地送往敌人的阵地，为地面部队发起的攻击创造了有利条件。

上午9时许，华北4纵11旅旗开得胜，他们首先从新保安东南面被炮兵轰开的城墙"V"形缺口处杀入城内；接着，10旅从东门相续突破，入城后迅速向纵深发展。

为了配合我军对西门方向的进攻，炮兵开始集中火力对敌人的阵地实施毁灭性打击。

很多年之后，据亲历这场战斗的华北2旅炮兵参谋长李健将军回忆，"当时集中了152门火炮，进行了5分钟的火力急袭，发射各种炮弹8,000余发，敌工事大部被摧毁，毙伤敌1,000余名。按5分钟发射8,000发炮弹计算，平均每一分钟在敌人阵地上落下1,600发炮弹，火力之猛，力度之大，在华北战场上是罕见的。"

富有意味的是，这位当年指挥炮兵轰击新保安守敌的2旅参谋长，却在1949年10月1日中华人民共和国宣告成立时，奉命组织并实施了开国大典的鸣放礼炮任务。

这是历史的巧合吗？

还是两个生活片断之间，具有历史规律的某种必然联系？

攻打新保安的战斗仍在继续。

巷战，异常激烈。

战士们采用挖墙凿洞、逐房跳跃的方式，进行小群穿插。

敌人的防御体系很快支撑不住了，战斗进入了尾声……

新保安之战，按华北2兵团计划，原定5天解决战斗，实际上，连同21日扫清敌人外围阵地在内，只用了25个小时。

12月22日，傍晚时分，敌35军共计1.6万余人全部被歼。

敌军长郭景云自毙身亡。

∧ 我军某部在炮火掩护下登上新保安城头。

新保安获得解放。

战斗结束，当炮兵们撤出阵地时，只见他们作为基准炮的那门大炮的炮筒上，被谁系了一根红绸。

那些大炮，是东北野战军 4 纵借给华北部队用的。

那根红绸，则是华北部队的战士系上去的。

红绸很鲜艳。

红绸很醒目。

红绸如旗帜，在风中飞扬……

李 健 ——————————————————————————◀—

河南济源人。抗日战争时期，任晋豫边唐支队民运队长、作战参谋，冀中军区通信、交通、侦察、作战科长，第 9 军分区参谋长，军区参谋处长，河间市卫戍司令。解放战争时期，任晋察冀军区炮兵旅参谋长兼教导团团长，华北军区特种兵参谋长。

3. 攻城爆破手

1948 年 12 月 22 日早晨 7 时，我军向新保安守敌 35 军发起了总攻击。

随着 6 颗信号弹升起，刹那间，枪声炮声厮杀声连绵不绝、震耳欲聋。

大地在颤抖。

天空被火光映红。

爆炸后腾起的柱状烟云，拔地而起，然后四处飘散……

位于新保安城西北角的城堡，是敌人 101 师 303 团的防区，同时也是华北 2 兵团 8 纵 23 旅 68 团进攻时的突破口。

于是，一攻，一守，两军开始了激烈的较量。

尽管在这之前，68 团曾以守敌为目标，进行过多次实地演练，但到了总攻发起之初，仗却打得并不顺利。毕竟敌人蜗居于厚实的城堡之中，具有隐蔽性和防护性，加

∨ 我军炮兵正开往新保安前线。

上他们的武器装备好，火力配备强，在经过最初战斗打响时的恐慌之后，敌人很快缓过劲来，纷纷展开了顽强的抵抗。他们用射出的密集的子弹，在城堡前筑成一道道障碍，企图阻止我军的攻击。那些子弹打在地上，像是狂风携着暴雨从天而降，溅起了一片片充满死亡气息、由泥土编织而成的盛开的花朵！

总攻前，68团的大口径火炮全部被上级抽调，支援了友邻部队，眼下，他们要想在敌人坚守的城墙上撕开一道口子，作为入城的通道，全靠人工爆破了。

为此，他们组成了一支36人的爆破队。

爆破队下设若干个爆破小组。

68团1营营长刘庆兴负责指挥爆破。刘营长手一挥，说："第一爆破组，给我上！"

一个小组的爆破手们便抱着炸药包，迎着敌人的枪弹往上冲。

敌人的火力太猛了。

爆破手们冲着冲着，身子一歪，纷纷中弹倒了下去。

刘营长大吼一声："第二小组，上！"

又一个小组的爆破手们跃出了阵地。他们时而奔跑，时而卧倒，一步一步地向城堡接近……可是，爆破仍旧没有成功。敌人防守严密，爆破手们先后光荣牺牲……

眼看着战友倒下，刘庆兴营长急得两眼冒火。他把袖子一捋，高喊："机枪掩护。第三爆破组！"

爆破手们再次出击。

从勇士们出发的阵地，到敌人防守的城下，似乎已构成了一片死亡地带。那里有火光，有硝烟，有弹片，还有血泊……但爆破手们明知山有虎，偏向虎山行。他们毫无畏惧。他们抱着炸药包，同时，也抱着一个坚定的信念，那就是想方设法完成任务，消灭敌人！

一个爆破手倒下了；

又一个爆破手倒下了……

他们倒在了冲锋的途中。射中他们的子弹，一律来自于他们的前方。作为战士，战死在沙场，同样是一个军人的无尚荣光！

当第36名爆破手许学顺站到营长刘庆兴的面前时，刘庆兴不禁眼睛湿润了。在此之前，已有35名爆破手倒在了冲向突破口的道路上。眼下，爆破队仅剩下许学顺一个人了。面对枪林弹雨，面对流血牺牲，许学顺的心理是否坚强？是否还有冲锋陷阵的胆量？在跃出战壕的那一瞬间，他的腿会抖吗？他能够不怕流血牺牲，继承众多爆破手们的遗愿，完成爆破任务吗？

刘庆兴看着许学顺，沉默了。

从感情上讲，刘庆兴不忍心让许学顺去执行任务了。在那条冲锋的道路上，已经倒下了那么多的好兄弟，如果许学顺继续出击，牺牲的概率远远大于生还。

但战斗是残酷的。

战争拒绝一切温情！

于是，刘庆兴心一横，压低嗓声，手指敌人的城堡，对许学顺说：

"去，把它给炸了！"

就在话音落地的同时，许学顺跳出了战壕。

许学顺利用地形地利，飞快地向敌人冲去。

显然，敌人已经发现了目标。敌人的机枪追着许学顺打来。许学顺被射来的子弹紧紧包围住。然而，他没有止步。他在继续前进。

许学顺离敌人的城堡越来越近。

敌人的火力也越来越猛。

许学顺每前进一步，死亡与成功，同时在向他接近一步。

忽然，他倒下了。

这让他身后用目光护住他的刘庆兴一颗心悬了起来。

可是，不久之后，许学顺又跃了起来。刚才的倒下，仅仅是他为了迷惑敌人而进行的自我保护。

刘庆兴目送许学顺离他一步步远去，紧张得竟连大气都不敢出。

在距城堡不远处，有一片开阔地。许学顺的许多战友就是在这里牺牲的。眼下，许学顺已经来到了这个关键地方。他该怎样穿越这片死亡之地？胜利已在前方，向他发出了阵阵召唤！

此时，许学顺开始了最后一搏。

只见他一边奔跑，一边毫不犹豫地拉着了炸药包上的导火索。

导火索燃起的火花，在许学顺胳膊夹着的炸药包一侧频频闪亮，似乎那些类似鞭炮捻子被点着了的光亮，突然之间被无数倍地放大了，以至于激烈交战中的敌我双方，都看到了，并且看得清清楚楚。

在我方阵地上，众多目光被导火索的火花擦得锃亮。

这些目光中，有一双是刘庆兴的。刘庆兴的心弦倏地绷得紧紧的，他知道许学顺此举意味着什么？这分明是许学顺在用身体的语言表明，即使舍身也要炸开城墙，为大部队的进攻打开突破口！

在对方的地堡里,敌人被许学顺的英雄气慨惊呆了!解放军的这个士兵真是太勇敢了,他竟然拉着了炸药包的导火索,难道他不知道炸药包马上要爆炸吗?他真的如此不怕死吗?面对这样的勇士,敌人恐惧了,胆怯了,惊慌了,竟然扔下手中的枪,掉头就跑。于是,原先密集的枪声,突然间稀了,弱了……

顷刻之间,战场失去了平衡。

进攻者,开始占了上风。

虽然许学顺完全暴露在开阔地带,但他却如同进入了无人之境。

许学顺在急速奔跑着。

最佳攻击的机会,就这样奇特地来到许学顺的面前。这个机会,不仅仅是许学顺依靠过人的勇气获得的,同时也是他运用智慧取得的。在总攻击开始前的那些"围而不打"的日子里,许学顺在大练兵活动中,曾经反复练习过这一动作。他不止一次计算过通往这片死亡之地所需要的时间,同时,他也不止一次计算过炸药包的导火索需要多长,才能准确地与所通过的时间相匹配。

胜利,属于勇者。

而胜利,更钟情于智者。

许学顺终于冲到了敌人的城堡前。他放好炸药包,一转身,跳入护城河!

炸药包爆炸了!

爆炸了的炸药包,造成连锁反应,竟然意想不到地引爆了其他爆破手携带到这一地带的二十多捆炸药!

"轰隆——"、"轰隆——",爆炸声如同雷鸣,此起彼伏。

火光之中,城墙被炸出了一个很大的缺口!

"同志们,冲啊,为人民立功的时候到了!"营长刘庆兴振臂一声高呼,带领战士们跃出战壕,向敌人发起了攻击。

很快,部队突入城内,与敌人展开了巷战。

营长刘庆兴惦记着许学顺,特意安排卫生员到护城河边去寻找他。刘庆兴对卫生员交代:

"许学顺了不起,是我们团的英雄。无论如何你都要把他找回来!"

过后,卫生员及时找到了许学顺。

还算好,许学顺只是受了一点轻伤,伤势不重。

新保安战斗结束后,上级为许学顺记了大功,并授予他"爆破英雄"的光荣称号。

1950年,全国战斗英雄大会在北京举行,许学顺出席了大会,并受到了毛主席的亲切接见。

当然,这已是后话了。

4. "王牌军"的末日

1948年12月22日早晨7时10分，炮声骤起，硝烟升腾，空气中顿时弥漫着浓烈呛人的火药气味！

第35军军长郭景云皱了皱眉，嘀咕了一声："又搞演习了？"

连日来，围城的解放军天天都在搞实弹演习，往城里打炮。郭景云以为今天的炮声只不过是昨天炮声的一次重复制作。然而很快，郭景云发现情况不对头。他看见掩蔽部里几乎所有的东西都乱成一片：

墙上张贴的地图在剧烈抖动；

桌上的茶杯在暴躁地狂跳；

悬挂着的电灯泡荡起了秋千；

一只热水壶站不稳，兀自倒下，发出"咣——"的声响，开水淌了一地……

"不好，共军攻城了！"尽管这是意料之中迟早会发生的事，但郭景云仍然掩饰不住自己的极度恐慌。

昨天下午2时，解放军突然对新保安城的外围工事发起了猛烈进攻。激烈的炮火覆盖下，35军的外围工事转眼间消失了。

不久，郭景云接到报告：

东关失守；

东门附近的龙王庙失守；

城西水温泉、和尚庙失守……

郭景云一看这阵势，情况相当不妙，以为"共军"总攻开始，急忙打电话给北平的傅作义，请求空中支援。傅作义回电："明早7时派飞机10架前往助战，另10吨弹药于明晨由青岛起飞运往。"接到回电，郭景云心想，为什么非要明天呢？照"共军"这样的打法，也许今晚新保安城就破了！

于是，在接下来的一段时间里，郭景云朝不虑夕、如坐针毡！

不过，好在到了半夜，枪炮声竟然停了下来，这让郭景云不禁松了一口气。他想，看来不会是"共军"发起的总攻。要是总攻，哪有打到得意时都停下来的道理？

第二天，也就是12月22日，郭景云早早就伸着脖子遥望天空了。傅总司令答应空运弹药等物资，可是到了约定的时间，怎么不见动静？天上别说飞机了，就是连一只麻雀也没有！

郭景云以为他的手表出了差错，转身回到军指挥所的掩蔽部准备对时。可是就在这个时候，他听到了空气被一种巨大力量撕碎而发出的声音，显然，这不是飞机的引擎声，是千万发炮弹划破天际传出的声音。随后，震天动地的响声证实了郭景云的判断。

∧ 新保安城的钟鼓楼为国民党军35军指挥部。

此时，正是12月22日早晨7时10分，解放军围城部队向35军发起总攻击的时间！

解放军集中了100多门大炮，从四面八方对守敌35军的前沿阵地和新保安城墙上的防御体系进行了长时间的轰击。顷刻之间，新保安城淹没在一片火海之中。

爆炸声不断。

呐喊声不断。

冲锋的军号声不断……

郭景云还想着傅作义许诺的空中支援。郭景云问手下一个作战参谋"飞机还没来吗？"

那个作战参谋"啊、啊……"，指指耳朵，示意听不见，"共军"的炮声太猛烈了！

郭景云几乎是贴着那个参谋的耳朵，把刚才说的话复述了一遍。

那个参谋说："没来……"

郭景云气急败坏地说："给我往北平发电报，问问总司令，还要不要我们啦？"

电报发出。但没有回复。

过了8点钟，北平、青岛的飞机仍然没有来。

郭景云破口大骂："混蛋、混蛋，全是混蛋！"

又过了一小时，郭景云接到报告，解放军的两支部队分别从东门方向攻入城内。郭景云立即命令防守城东地区的267师顶住，把突入进来的"共军"撵回去！然而，解放军既然进入城内，岂能轻易原路返回？他们一边巩固和扩大突破口，一边以最快的速度对守敌进行分割穿插。

新保安城内，到处杂乱无章地停放着美式道奇大卡车，到处是双方拼杀的枪声、手榴弹爆炸声，到处是敌人横七竖八倒下的尸体……

巷战开始了。

守敌 267 师和 101 师被解放军分割开来。

接近中午，枪声渐渐向位于城中的钟阁楼方向靠近。钟阁楼是 35 军军部。郭景云急如热锅上的蚂蚁。

副军长王雷震病重，正发高烧，卧在床上。他听着枪声近了，又见几个卫士神色慌张地交谈着什么，知道情况不好，便挣扎着起来，让士兵扶着来到军指挥所。

指挥所里一片混乱：

墙上的作战地图耷拉着一角，图钉什么时候掉的，竟无人知晓；

几页不知写着什么内容的纸张在地上被人踩得脏兮兮的，落满了鞋印；

报话员扯着嗓子呼叫，与正在激战中的某个指挥官进行联络；

郭景云铁青的脸上，星星点点的麻子似乎一粒一粒凸了出来。他急得原地团团转……

见王雷震进来，郭景云苦笑着说："你来干什么？都这时候了……"

王雷震问了一下现在的情况，然后拿起话筒，与冯梓通话，让 101 师立即派一个连到军部，把郭景云接过去。

郭景云说："你这是干嘛？"

王雷震说："101 师是你的老部队，你到那边去吧。战况险恶，多多保重。至于我，你就不要管了，我已病成这样，到哪都一样了。"

郭景云是个不轻易动感情的人，这会儿被感动了。

郭景云拍拍王雷震的肩膀，什么话也没说。

但郭景云还是留在了军指挥所。101 师派出接郭景云的人途中被解放军缴了械。郭景云哪儿也去不了了。

战至下午 4 时，101 师在最后一刻，由师长冯梓领头，集体缴械投降；而 267 师则被解放军就地解决。35 军军部成了一片汪洋大海中的孤岛。

眼看着解放军就要打进院子里来，郭景云反倒镇静下来。他需要为自己处理后事了。他命令手下立即发报，给华北总部："新保安城池已破，本人决心战死在新保安。"

接着，郭景云掸了掸身上的尘土，又整了整军装领口的风纪扣，吩咐手下人："去，把汽油桶推进来，然后点着了，让我们一起殉职！"

听到郭景云的吩咐后，几个部下飞快地跑出门去。不过，他们没有执行郭景云的命令，而是绕过汽油桶，双手高高举起，直接向大门外跑去……

"逃兵！怕死鬼！你们想毁掉老子的一世名声吗？这群王八蛋！"郭景云见自焚不成，即刻丧失了理智。他迅速拔出手枪，不由分说，朝着站在身边身患重病的副军长王雷震开了一枪，然后把枪口对准自己的太阳穴。

郭景云对着北平的方向大声喊道："傅总司令，我郭景云对不起你！"

随后，他扣动了手枪的扳机。"叭——"的一声，子弹射出，郭景云身子晃了晃，栽倒在地……

最先冲进35军指挥所的是华北4纵10旅傅崇碧将军的部队。

一位连长带着战士们冲进来，用枪口指着指挥所的敌人，大声说道："放下武器，我军优待俘虏！"

一双双手举了起来。

在这举起的手中，有一双是35军少将副军长王雷震的。王雷震没有死。王雷震也没有受伤，他的损失仅是帽子上多了一个枪眼。慌里慌张的郭景云，一枪打偏了……

连长和他的战士押着一大群身穿将校呢军服的俘虏，走出35军军部的院子后，遇到了10旅旅长傅崇碧。

连长向傅崇碧敬完军礼，然后递给将军一把精致的手枪。

连长说："报告旅长，这是敌35军军长郭景云使用的佩枪。他就是用这把枪，了结了自己的性命。"

傅崇碧接过手枪，问站在俘虏队伍中的35军少将参谋长田士吉："是你们军长的吗？"

田士吉点点头，说："正是他的手枪。"

傅崇碧随后走进离钟阁楼不远的北街半截巷被敌35军设为指挥所的那座四合院。

傅崇碧指着倒在血泊中的郭景云，吩咐战士，设法找一口棺材，把他埋了。

后来，郭景云的遗体装入棺木，被解放军战士葬在新保安城东门外的火车站旁。一位负责做这项工作的纵队政治部的干部，还在郭景云的坟边竖了一块木牌，作为标记。

就在敌"王牌军"被歼的第二天，一场富有戏剧性的讽刺喜剧拉开了帷幕，曾被郭景云一再渴盼的敌人的飞机来了。高高在上的飞行员们可不管新保安城里现在究竟住着谁？郭景云到哪里去了？他们例行公事，将大包大包成吨的食物和武器弹药投下来，然后抖抖翅膀，飞走了。

> 傅崇碧，1955年被授予少将军衔。

傅崇碧 ———————————————————— ——

四川通江人。土地革命战争时期，任共青团区委书记，中共通江县委书记，江油县委书记兼独立团政治委员，川陕省工作团团长等职。抗日战争时期，任抗大政治部干部科科长，第2团政治处主任，抗大第二分校2大队政治委员，晋察冀军区第2分区35团政治委员，第4分区副政治委员等职。解放战争时期，任晋察冀军区第4纵队10旅政治委员，华北野战军第10旅旅长等职。

❶ 我军某部在战役前作战斗动员。

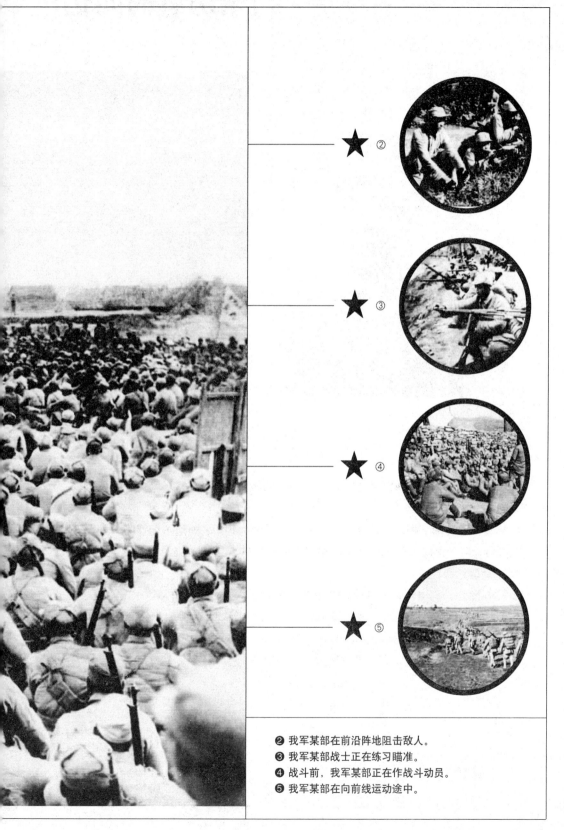

❷ 我军某部在前沿阵地阻击敌人。
❸ 我军某部战士正在练习瞄准。
❹ 战斗前，我军某部正在作战斗动员。
❺ 我军某部在向前线运动途中。

曾思玉
（时任华北军区第 2 兵团第 4 纵队司令员）

（12 月）22 日 7 时，兵团发出了总攻新保安的信号。顿时，新保安城四周我军的炮火齐鸣，打得敌人措手不及。

配属我纵的两个榴弹炮团及纵队属炮兵团、旅炮兵营、团迫击炮连的各种火炮 106 门，对新保安东门城楼和东城墙主攻团选定的突破口实施了破坏射击，为突击队开辟通路。

8 时 30 分，我炮兵在东城墙的两个凸出部中间轰开了一个缺口。

这时，趴伏在离城墙百余米的 11 旅 32 团担任突击队的尖刀连——6 连开始攻城。爆破组的同志们奋勇跃进，用 10 公斤炸药爆破，一声巨响，炸塌了护城河河岸。

突击排的同志们未等炮火延伸射击，趁烟幕尘土发起冲锋，攀登城墙，把红旗插在了突破口上，但被自己人的炮火误伤了 10 余人。

这时，炮兵群的火力立即实施延伸压制射击；轻重机枪火力直接支援，对突破口两侧敌枪眼实施火力封锁，掩护突击队冲锋。

接着，该团 5 连也从突破口登城，配合 6 连连续打退敌人多次反扑，巩固和扩大了突破口，保障主力入城分割歼敌。

——摘自：曾思玉《忆平津战役中的新保安之战》

★★★★★

杨得志

（时任华北军区第 2 兵团司令员）

　　……4 纵 11 旅和 10 旅突入城内后迅猛扩展，仅用了 5 个小时就占领敌核心工事钟鼓楼制高点，攻下 35 军军部，生俘敌少将副军长王雷震及所属官兵 8,000 余人。并和 3 纵、8 纵协同动作，逐屋与敌争夺，逐个地堡扫清敌军。战至下午，又歼敌 101 师 7,000 余人。

　　还不到黄昏时分，新保安已被我们完全占领。当我军战士攻入敌在城北街半截巷指挥所院落时，敌军长郭景云在屋内自杀了……

——摘自：杨得志《长城内外展旌旗》

第九章

历史不再重复昨天的故事

∧ 1946 年时的杨成武。

昨天，你得到了它。

今天，你却失去了它。

那么，明天呢？

不在于谁先笑，而看谁能笑到最后！

1. 专机离去后，留下了抹不掉的阴影

孙兰峰的日子不好过了。

1948年11月29日，平津战役打响。杨成武率领的华北3兵团分别从西、南两面形成了对张家口的包围。作为驻守张家口的国民党军第11兵团司令官孙兰峰心急如焚、惊慌失措，他一面收缩兵力，调整部署，一面急忙向北平傅作义发报，请求支援。

应当说，傅作义体贴部将，温暖人心，当即派遣35军郭景云军长亲自率领101师和267师火速驰援。而郭景云动作亦不慢，11月30日下午就赶到了张家口。可是"共军"不让你消停，"共军"打了密云。傅作义当时考虑到北平的安危，考虑到平张线有被切断的可能，立马把刚刚赶到张家口、还没来得及喘上一口粗气的35军撤了回去。这不等于是让孙兰峰做梦娶媳妇，空欢喜了一场？

平心而论，张家口守军实力不算差。1946年10月，傅作义从"解放军"手上拿下张家口之后，即以此为基地，大兴土木，修筑工事。1948年6月，傅作义不敢掉以轻心，因为当年夺得张家口后，曾一度获得太多的美誉，被称为"天之骄子"……他怕"解放军"夺走张家口，给他难堪，便动用2万多老百姓一连修筑了500多个碉堡，搞得张家口像是装进了铁桶，四周密不透风，严严实实。

俗话说，瘦死的骆驼比马大。即使是11月底张家口被"解放军"围困期间，孙兰峰手里还有5个步兵师、2个骑兵旅，共约5.6万人。城内储备的军粮、民食和武器、弹药，相对充足，守城三个月以上不成问题。那时候，孙兰峰采取的是"依城野战"的策略，即别出心裁地把手中的部队分成两拨，一拨为野战部队，一拨为城防部队。野战部队以105军101师、259师，104军258师及整编骑兵第5、第11旅等部组成，由105军军长袁庆荣指挥；城防部队由察哈尔省保安第3、4、5团，105军251师及独立

261

铁甲车 ━━━━━━━━━━━━━━━━━━━━━━━ ━━

又称装甲列车,有装甲保护且装有武器的一种铁路车辆。通常由装甲机车、装甲炮车和检修车等组成;主要用于在铁路沿线对部队进行火力支援和实施独立作战,也可用于输送人员和物资。铁甲车最早出现于19世纪末,在第一次和第二次世界大战期间,一些国家曾使用过铁甲车,现已不再使用。

野炮营、铁甲车大队、侦察总队第1大队等部组成,由察哈尔省保安副司令兼张家口警备司令靳书科指挥。

所谓城防部队,不用解释,凭称谓就知道具体干什么活儿;野战部队则分工不同了。野战部队立足于白天出击,主动打击"共军",让"共军"不得随心所欲地围城。到了晚上,野战部队全部撤回市内,决不在外过夜。因为,晚上是"共军"的白天。"共军"有敢打夜战和善打夜战的传统。于是,孙兰峰就把夜晚拱手送给"共军",每到暮色降临,赶紧着人关紧城门。

孙兰峰曾经一度对固守张家口充满了信心。孙兰峰吹嘘:"瞧,我们的工事坚固,武器装备优良,全军上下无一不是精兵强将,共军胆敢攻城,15公里内根本无法接近!"

可是,孙兰峰的这种颇为自得的心态,很快就消失了。

12月22日,解放军华北2兵团对围困在新保安城的35军发起了总攻击。坏消息一次一次传来,别说身居北平中南海的傅作义急得团团转,就连张家口的孙兰峰也焦灼不安,闹得心儿扑通扑通直跳。孙兰峰知道,要是35军有个三长两短,他也决没有好果子吃。张家口离新保安不算远,共军一旦打发35军的郭景云去了阴曹地府,下一个轮到的肯定是他这个11兵团司令官孙兰峰!

孙兰峰是傅作义的亲信,是傅作义手下与董其武平起平坐的两个职务最高的人之一。1933年长城抗战时,孙兰峰只是团长,后来每一次提拨,都是傅作义赏识的结果。

长城抗战 ━━━━━━━━━━━━━━━━━━━━━ ━

1933年春,中国军队在长城喜峰口、古北口等处抗击侵华日军进攻的战争。九一八事变后,日军于1933年元旦在山海关挑衅,后占领山海关,分三路进攻热河省(今分属河北、辽宁及内蒙古自治区),随即占领长城重要防线,矛头直指平津,迫使蒋介石政府与其签订塘沽停战协定。长城抗战虽在蒋介石的妥协政策下失败,但29军等中国军队仍给日军以沉重打击。

孙兰峰腿部患有残疾。但他作战勇敢，有指挥才干。傅作义让他坐镇张家口，体现了对他的特别器重。

可是现在情况有了变化，新保安眼看被"共军"占领，而张家口则处于对方包围之中，孙兰峰认为傅作义不可能无动于衷、坐视不管？

孙兰峰在等傅作义的电话。

孙兰峰觉得傅作义该来电话了。

孙兰峰想像那个熟悉的声音正从遥远的北平通过电话线向他狂奔而来……

12月22日上午7时，解放军华北2兵团对新保安城发起了总攻击。大约一小时过后，也就是22日上午8时许，孙兰峰仍旧坐在电话机旁，焦急地等待着来自北平的电话。

这是一个在孙兰峰看来，几乎等同于救命的电话。

一个人，不，是5.6万军人的生与死，全在于这个打电话的人在关键时刻作出的决定！

突然，电话铃响了起来！

孙兰峰的心开始狂跳！

孙兰峰迫不及待地拿起电话机听筒。他听到了傅作义的声音。傅作义的指令相当简要。傅作义说："本日上午10时，我派专机一架飞往张家口，去接察哈尔省银行经理张慎五、省田粮处长曹朝元、省财政处长白宝瑾。在此之前，你务必通知三人作好准备。"

孙兰峰说："是！"

孙兰峰接着问："还有什么指示？"

孙兰峰心想，下面该安排11兵团的事了，是守，是撤，还是另派援军？这在孙兰峰眼里，是件大事，是件当务之急的头等大事！

可是，傅作义没再说什么。

傅作义把电话挂了。

孙兰峰感到极大的愤怒和失望。要知道，这是什么时候？战时！战争正在进行，新保安那边35军一万多个弟兄已经坚持不住，就要垮了；熊熊燃烧的战火，眼看着就要向张家口蔓延过来！你却好，最先想到的是你的主管银钱的文职亲信。三个人，只有三个他妈的鸟人，就派来一架飞机，专程把他们接到北平……老子怎么办？11兵团的弟兄们怎么办？张家口怎么办？

孙兰峰对着话筒，狠狠地骂了一句粗话！

下午2时，从北平飞来的军用专机载着张慎五等三人离开张家口。

飞机升上天空时，把一个影子投向地面。

后来，飞机飞走了，那个影子却没有消失。那个影子留在了张家口守军官兵的心里。

有部下不断来找孙兰峰，七嘴八舌地问：

∧ 我军华北部队与东北部队会师后互赠锦旗。

我们该怎么办？

是不是北平"剿总"不管我们啦？

为什么当时我们没有和35军一道撤？难道在傅长官眼里，35军比我们亲，我们是后娘养的？

听说东北野战军一个纵队过来了，现在包围张家口的共军人数要比我们11兵团多出一倍……

这些部下都是师长旅长，问题提得如此尖锐，让孙兰峰无法回答。

孙兰峰不说话。

但不说话，不等于没有话。其实，孙兰峰也有一肚子话要说，可是无处诉说……

22日下午，电话铃再次响起。

仍是傅作义打来的电话。

傅作义说："第35军及部分增援部队已在新保安被共军歼灭，张垣被围已无守备意义，可相机突围转进绥远。"

这天，傅作义的第一个电话，已经让张家口守军的军心够乱得了。

这天，傅作义的第二个电话，则让已经乱成一团的 11 兵团乱上加乱！

不是地震，却胜似地震。

张家口在摇晃……

2. 夜色笼罩着张家口

1948 年 12 月 20 日深夜，张家口笼罩在一片黑暗之中。

这一晚，天很黑，伸手不见五指。自从解放军围困张家口，孙兰峰的 11 兵团就在城内实行了宵禁和灯火管制。老百姓怕惹事，早早关门睡觉了。街上若有人行走，肯定是当兵的。

这样一来，城里就很静。

偶尔，有只猫从房顶上走过，把瓦踩出了细碎的声响。这声响本来不大，但被夜晚放大了，便显得有点夸张。不过，很快猫就不知去向，四周又安静下来。

夜色，很暗，很暗。

很暗很暗的夜色，能掩饰住人内心的想法吗？

这时候，有 5 个人影，微风一样悄然无声地分别从 5 个方向，陆陆续续隐入位于张家口警备司令部大楼的一间办公室。这 5 个人是：105 军参谋长成于念、251 师师长韩天春、259 师师长郭跻堂、察哈尔省保安副司令兼张家口警备司令靳书科、察哈尔省保安司令部参谋长焦达成。

这 5 个人同是山西上党老乡，多年的好朋友，彼此之间，经常来往，抱成一团，私下里关系铁得很。别看他们分别在不同的位置，掌管着不同的军权，平日里挺忙，却从未断过交换信息，相互沟通。按照他们自己的说法，他们是有脑子，有思想的军人。

人有思想，是不是常常就很痛苦？

1948 年的这个冬天，真的很寒冷啊，东北战事失利，淮海战场紧张，华北的局势亦越来越糟糕。这不，新保安 35 军凶多吉少，张家口也好不到哪儿去，被解放军重重包围，前景实在不妙！一想到这，这 5 个人心里就觉得堵得慌，于是，他们商定，悄悄聚一次，谈谈想法，能统一思想则好，若不能，权当解解闷，别憋着，把埋藏在心底的话，毫无保留地吐出来，也算是倾诉一番，让口头痛快痛快。

在这 5 个人中，成于念和焦达成的意见比较一致，他们认定败局已定，无法扭转。面对现实，摆在面前的惟有死路一条。只是他们哀叹，八年抗战没有倒在杀日本鬼子的战场上，今日却要死于内战。这不能不说是他们一生莫大的悲哀！他们说，如果双方隐去信仰之类的背景，我们和谁在打啊？都是中国人嘛！都是自家的兄弟嘛！非得这样打得你死我活不可？不能换一种方式，比如和谈？按照他俩的想法，这个仗根本就不要打了，建议在座的5个人联起手来，率部起义。这样算来，两个正规师、一个保安师再加自卫队，共计2万余人，在战场上来个哗变，也能成大气候！其实，天下的道路千万条，这何尝不是一条可行的路呢？！

成于念和焦达成说完，大家半天没吭声。

毕竟这话是从二位将军、二位参谋长嘴里说出来的，令人震惊！

过了一会儿，韩天春表示反对。

韩天春说，他当兵后一直待在傅作义的部队里，从见习排长一直当到师长，他对傅作义还是很有感情的。现在回想一下，跟傅作义打了不少仗，有的仗打得很困难、很艰苦，但咬咬牙，就挺过来了。也没见什么时候动摇过。不错，眼前的确是道坎，搞得不好，就栽进了沟里。可并非到了无路可走的绝望境地。依他看，大家索性听天由命，听傅总司令的，傅总说打，大家就打；傅总说走，大家拍拍屁股走人。

焦达成插话说，要是傅作义像卫立煌那样，不管兄弟们是死是活，关键时候乘飞机溜走了，那我们该听谁的？到那时不就惨啦？

韩天春说，要是那样，大家就什么话也不要说了，立马摊牌，和共产党和谈，或是起义……

在这5个人中，郭跻堂是惟一一个态度坚决，要和解放军打到底的。

郭跻堂说，军人嘛，就是来打仗的。胜仗能打，败仗也要能打。要不，还要军人做什么？对于军人，战场凯旋与战死沙场，同样光荣。他说，他不打算易帜换主，此生跟定蒋委员长和傅总司令了。最坏的打算，不就是个死吗？有什么可怕的！

最后一个发言的是靳书科。一来，靳书科在5个人中年龄最小，他觉得他应当先听听大哥们怎么说；二来，靳书科趁前4人说话的时候，顺带着疏理一下自己的思绪。

靳书科因为年轻，就有点初生牛犊不怕虎的劲头。他想起一个多月前，奉命去北平参加一个由傅作义主持召开的军事会议。那时，傅作义刚刚从南京回来。傅作义对华北的战事进行了安排与部署。会后，靳书科突发奇想，就想和傅作义说说心里话。他觉得此话不说不行，如骨鲠喉。事实上，靳书科仅是察哈尔省的一名军事将领，论级别，与傅作义相差甚远，靳书科根本与他搭不上话。可靳书科最后还是找了一个机会，当面向傅作义谈了自己对于时局的看法。

祭靈宣誓大會

∧ 我军在攻打张家口前，某部召开宣誓大会。

他说："就整个华北来看，在东北没有完全丢失之前，我们打不了华北共军。华北共军也打不了我们。现在东北完全丢失，中央军那么多美式装备，80多万军队，全被共军解决了。如果东北共军进关与华北共军联合起来打我们，我们绝对应付不了，最后必然失败。依我看，内战是不能打下去了，现在我们只有和、战两条路。如战，应集中兵力同共产党决战……但不管怎么样，最后必定失败，这是肯定的。如和，则应同共产党进行谈判，这样可以加速内战的早日结束，使我官兵免遭大的伤亡，人民的财产少受损失，使全国人民过上和平安定的日子。我以为，这是上策。这个建议是否妥当，请总座考虑。"傅作义当时没表态。傅作义仅是把手插在棉裤的后腰处，在屋子里来来回回走了若干趟，然后站定，对靳书科说："这是大事，用不着你们管，让你们干什么，就干什么，反正最后不会把你们牺牲掉。回去后好好工作，不要管这些闲事。"现在想来，大敌当前，傅作义要是让手下人当场把他抓起来，或是掏出手枪，把他就地毙了，也无话可说。可是傅作义没有那样做。对于他提出的和谈建议，傅作义既不赞同，也没有明确表示反对，他只是有意岔开这个敏感的话题，巧妙地结束了他与他之间的谈话。这说明了什么？难道傅作义也考虑过和谈问题，只是无法和他这个下级军官进行探讨？

于是，靳书科便把自己斗胆向傅作义进言和谈之事对大家说了。

靳书科说，傅总司令的为人大家都知道，他是个爱国者。想当年长城抗战，他保卫过古都北平；而今打的是内战，他岂能置文化古都和人民生命财产于不顾，让战火毁了一切，成为历史的罪人？靳书科认为，傅作义极有可能走和谈之路……

当晚，5个人敞开心扉，谈了很久，也谈得很透。最后，他们基本上取得了较为一致的意见，那就是5个人相依为命，生，生在一起；死，死在一道。如傅作义和共产党和谈，他们就趁势起义；如傅作义让他们固守张家口，那么，就不惜牺牲，战斗到底。如果傅作义不够义气，丢下他们，自己跑了，则大家一起投奔共产党。总之，心往一处想，劲往一处使，大家在关键时刻，一定要团结一致，拧成一股绳！

夜，越来越深。

黑暗笼罩着大地。

黎明，离此刻还需要多少时间？

明天，雨雪交加，还是艳阳高照？

3. 张家口往事

1946年9月10日，蒋介石下达了进攻张家口的命令。

蒋介石虽然在命令中说："以第11、第12战区之主力，沿平绥路东西并进，向张家口攻击。"但实际上，蒋介石一心想让他的嫡系李文兵团先于傅作义的部队占领张家口。

而傅作义对此早已心知肚明。他怎么能让李文抢了他的风头？何况打下张家口，未来向华北腹地发展的可能性增大，所以，事关今后生存空间的拓展，傅作义决不能示弱。于是，傅作义下了很大的功夫，与他的参谋长袁庆荣一同对攻打张家口的作战计划作了认真的准备。最后，傅作义决定，以平绥铁路为一线，从大同方面出动铁甲车、炮兵等，佯作攻击态势，以便诱使共军错误地判断他们的攻击重点；而他们则在虚晃一枪的同时，从集宁以东出兵，步骑结合，沿玫瑰营子、尚义、张北一线，攻击张家口的侧背，以达到出其不意，一举攻占张家口的目的。

傅作义很为他的作战计划得意，他觉得只要精心部署、精心运作，就一定能马到成功。

但傅作义失算了。

国民党第16军 —————————————————————————

中央军嫡系部队。该军建于1933年，由原谭派湘军一部扩编而成，由第53师师长李韫珩任军长兼第53师师长。抗日战争时期，隶属第34集团军，下辖第109师、预备第1、第3师。抗日战争结束后，其预备第1师改编为第22师，预备第3师改编为第94师。解放战争时期，该军隶属整编第28军，下辖第22、第94、第109师。在平津战役中，该军接受人民解放军的和平改编，其军部编入人民解放军第65军军部。

就在傅作义的作战计划出笼不久，一天，一架涂有美军标志的军用飞机从北平飞到了张家口。乘坐这架飞机的人，是晋察冀军区作战科科长杨尚德。杨尚德跟随叶剑英在北平军调部工作，此次飞到张家口后，径自来到军区司令部，与聂荣臻司令员会面。

聂荣臻问："你怎么来啦？"

杨尚德说："来送重要情报！"

说着，杨尚德从衣服的口袋里掏出一包顶球牌香烟，然后从烟盒里小心翼翼地取出一支香烟，递给聂荣臻。

聂荣臻掰开香烟，从里面取出一张写满密密麻麻蝇头小字的纸条。

杨尚德说："这是打入国民党内部的地下工作人员提供的关于敌人进攻张家口的作战命令与部署。"

聂荣臻仔细地看了情报，立即让人通知罗瑞卿、萧克、刘澜涛、赵尔陆、耿飚，共同研究对策。

根据情报透露，敌人进攻张家口的部署是：东线，由李文兵团的第16军、第53军沿平绥铁路向怀来进攻；第13军从承德到丰宁（大同）、沽源作为配合；第94军在北平作为预备队。西线，傅作义的第35军的3个师、新编骑兵第4师、暂编第38师集结于大同、集宁一线。东西两线的敌军协同抢占张家口。

张家口位于平绥铁路东段，是连接察绥、大同、晋东地区的一个重要城市，战略地位十分重要。抗战时期，这里曾是察哈尔省会，伪蒙疆政府所在地，日军驻蒙军司令部也设在这里。1945年8月23日，我军从日寇手中夺回张家口，此后，张家口一直是晋察冀边区的首府。现在，敌人要进攻张家口，我军下一步将如何行动？这是聂荣臻等人迫切需要考虑和解决的问题。

当时有三种意见：第一种主张放弃张家口。由于我军在大同、集宁外围连续作战，损耗较大，需要及时进行补充、休整。再加上敌人集中兵力多路强攻，如果硬守，会陷入被动，对我方不利。第二种认为我们有晋绥军区和第3纵队等部队，东面有冀热辽军区和第2纵队等部队，可以守住张家口。第三种是舍不得丢掉张家口，认为这是抗日大反攻以来我军用血的代价攻占的惟一一个大城市，丢掉，感情上说不过去。

有不同意见，是好事，那就开会解决吧。

晋察冀中央局会议在聂荣臻的主持下及时召开了。会议经过充分而又热烈的讨论，决定必要时放弃张家口。为此，聂荣臻在会上发表讲话，指出："在万一不利的情况下，不作孤注一掷，这不是说轻易放弃一切城镇。张家口这个大城市是压在我们肩膀上的大包袱，并非绝对不能放弃，但绝不能轻易放弃。"

9月17日，聂荣臻、萧克、刘澜涛、罗瑞卿联名向中央军委发报，决定弃守张家口。

刘澜涛 ▲

陕西米脂人。土地革命战争时期，任中共定边县工委书记，陕北特委秘书长，中共天津市委副书记等职。抗日战争时期，任陕甘宁边区党委常委，宣传部部长，中共绥德特委书记，晋察冀军区副政治委员。解放战争时期，任中共晋察冀中央局副书记，晋察冀军区副政治委员，中共中央华北局常委、组织部部长等职。

∧ 张家口市民召开动员大会誓死保卫张家口。

毛泽东接到电报后，说："好啊，英雄所见略同，他们和我想到一起了！有效保住实力，争取胜利是第一位的。不要太看重一城一地的得失。放弃张家口只是暂时的，迟早我们还要打回去的嘛！"

9月18日，中央军委给聂荣臻等人复电：

集中主力适当地待敌分路前进，歼灭其一个师（两个团左右），得手后看情形如有可能，则再歼其一部，即将敌第一次进攻打破。""此种歼敌计划是在保卫察哈尔之口号下进行动员，但以歼灭敌有生力量为主，不以保守个别地方为主，使主力行动自如，主动地寻找好打之敌作战。如届时敌数路密集不利于我，可以临时决定不打。若预先即决定不打，则将丧失可打之机，对于军心士气亦很不利。""每次歼灭敌一个团两个团，并不需要很多兵力，以几个团钳制诸路之敌，集中10个至15个团即有可能歼敌一个旅（两个团）……

遵照军委的指示，聂荣臻发布命令，以8个旅置于怀来、延庆地区，为主要防御方

272

∧ 1946年张家口保卫战中，我军炮兵部队开赴怀来前线。

向，争取在运动中歼敌一两个团，再扩大战果。另一个纵队部署于西线柴沟堡地区，配合天镇、阳高地区的晋绥部队，防范傅作义、阎锡山的进犯。

数日之后，敌人开始进攻。

东线，国民党李文兵团的第94、第22、第109、第130师，在370多架次飞机和数百辆坦克的掩护下，气势汹汹地沿着平绥铁路向怀来地区进发。但他们很快遭到了阻击。晋察冀军区2纵凭借野战工事，击退了敌人的多次进攻。激战三日，敌人在付了惨重的代价后，才暂且得手，占领了东、西花园地区。

而在西部，原本就对蒋介石要他离开绥远、远征张家口不大满意的傅作义，得知李文进攻受挫，便有意保存实力，不敢轻举妄动。可是经不住身后蒋介石一个劲地催促，只好寻找各种借口，磨洋工。万不得已，不动不行了，傅作义才做点面子上的活，给蒋介石看。

蒋介石明知傅作义狡猾，却毫无办法。

后来，蒋介石见李文损兵折将，元气大伤，只好在无计可施的情况下，违心地手书一纸命令，把张家口划拨给第12战区的傅作义管辖。

傅作义捡了个便宜，他看到有利可图，便率兵分为南、北两路，绕道商都，经大清沟，突然袭击张北，然后从北侧偷袭张家口。

那些日子，对于傅作义，既兴奋，又痛苦。让他兴奋的是，率兵袭击张北获得了成功。张北，是张家口的北大门。拿下张北，只剩下狼窝沟一道屏障，一旦突破，就可以直入张家口。而让他痛苦的则是，一路上损失太多，几乎每朝张家口前进一步，他的部队都要为此付出代价。比如说在张北，竟然和共军打起了巷战。在那窄窄的小街小巷里，他的骑兵旅和机械化部队，一点儿长处也发挥不出来，尽挨共军的揍……

眼下，傅作义和他的部队已经从张北出发，抵近了狼窝沟。

傅作义举起望远镜，朝前方望去。

他看见了共军的多道防御阵地。

他知道有一场恶战正等待着他。

但他没有犹豫。因为傅作义稍稍把望远镜抬高，他的目光便轻而易举地越过狼窝沟，落在了远处的张家口！傅作义在心里默默地计算过，要是由他的骑兵从狼窝沟出发，到张家口市区，顶多只需十多分钟。也就是说，打进张家口，已经有了极大的希望！于是，傅作义下令，对狼窝沟进行攻击。

在狼窝沟阻击敌人的是我军的教导旅。这个旅原先由冀晋纵队第1旅与晋察冀军区教导师精简合编而成。在大同、集宁战役中，他们由于第一次和敌人的骑兵作战，曾吃过敌人的亏。这次仇人相见，分外眼红，他们竟然一连打退了敌人骑兵17次集团冲锋！

敌人如同潮汐，一浪一浪地涌上来，接着，又一拨一拨地退下去。

阵地前，除了敌人丢下的数不清的尸体，还有众多的马匹。有的战马受了伤，躺在地上，高高地仰着脖子，发出一阵阵凄惨的叫声……

傅作义让手下又组织了几次进攻，仍旧没能奏效。

有一次，傅作义眼看着他的部队已经突入共军阵地，突然，对方从掩体里齐刷刷地跃了出来，然后大声呐喊着，与他的士兵拼起了刺刀！傅作义从望远镜中看到了对方压倒一切的英雄气概，就知道这次冲锋又没戏了。共军善于打近战，尤其是短兵相接时拼刺刀。因此，他断定他的士兵肯定不是共军的对手。果然，不多久，他的士兵便败下阵来，而阵地，仍旧留在共军的手中。

下一步，该怎么办？

当然还是继续进攻。

不过，傅作义懂得不要把鸡蛋全部放在一个篮子里的道理，那样，搞不好就全砸了。于是，傅作义随即分兵，在飞机的空中支援下，由张北以南展开，向张家口进击。

10日晚6时，聂荣臻向中央军委报告，晋察冀军区及边区政府机关，撤离张家口。

11日晚上8点多钟，一辆吉普车从东山坡司令部的大院开出，驶入宣化大道。

这一天，月亮很圆，也很亮。坐在吉普车中的聂荣臻司令员，隔着车窗，向月光下

Λ 1947年，时任华北军区司令员的聂荣臻。

聂荣臻 —————————————————————— ◀—

　　四川江津人。土地革命战争时期，任中共广东省委军委书记，中国工农红军总政治部副主任，红一军团政治委员，中央红军先遣队政治委员等职。抗日战争时期，任八路军115师副师长、政治委员，晋察冀军区司令员兼政治委员，中共中央晋察冀分局书记等职。解放战争时期，任华北军区司令员，中共中央华北局第二书记，中国人民革命军事委员会副总参谋长，平津卫戍区司令员，北平（今北京）市市长等职。

的这座塞上山城默默地告别。他在心里说道，别了，张家口，用不了多久，我们就会回来的！

随后，傅作义率兵占领了张家口。

随后，傅作义成了蒋介石的功臣，国民党的各大报纸都在吹捧他，说他是什么"天之骄子"、"中兴之臣"……

傅作义当然很得意。

傅作义一得意，免不了忘形，他开口便是"共军已总崩溃"，闭口则是"可在3个月至5个月内完成以军事解决问题。"可是，傅作义在讲这番话的时候，连他自己都不大自信。这不，在一次庆功会上，有人见他心情不大好，即问："傅将军，既然我们已经取得了如此辉煌的胜利，你为何郁闷不乐呢？"

傅作义回答："我们虽然攻占了张家口，但人家有生力量并没有被我们消灭，人家不是战败，而是有计划地转移；我们也不是什么真正的胜利，只是得到了一座空城……"

事隔两年之后，即1948年12月22日的下午，身在北平的傅作义想起如烟的往事，不禁连连叹息。历史不再重复昨天的故事。就在今日，傅作义视作心头肉的第35军被共军一举全歼。而更让他担心的是距新保安近在咫尺的张家口，此时的傅作义已经经不起再次打击了。他显得像玻璃花瓶般的脆弱。他在还来不及为失去郭景云和他的35军大肆悲伤的时候，必须顾及张家口的孙兰峰们。他不能再失去他们了。

于是，傅作义发出急电，令孙兰峰、袁庆荣："张垣被围已无守备意义，可相机突围并转进绥远。"

电报发出后，傅作义有气无力地瘫倒在沙发上……

4. 孙兰峰决定弃城突围

孙兰峰接到傅作义来电，明确张家口"已无守备意义"，让他立即率部"相机突围转进绥远"，是在12月22日下午。

1948年12月22日的下午，无论对于傅作义还是孙兰峰，都是一个重要的时间窗口。就在这天下午5时，新保安被解放军攻占，35军全军覆没。此时的郭景云，让一颗子弹击穿了头颅，正躺在血泊中。虽然睁着眼睛，但他却什么都看不见了。这个世界已离他远去……

　　傅作义知道事过境迁，此一时，彼一时也。当年占领张家口时的风光已是昔日黄花，历史不再重演昨天的故事。所以，面对现实，他不想让孙兰峰成为第二个郭景云。

　　孙兰峰当然也不想把自己和他的 11 兵团葬送在张家口。对于他来说，还有什么比活着更重要的呢？！

　　接到电话后，孙兰峰一刻也不敢耽误，立即找来袁庆荣、贾璜和成于念，安排突围的行动部署。

　　成于念是 105 军参谋长。

　　成于念见参与突围的决策者只有他们 4 人，便提议："如此重大行动，决定着 5.6 万

国民党骑兵第 12 旅旅长鄂友三

　　绥远萨县人，毕业于黄埔军校九期骑兵科。抗战爆发后，加入绥远人民自卫抗日第三路军任参谋长。抗日第三路军被打垮后，鄂友三改投四路军郭怀翰部，任副师长兼参谋长。1940 年，四路军在后套陕坝进行整编，改称"游击骑兵第 4 师"，任师长。1943 年，与骑兵合编为八战区 5 纵队，任司令。抗战胜利后，任保安师师长，骑兵第 12 旅旅长。1949 年率部起义。

官兵的生死存亡，是否召集各位师长、旅长、民政厅长、七兵监、分监等共同研究为好？"

　　105 军军长袁成荣马上说："还是小范围吧。这种时候，人多嘴杂，一旦泄密，走漏了风声，那还不乱了套啦！"

　　孙兰峰说："袁军长考虑得周到。"

　　孙兰峰又说："我看这样吧，我们把突围方案制定好，即用密电发给察北、绥东总指挥鄂友三。至于各师长、旅长，由袁军长向他们当面进行交代。"

　　接下来，突围方案出台：

　　（一）令察北、绥东总指挥鄂友三，率该旅及安恩达、陈秉义等部由张北油篓沟一带迅速攻占长城线之狼窝沟神威台，以接应张家口突围部队。

　　（二）令第 259 师郭跻堂部为前卫，于 22 日夜出大境门，向陶赖庙方向攻击前进，打通通向张北、崇礼之道路，掩护全军突围后，改为后卫，向商都转进。

　　（三）令整编骑兵第 11 旅旅长胡逢泰归整编骑兵第 5 旅旅长卫景林指挥，从七里茶房经孔家庄突围，然后向察北、商都一带转进。

　　（四）第 251 师师长韩天春部为后卫，掩护全军撤退后，在本军后跟进，向商都一

带转进。

（五）其余为本队，按第201师、兵团司令部、军司令部、第258师、保安司令部及所属各团之顺序，沿前卫行进路线向商都转进。

应当说，步兵向北，骑兵向西南后转向正南，可使共军短时间内难以弄清他们突围的方向，此方案有可取之处。但问题十分明显，即这一部署并非着眼于突围，而是安排逃跑。逃跑，不需要整体的协调性和一致性，你打你的鼓，他敲他的锣，各跑各的就行了。

所以，从一开始，就注定了这是一场万人大逃亡！

更为致命的是，孙兰峰让袁庆荣当面向各师长、旅长交代的有关问题，袁庆荣打了折扣。袁庆荣自称他在22日夜召开了一次会议。但他没有在会上强调各师、旅必须严格执行部署；并且，没有通知察哈尔省保安副司令靳书科出席。而事后，靳书科却说，袁庆荣说谎。袁庆荣并未召集师、旅长们开会，他只是把各部队负责人一一找来口头上作了传达。那天晚上行动之前，袁庆荣给过他一个通知，说259师马上向大镜门附近"扫荡"，让城防部队严加防守。靳书科信以为真，还吩咐他的保安部队积极配合，做好有关准备，必要时，相机出击，进行支援。当时，袁庆荣没提突围之事，以至于大部队已经纷纷行动，他还埋在鼓里！靳书科愤愤地说，袁庆荣可恶，真他妈的可恶！这纯属是袁庆荣这个家伙居心不良，为了让保安部队替正规军让道，故意拿我们垫背！

可想而知，这样混乱状态下的所谓突围，会是一种什么样的结果！

对于张家口敌人的出逃，毛泽东早有预料。

12月16日，毛泽东指出：在华北第2兵团攻歼第35军或第35军已被歼时，张家口之敌有极大可能突围逃跑。因此，毛泽东考虑到张家口守敌有5万余人，我军在彻底解决新保安的敌35军之前，有必要给那里的攻城部队增加兵力。于是，毛泽东经与林彪协商，把东北野战军第4纵队调往张家口，并归华北第3兵团指挥。东北野战军第4纵急行军于12月20日抵达指定位置之后，我华北3兵团的兵力已是张家口守敌的2倍，在力量对比上，占有绝对优势。

一记重拳，即将打出！

作为华北3兵团司令员的杨成武，虽然面对就要开始的大战稳操胜券、信心十足，但他经过深思熟虑，还是对包围张家口之敌的部署进行了必要的调整。杨成武认为，虽然敌人向西突围的可能性很大，但也要留心他们向北，北面有一条公路通往张北地区，越过朝天洼、西甸子，再走，就是一片草原，接着便是绥远……1946年10月，傅作义就是从这条路上偷袭张家口的。对于这样一条有着历史印记的路线，杨成武不得不防！

于是，根据这个判断，杨成武将华北2纵部署在张家口以西，华北6纵和1纵3旅部署在张家口西北面，并命令部队做好阻击敌人的准备。

除了这两个方向之外，杨成武还将1纵队的主力和4纵队部署在张家口以东和东北地区，并将张北、尚义、集宁等地的其他部队也作了相应的部署与调整。

事实证明，杨成武将军的这个判断，完全正确！

歼灭张家口逃敌的战斗结束后，杨成武会见了被俘的敌105军军长袁庆荣。这位败军之将说："我们根据总部命令，立刻组织突围。原以为贵军主力部署在西边，于是我们就出大镜门向北突围……就这样，大势已去，不可收拾。"

当然，这已是后话。

而此时，就像磨快的镰刀期待着收获，进入阵地的战士们，等待着的是敌人的到来。

天边，大团大团的云在涌动，似乎在预示着什么。

起风了……

杨成武迎风而立。

眼下，已经布好兵、摆好阵的杨成武，显得一身轻松。

"这里没我们的事了，我们走吧。"杨成武这样对身边的参谋说。

随后，兵团指挥所迁到了西太平山上。

西太平山位于张家口西北方向，那里群峰耸立，地势险要。站在新开设的指挥所，居高临下，仅是裸视，就能够俯视整个战场。如若借用望远镜，张家口市内的全景便尽收眼底。杨成武对这样一个指挥所非常满意。

杨成武朝山下望去。

他的目光掠过河流、沟壑，掠过山林、道路，掠过村庄、田野……

他看到了严阵以待的千军万马，看到了急待吹响的冲锋号角，看到了渴望拼杀的枪炮刺刀……

历史的时针在不停地走着。

杨成武手指山下，说："好戏就要开场了！"

❶ 我军行进在水网地带。
❷ 我军某部在自卫反击战中俘虏的国民党军官兵。
❸ 群众欢迎子弟兵归来。
❹ 我军突击队员们待命出发。

杨成武
（时任华北军区第 3 兵团司令员）

敌 35 军东逃后，我们认真总结了经验教训，并重申，不能再让敌人突围出去，敌人从哪里突围，哪里的部队要负全责。

各部队立即行动，加修工事，调整部署，加强包围。

兵团命令 1 纵重占沙岭子及附近的飞机场，确保完全截断张、宣通路。

1 纵接到命令后，一举歼灭了敌 271 师，俘该师师长，并乘胜解放宣化，迫使敌 310 师逃进张家口。

为此，1 纵受到了军委电令嘉奖。与此同时，各部队相继占领轿顶山、西甸子、十三里营房等外围据点，收紧了对张家口敌人的包围。

北岳军区部队一部和内蒙古骑兵解放张北、康保、商都等地，形成了第二道包围圈。

李井泉政委率领的晋绥 8 纵和晋绥地方武装占领集宁、丰镇、卓资山一线，形成了第三道包围圈。

张家口之敌被严密地包围起来了。

——摘自：杨成武《华北第 3 兵团在平津战役的日子里》

★★★★★

王鸿鹄

（时任国民党第104军第258师参谋长）

12月22日深夜……袁（庆荣）军长下达了口头命令，大意是部队都由大境门突围，向商都方向攻击前进……拂晓前，我师的部队在东山坡马路上集合完毕，沿着明德北大街向大境门方向前进。有的连队是住在市民的家中，部队出发的秘密，不可能不泄漏。大街上已出现三三两两仓皇乱窜的行人……有几个人向我们所在的方向奔来，其中一个大声呼喊："张家口，被解放军占领了……"同时，又看到我们的骑兵队伍，在枪弹的追击下，从西南方的山坡上慌乱的飞奔下来。恰在这军心人心更加恐惧的气氛中，位于郭（跻堂）师攻击正面的解放军，跃出工事，有似猛虎下山，全面出击。郭师在山上、山下剩余的部队，全部败退下来向回跑，李（思温）师的部队，相继溃败。我师经过一刹那的骚动，在没有任何命令的指挥下，一齐崩溃，四下逃奔，互相挤搡，有的被踩在脚下。"兵败如山倒"，这成语的构思实在绝妙。

——摘自：王鸿鹄《追忆从张家口突围前后》

第十章

冻土地上的积雪正在迅速融化

∧ 我军向张家口守敌发起冲锋。

春天大踏步走来！

种子发芽的声音，小草苏醒的声音，冰河解冻的声音，腊梅花开的声音……汇成了春天的脚步声。

仍有雪，但那是积雪。

仍有冰，但那是残冰。

瞧，阳光下，一朵朵怒放的报春花，红艳艳，温暖了大地……

1. 飞往大镜门的"惊弓之鸟"

大镜门是连接边塞与内地的交通要道。

大镜门建于明成化二十一年，城门楼的门额上，有清代察哈尔都统高维岳手书"大好山河"4个大字。

当时光进入1948年12月23日的时候，从大镜门往北，即西甸子、朝天洼、乌拉哈达、黄土窑子之间宽不足1公里，长不到10公里的这块狭长地段，突然热闹起来。即使不算车、马、骆驼和大炮，仅是11兵团的官兵就聚集了5万多人！

最先踏入大镜门的是105军的前卫部队259师，这个师在师长郭跻堂的率领下，于22日晚间10时，离开张家口，向大镜门进发。他们小心翼翼地进行突围的试探，幸运的是一路没有受到"共军"的阻击。第二天拂晓，当他们得寸进尺，以为前方仍旧一片坦途之时，忽然遭到了沉重打击。

解放军挡道，不让他们走了。

于是，仗打得很激烈，郭跻堂指挥他的部队几次轮番进攻，均未奏效。

原本畅通的路，一下子就被堵死了。

105军军长袁庆荣率领后续部队三个师赶到，认为非打开通道不可，否则，一个军堵在这里，乱哄哄的，把道路都堵窄了。袁庆荣仗着人多，让郭跻堂继续攻击，一个连冲锋不行，就一个营；再不行，就上一个团！总之，一定要有突破！

枪声一次比一次激烈。

冲锋一次比一次凶猛。

战至上午9时，他们拿下了西甸子；12时，又拿下了朝天洼。再往后，他们拿不动了，阻击他们的共军顽强抗击，寸步不让。

战斗继续进行着。

而跟在 105 军后面突围的 104 军 258 师，也继续跟进着。他们在跟进途中曾不时闻听前方传来的捷报，说 105 军 259 师郭跻堂师长了不起，带领部队一路过关斩将，势如破竹，进展相当顺利。即然这样，有人在前面开道，作为后面的部队，104 军的 258 师当然要跟进啦！结果，258 师的快速前进，不久就把自己挤进了并不宽敞且人已很多的大镜门！

本来不该来大镜门凑热闹的整编骑兵第 5 旅、11 旅，在骑兵第 5 旅旅长卫景林的指挥下，按照事先的部署，向张家口西南方向突围。他们原先打算寻找解放军防卫薄弱处下手，突破后，立即渡过洋河向西运动，然后越过铁路，直奔绥远。可是两个前卫团不顶用，走着走着，就被共军堵在半道上，挪不了窝。

卫景林很是生气，大声训斥前卫部队："蠢货！刚刚走出张家口就停滞不前，再耽搁下去，不是找死吗？"

前卫团团长连忙解释："看来共军早有准备，他们在这里筑有纵深防御工事，我们组织了几次进攻，都被打了回来。要想突破，很难……"

大镜门 ———————————————————————

大境门是中国万里长城中的四大关隘之一。"境门"意思是指边境之门。从明朝隆庆五年起，张家口大境门外元宝山一带，逐渐形成了在历史上被称为"贡市"和"茶马互市"的边贸市场。大境门外成为了我国北方国际易货贸易的内陆口岸。1927年察哈尔督统高维岳在大境门门楣上书写的"大好河山"四个颜体大字，苍劲有力，颇为壮观，更为大境门增添风韵。

卫景林观察过共军的阻击阵地，的确异常坚固，难以摧毁。

怎么办？

正在一筹莫展时，旅长卫景林接到参谋长报告，说从大镜门突围的兄弟部队，已经打通道路，顺利突出重围。

这个消息非常鼓舞人心。

既然 105 军已经开辟了胜利的道路，为大家做出了榜样，那还等什么？从西南方向往外冲，是冲；从大镜门往外冲，不也是冲吗？反正是突围，反正突围后大家都到绥远集结，目的相同。于是，卫景林决定弃难就易，带领部队掉头，改变方向，跟在 105 军屁股后面，从大镜门向北突围。

于是，骑兵第 5 旅旅长卫景林把两个骑兵旅带向了大镜门。

大镜门的人已经够多的了，接着又增加两个旅，且是骑兵旅，人和马双份的拥挤在一起，对于欲想突围的 11 兵团，则更是雪上加霜、乱上加乱！

这还不算，还有人继续朝大镜门赶来。

这个不管三七二十一，一头就往人堆子里扎的人，是靳书科和他率领的察哈尔省保安部队！

靳书科的保安部队竟然在大家纷纷突围的时候，没有接到行动的命令。

11兵团司令官孙兰峰曾让袁庆荣面告各师长、旅长有关突围的事，可是袁庆荣没说。袁庆荣只是说他的部队当晚要出城骚扰袭击共军，让靳书科的保安部队搞好城防。仅此而已。

靳书科还像往日一样，在第二天，也就是23日早晨7时，在他的司令部驻地组织部队进行升旗仪式。仪式完毕，靳书科考虑到要鼓舞士气，还特地对部队讲了一番话。他说，张家口固若金汤，防守绝对没有问题。他还说，虽然是固守，但105军还经常组织主动出击，昨晚，他们就打了一个胜仗……就在靳书科眉飞色舞大吹大擂时，省会的警察局长阴燕英跑来，慌慌张张地告诉他，大事不好，部队昨晚开始撤退了！靳书科说，你别胡说，怎么可能呢？昨晚袁庆荣告诉他是出城袭击共军，袁庆荣总不会骗他吧？阴燕英说，真的，不信你到兵团司令部去看看吧！

靳书科连忙跑到11兵团司令部。

靳书科见到了孙兰峰。

靳书科问："为什么部队突围，不通知我们？"

孙兰峰很是惊讶："怎么，袁军长没告诉你吗？"

孙兰峰见靳书科震惊的样子，立即补充说："具体情况我也不大了解，都是袁庆荣军长安排的。也许，他怕过早通知你，会引起骚乱，不利于市内治安，所以……其实，袁军长只是带人出去试一试，要是能突围，他会打电话来，届时我们一起走，也不迟！"

离开11兵团司令部，靳书科有一种被人玩弄的强烈感觉。他想，等什么时候见到袁庆荣，一定要他当面说清楚，这究竟是怎么一回事！

同时，靳书科对孙兰峰也不大放心。回到驻地，靳书科立即派人到各处打听情况；接着，又派了一名心腹，到兵团侦察孙兰峰的行动。

派出的人，不久回来报告：

大部队早撤走了。

孙兰峰带着手下的人，也撤了。

靳书科大呼上当！

靳书科连忙带着部队，直奔大镜门而去。

靳书科和他的保安部队是张家口守军最后一批撤出城的。撤离的时间是23日下午2时，离105军军长袁庆荣22日晚10时出逃，前后竟相差16个小时！

在瞬息万变的战场上，耽误16个小时意味着什么？

意味着由生到死！

眼下的大镜门，到处都弥漫着死亡的气息。

靳书科来到这里，现实情景让他倒吸了一口凉气。这哪里是打仗啊，人山人海，比乡间阴历四月初八赶庙会还要拥挤！他看见原作为行人通道的一个小出入口，被部队丢弃的辎重、驮马、骆驼等，堵得只剩下一条"缝隙"，就这样，竟然还有官兵争先恐后、不顾死活地往里面挤。那些力气大的兵，见一点机会就朝里钻；稍微灵巧一点的，攀上炮车顶，或是爬上骆驼背，企图借助于外力赶紧逃命；苦就苦了那些伤员、老实巴交的人，被挤得东倒西歪、哭爹叫娘也没有人搭理……靳书科觉得不可思议，孙兰峰怎么会选择大镜门作为全军惟一的逃跑路线？况且这里连一条像样的行进路口都没有开辟出来，工事外边的铁丝网、鹿砦，甚至是地雷，都没有排除，大队人马就像洪水一样泻了过来。地雷不时被逃亡的士兵踩响，炸飞的残肢在空中不断出现，让人看了恐怖万分，心里直打颤……

这是一条无法行走的路！

可是，身后又没路可走！

孙兰峰的11兵团共5万余人弃城而逃，张家口就成了一座空城。解放军不费吹灰之力便占领了它。靳书科派人回去打探过，市内的一座银行竟成了共军4纵的指挥所。大街小巷到处都是解放军，他们正在收容城内的国民党军残兵。靳书科要是走回头路，等于自投罗网。无奈之下，靳书科决定他和他的部队只有硬着头皮往前走。

不知道什么时候开始下了雪。

大雪纷纷扬扬从天而落。

寒风更加凛冽。

大镜门，对于孙兰峰的11兵团，无疑是一座死亡之门！

2. 一发子弹和一个战士

　　大镜门外，张家口守敌 5 万余人洪水一般朝西甸子泻去。

　　西甸子成了敌人的生命通道，只要杀出一条血路，就可以胜利大逃亡。

　　杨成武在兵团指挥所可以直接观察到敌人的行动。

　　杨成武立即命令部队，堵住敌人，不要给敌人任何出逃的机会。

　　于是，两军都盯住西甸子，那里将要发生一场激烈的厮杀。

　　西甸子是一个小村子。

　　西甸子位于大镜门北六七里地的大沟的左岸。那里两侧是大山，一条起自张家口的公路，擦着村子的肩膀一越而过，通往远处的乌兰哈达。敌人绕道张北向绥远逃亡，这

∧ 我军解放了宣化城。

里是必经之路，也是他们北进的第一道关口。

把守西甸子的是我军1纵3旅8团的两个营。

敌人冲过来了。战斗一开始就显得非同寻常。一方是逃亡的大军，前进的道路就是他们的命。谁来阻拦，就等于要他们死，他们能不跟你拼吗？另一方是阻击的部队，为了歼灭张家口的守敌，他们早已憋足了劲。现在，好不容易机会来了，能不狠狠地打吗？所以，双方进行的是一次殊死的较量。

敌人像是麦秸，在枪炮组成的"镰刀"挥动下，一茬一茬地倒下。

进攻受阻的士兵，想掉头退缩，被身后督战队雪亮的大刀逼着，只好继续硬着头皮往前冲。

可是他们依旧受阻。

那些"麦秸"，依旧一茬一茬地倒下……

第二次进攻，敌人动用的是两个师的兵力。在这样一个狭长地带，敌人一下子投入这么多人进行进攻，说明了什么？

——孤注一掷、垂死挣扎？

——濒临绝境、殊死相拼？

两个师对两个营，力量对比悬殊太大了！

于是，这注定是一次血与火的生死搏击。

敌人在机枪大炮的掩护下，轮番向我军阵地发起攻击。当敌人进至距我阵地六七十米远的一片洼地时，他们纷纷趴下了。他们需要暂时隐藏在那里，等待出击的机会。而这个机会是另一伙敌人给他们带来的。另一伙敌人此时突然出现在我军阵地右侧的山头上，他们居高临下，用重火器对我军阵地进行压制。子弹雨一样泼来，打得人抬不起头。但没有关系，抬不起头来，就不抬头，战士们在掩体里往外投掷手榴弹。一颗颗手榴弹飞向洼地，爆炸声此起彼伏。敌人隐藏不住了，掉头就往回跑……敌人的第二次进攻又被打退了。

这时，坚守在阵地的我军3旅8团1连剩下的子弹和手榴弹不多了，六〇炮弹几乎全部打光。

可是，敌人稍作喘息，过后仍在进攻。

已经记不清这次是敌人的第几次进攻了。敌人来势异常凶猛。敌人的炮弹和子弹一个劲地往我军阵地上发射。而我军阵地上竟然没有任何反应。这是怎么回事？敌人揣着满脑子的疑问，壮着胆子一点点向我阻击阵地靠近。

50米、40米……

我军阵地一片寂静。

30米、20米……

▽ 我军进入张家口，在街头受到群众热烈欢迎。

我军阵地仍无声息。

10 米、9 米……

走在最前面的一个敌兵伸着脖子问："里面有人吗？"

"有。老子在这儿等着你们呢！"话音未落，掩体里突然站起 1 连的副连长，一枪就把面前的敌人撂倒了！

枪声响后，敌人像潮水一样迅速退去。

华北 3 兵团司令员杨成武听到汇报后，说："一发子弹打退敌人的一次冲锋，与其说是靠火力，勿宁说是靠我们的指战员那种气吞山河的威慑力量。敌人实在是被他们打怕了。"

这是战场上的一个奇迹！

然而，这样的奇迹并非绝无仅有。

就在西甸子阻击战打得热火朝天的时候，东北野战军 1 纵的 5 个团，在张家口城东北的朝天洼胜利会师后，根据上级的意图，对逃亡之敌进行分路追击。

这样的情景，很像几只老鹰同时在抓一只兔子！

敌人在逃，逃得惊魂落魄。

我军在追，追得精神抖擞。

追击途中，有一个解放军战士离开他的部队，越过公路，向另一侧山坡跑去。

这个战士是 361 团的通信员，团长鞠文仪派他去送信。

通信员只有 18 岁，长着一张娃娃脸，要不是天黑，你看到他的模样，很容易就会联想到小鸟，一只嘴角黄黄的、稚嫩的小鸟。现在，这只"稚嫩的小鸟"独自拍打着翅膀向远处飞去。

天空像是一只倒扣的锅。四周没有一点光亮。通信员只能按照方位，朝着要去的那个地方不停地奔跑。黑暗笼罩着他。很快，他就和夜色成为一体。

也不知道跑了多久，通信员想歇一歇，喘口气，辩别一下方向，然后继续再跑。他

< 时任第 3 兵团司令员的杨成武。

杨成武 ——————————————————

福建长汀县人。土地革命战争时期，任红一军团第 2 师第 4 团政治委员，红 1 师师长兼政治委员等职。参加了长征。抗日战争时期，任八路军第 115 师独立团团长、独立第 1 师师长，晋察冀军区第 1 军分区司令员兼政治委员，冀中军区司令员等职。解放战争时期，任晋察冀军区第 3 纵队司令员，晋察冀野战军第二政治委员，华北军区第 3 兵团司令员，第 20 兵团司令员等职。

心想，千万别跑错了地方，要是走岔道，会耽误大事。于是，通信员不跑了，他停了下来。

还好，方向是对的。路也是对的。通信员觉得。

但是，通信员忽然觉得好像哪里出了问题！

什么问题？

仔细一看，通信员大吃一惊，天哪，周围竟然出现了那么多的人！他们是什么时候出现的？一路上只顾奔跑，怎么没有发现？更糟糕的是，这些人竟是敌人！也就是说，天太黑了，风太猛了，他看不见，也听不清，无意之中，稀里糊涂，就被一伙逃亡的敌人裹在了一起。他和他们就这样朝着一个方向跑着。也许，跑的过程中，他和他们的肩膀还发生过碰撞。只是双方彼此都没有注意。他没有发现他们，他们也没有发现他。或者他们发现了，以为是自己人，并不介意。

现在，他停下来了。

他的停止不前，却引起了敌人的注意。

一个敌兵推搡了他一下，说："站着干嘛？跑啊！"

他愣住了，不知道该怎么回答。

他便没有回答。

那个敌兵于是把脸朝他凑了过来。

敌兵看见了他头上戴的和自己不一样的帽子。

敌兵大叫："东北兵！"

他反倒清醒了。

他沉住气，灵机一动："乱嚷嚷什么！我的帽子跑丢了，这顶是在公路上拣的。"

敌兵相信了。

敌兵说："你真的在公路上拣到了东北解放军的帽子？"

那个敌兵接着对他的同伙喊道："解放军都追到身后的公路了，弟兄们，不得了啦……"

这一喊，不要紧，敌群顿时炸了营。

黑暗中，敌人惊惶失措，一个个被吓傻了、吓呆了，不知道该怎么办才好。他们原地直打转，乱成了一锅粥。

通信员眼见时机已到，当机立断，手持冲锋枪，跃上一块大石头，冲着面前众多的敌人，大喝一声："我是解放军！你们被包围了。我军优待俘虏，举起手来，缴枪不杀！"

敌人已是惊弓之鸟，听说解放军到了，就在眼前，黑暗中，他们连看也不看，就把枪放下，举手投降了！

事后，通信员一数人数，乐了，竟然一个人抓了150个俘虏！

事后，通信员竟然不敢相信自己立了大功，他说："别说是抓俘虏了，就是抓鸭子，一个人，一下子也抓不了这么多啊！"

3. 中将兵团司令官的逃亡之路

天色渐亮。

新的一天到来了。

第11兵团中将司令官孙兰峰借助晨光，用望远镜朝大镜门外至朝天洼、西甸子之间的那道长10公里、宽不足1公里的山沟看去。他看到了什么，面部某块肌肉竟然像被火灼，抽搐了一下？他看到步兵、汽车、骑兵、火炮以及各种物资把道路堵得水泄不通，看到在解放军追击下，他的部队官兵们争相逃命，骑兵撞步兵，汽车冲大车，大车翻进了人群……一片混乱，似乎末日就要来临！5万多人的部队啊，一夜之间，竟成了这番模样，不认输，不行了。大势已去。气数到了。于是，孙兰峰在12月24日拂晓，对手下亲信，小范围地下达了最后一道密令：

"各自逃命，逃出多少算多少。"

能在解放军的包围中顺利逃出来，不太容易，需要相当的能力和技巧。敌105军军长袁庆荣就缺乏这种本领。袁庆荣接到孙兰峰的命令，放弃了对解放军阻击阵地的继续攻打，随即手忙脚乱地率领直属部队落荒而逃。他逃得速度不算慢，只是忽略了道路选择。当他逃到张家口东面的一个小山头时，往下一看，竟是悬崖——已经无路可逃！待他回过身来，发现一排枪口正对着他。那是解放军的枪口。他只好举起手来，乖乖做了俘虏。

与袁庆荣相比，孙兰峰显得聪明多了。毕竟孙兰峰是中将兵团司令，是一个久经战场的老军人，论逃跑经验，相当丰富。

孙兰峰不像袁庆荣，在逃跑的时候带那么多的兵。兵再多，有何用？能保得住你的命吗？既然5万多人都不堪共军一击，身边带的人越多，目标越大，祸害越大。袁庆荣傻，竟带直属部队一块逃，那怎么逃得出去？孙兰峰才不那样干呢。孙兰峰把身边的部队都支走了。他让跟随他的整编骑兵第5旅王绳武团的一个骑兵连立即向陶赖山口出发，进行增援。其实，这时候还增援什么？主要是把他们支走。他们骑着高头大马，目标显著。接下来，孙兰峰又找种种借口，支走身边的其他人。最后，当身边只剩下一个年轻的贴身警卫时，孙兰峰满意了。

∧ 张家口之战中，被我军俘虏的国民党军官兵。

这时候，孙兰峰反倒不着急了，他需要静下来梳理一下思绪，看看下一步该怎么走。于是，孙兰峰在一块山石上坐了下来。

此刻的孙兰峰，身穿一件老羊皮旧军大衣，头戴一顶半旧的棉帽，再加上惊恐和心累，满脸灰尘，胡子拉碴，早已失去了往日兵团司令官的风度。他更像一个伙夫，或是拉夫拉来的一个为骑兵部队钉马掌的老头。

早晨的风，凉嗖嗖的，吹得孙兰峰心里很乱。他想了一会儿，也没想出什么出逃的高着。看来，还是听天由命吧。孙兰峰在心里自言自语道，然后站起身，往山下走去。

孙兰峰腿有残疾，走不快。

孙兰峰走到下午，也没有找到一条合适的出路。所有的路都被解放军堵死了。似乎惟一可以放行的，是被解放军俘虏的队伍。俘虏真多，数不清，黑压压一片，无论是官是兵，一律面无表情，低着头，一个挨一个朝前走。

俘虏的队伍很长，前不见首，后不见尾。

俘虏们走得很慢，像一只只蚂蚁在爬行。

仅仅犹豫了片刻，孙兰峰心一横，便决定不顾脸面，混到俘虏队伍中去。跟俘虏们走一段路，等解放军打扫完战场，警戒解除，再择机逃跑。孙兰峰觉得，无路可走时，那样或许更安全。你想啊，眼下乱糟糟的，共军绝不会想到堂堂的一个中将兵团司令官就在他们的俘虏队伍里！

这叫灯下黑。

这样想来，孙兰峰把大衣领子朝上竖了竖，将脸尽量遮挡了一下，然后向贴身卫士使了一个眼色，急迈数步，主动加入了俘虏队伍。

此时的俘虏们，吃了败仗，心情沮丧，哪有心思顾及一个加塞进来的老兵，他们看都懒得看，仍旧耷拉着脑袋，各自走各自的路。

傍晚，俘虏们来到一个村庄。解押他们的解放军战士忙前忙后地给俘虏们烧饭，安排住宿。

孙兰峰被安排住在一户老乡家里，睡得是土炕。

这一夜，孙兰峰无法入睡。孙兰峰心想，怪不得他要吃败仗呢，人家解放军是仁义之师。俗话说，胜者为王，败者为寇。可是人家对待俘虏一点脾气都没有。一路上，孙兰峰就没见到过有哪个解放军战士对俘虏耍态度，大声呵斥过。相反，到了宿营地，人家竟为

∧ 我军追歼溃逃的敌人。

∧ 被俘的国民党军官兵一部。

手下败将们做饭。要不是亲眼所见，孙兰峰说什么也不会相信这会是真的！

但感慨归感慨，孙兰峰毕竟是11兵团的中将司令官，他怎么可能束手就擒，心甘情愿地当解放军的俘虏呢？当俘虏，对别人也许可以，可对他，却是一种耻辱。于是，孙兰峰在这天夜里11点多钟，起来解小便，然后再也没有回到解放军为他安排睡觉的那个土炕上。

孙兰峰和他的贴身卫士逃走了。

他们顺利地逃出了村庄。

张家口11兵团司令部作战室的墙上曾经挂过一张巨大的地图，现在，尽管那张地图早已去向不明，但孙兰峰却把那上面标定的许许多多的山峦、河流、村庄与公路……储在了记忆之中。他知道他正处在二道井的位置，往前是张北公路。他打算通过长城线的神威台，穿越张北西郊，向公路的方向走。

一条河拦住了孙兰峰和他的卫士。

河不宽，水也不深，就是天寒，冰水扎人。但逃亡中的孙兰峰顾不上了，他找了一处浅滩，涉水过去。水像刀子一样割着他的皮肉，开始疼，过后就麻木了，他的腿被冻得暂时失去了知觉。好不容易上了岸，孙兰峰发现湿透的棉裤很快结成了冰，以至于走起路来，裤腿上的冰碰冰，嘎吱嘎吱直响。

孙兰峰何时受过这种苦啊？他的脚冻伤了，走起路来一瘸一拐的，行走的速度明显放慢。

12月31日，也就是逃离大镜门的第7天，孙兰峰历尽千辛万苦，好不容易走到商都县偏东南的四台房子村。

狗汪汪叫着把孙兰峰拦在了村外。

狗把孙兰峰当成乞讨者或流浪汉。

狗的主人闻声走出家门。他盯住孙兰峰看了又看，然后急忙撵走狗，把孙兰峰迎进家里。

这家主人说："我见过你，你是孙长官。"

见孙兰峰疑惑，这家主人又说："我姓王，是这个村里的保长。"

说完，这个王保长马上张罗媳妇烧火做饭，然后自己打来一大盆热水，给孙兰峰泡脚。

连续一周，孙兰峰没有用热水洗脚了。当他把伤痕累累的脚伸进热水盆里时，竟觉得能用热水洗脚，是天下最好的一种高级享受！

不久，饭菜端上来了。饭是玉米面饼子；菜一荤两素。王保长搓着两只手，不好意思地说："孙长官，条件有限，将就着用。家里没酒了，我这就去给你打……"

孙兰峰制止了他。

其实，这种时候，孙兰峰哪有心情喝酒啊！

尽管如此，孙兰峰对王保长心存感激。他能这样对他，就很不错了。毕竟是在他落难的时候啊……

刚刚吃完饭，门外来了一个国民党散兵，大叫大嚷要用他的小毛驴跟王保长换骡子。那头已经套在车上的骡子，是王保长准备送孙兰峰去商都用的，他不可能换给那个兵。那个兵见状，便撒野，扬言要一枪毙了王保长。这时，孙兰峰的贴身卫士出来，把那个散兵像是抓小鸡一样掐住脖子提到了屋里。

那个兵进屋后，见一个老头坐在那里，仔细看，竟吓了一大跳：

"孙长官，小人不知您老人家在此，打扰了！……"

孙兰峰一拍桌子："该杀！该杀！"

那个兵直叫："长官饶命！"

卫士立即把那个兵提了起来。

孙兰峰摆摆手："饶了他吧。"

接着，孙兰峰对那个兵说："给你一个任务，去把这个县的县长给我找来。"

过了许久，察哈尔省察北专员兼张北县县长白震由那个兵领着，急急匆匆来到孙兰峰的面前。这位白县长看到眼前的第11兵团中将司令官竟与过去所见到的孙兰峰判若两人，不由愣住了。

孙兰峰说："认不出来了吧？"

白县长点点头。

孙兰峰说："败兵之将啊！"

随后，孙兰峰手指带白县长来的那个兵说："你看看这个兵，就知道我们的部队是什么样了。乌合之众啊……此兵不败，实无天理！"

当晚，张北县白震县长以孙兰峰的名义向傅作义发报：

"我已脱险……"

孙兰峰逃离了险境。他随后从商都，逃向绥远。

但孙兰峰把张家口丢了，把第11兵团总部、第105军军部、210师、251师、259师、310师、104军的258师、整编骑兵第5、第11旅、保安第4、第5团，总共5.6万余人丢了，把410门火炮丢了，还把105军军长袁庆荣、副军长杨维垣以及大部分师旅长们作为俘虏丢给了解放军……

孙兰峰几乎成了光杆司令。

从某种意义上讲，孙兰峰的存与亡，已经不重要了……

4. 西线大捷

12月24日下午3时，张家口战役告捷。

张家口重新回到了人民的怀抱！

喜庆的日子里，锣鼓敲，鞭炮响，彩旗飞舞，人欢笑……就连枝头喜鹊，都不闲着，它们拍打着翅膀，叫得可欢了！

毛泽东在看报。

那是一张新出版的《人民日报》：

"察哈尔省会、平绥线上的重镇张家口于本月24日为我东北人民解放军和华北人民解放军联合大军所光复了。这是人民解放战争继东北战役、淮海战役之后又一个伟大的胜利。"

新保安、张家口之战，傅作义布下的长蛇阵已被斩断，我华北2兵团、3兵团不仅彻底断绝了傅作义的西退绥远之路，而且"全局皆活"，接下来，东北野战军在攻击塘沽之敌的准备过程中，已将攻击目标锁定了天津之敌！

1948年的岁末，给历史留下了太多太多的笔墨。

1949年即将来临。

新的一年，充满了希望！

> 1948年12月24日，我军解放了战略重镇张家口。这是我军某部进入大境门。

❶我军战斗胜利后，军民召开祝捷大会。

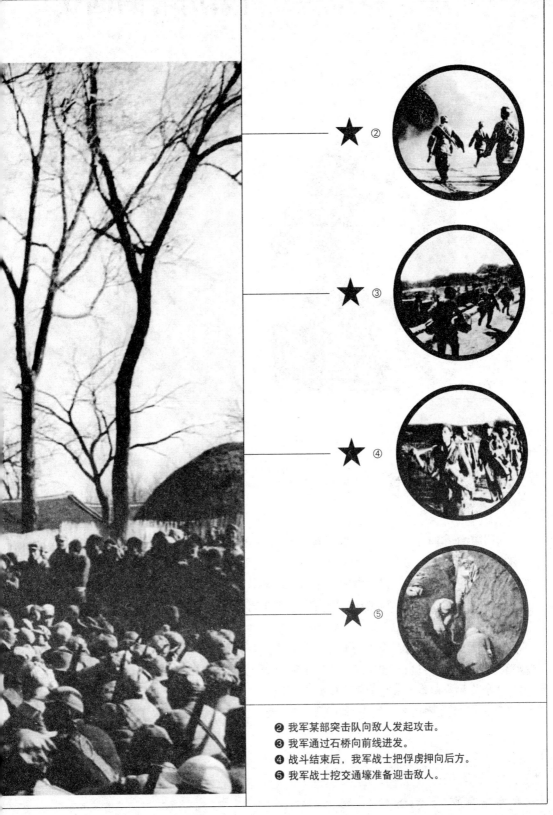

❷ 我军某部突击队向敌人发起攻击。
❸ 我军通过石桥向前线进发。
❹ 战斗结束后，我军战士把俘虏押向后方。
❺ 我军战士挖交通壕准备迎击敌人。

聂荣臻
（时任华北军区司令员）

不出毛泽东同志所料，我军全歼新保安35军之后，张家口的敌人惊恐万状，决心突破我军包围，妄图向绥远后方逃跑。12月23日夜，他们先朝西南方向佯攻，主力却偷偷地从西北方向突围，但很快被我军截断了去路。

敌5万余众，被我军包围在张家口以北名叫朝天洼的一道大沟里，步兵、骑兵、骡马、大车，乱做一团。

第二天拂晓，敌人倾全力向西北方向冲击，由于遭到我军顽强堵击，突围企图落空，经我军一昼夜奋勇冲杀，全歼了敌11兵团部、105军全部、104军的1个师、2个骑兵旅和2个保安团共5万4千多人。

只有第11兵团司令孙兰峰漏网，带领少数护卫侥幸逃往商都去了。

——摘自：《聂荣臻回忆录》

★★★★★

孙兰峰
（时任国民党第 11 兵团司令官）

从 23 日上午开始，人民解放军即向张家口市区攻击前进……我们面对这一人民的巨型铁钳，已如釜底游鱼，无力挣扎了。

下午三时许，我和袁庆荣军长商量，必须集中力量在黄昏前，打开通道，否则到黄昏后就无法掌握部队了。

当即令炮兵集中火力轰击，并以骑兵连续冲锋，但均被解放军猛烈的火力击退。

而张家口市区已在当日下午，被解放军全部占领，欲恢复原来的守城态势也不可能。

这时风力转猛，飞雪飘飘，战士们在风雪中，饥寒交迫，已无战斗能力。

——摘自：孙兰峰《张家口战役概述》

《聚歼天津卫》　《解放大上海》　《合围碾庄圩》　《进军蓉城》
《保卫延安》　　《血拼兰州》　　《喋血四平》　　《剑指济南府》
《鏖战孟良崮》　《席卷长江》　　《攻克石家庄》　《总攻陈官庄》
《围困太原城》　《登陆海南》　　《兵发塞外》　　《重压双堆集》

1.部分图片由解放军画报社供稿

摄影作者(按姓氏笔画排列)：

于天为	于庆礼	于成志	于坚	于志	于学源	马金刚	马昭运	马硕甫	化民	孔东平	毛履郑
王大众	王文琪	王长根	王仲元	王纪荣	王甫林	王纯德	王国际	王奇	王学源	王林	王述兴
王青山	王春山	王振宇	王晓羊	王鼎	王毅	邓龙翔	邓守智	丕永	冉松龄	史云光	史立成
田丰	田建之	田建功	田明	白振武	石嘉瑞	艾莹	边震遐	任德志	刘士珍	刘长忠	刘东鳌
刘叶	刘庆瑞	刘寿华	刘保璋	刘峰	刘德胜	华国良	吕厚民	吕相友	孙天元	孙庆友	孙候
安靖	成山	朱兆丰	朱赤	朱德文	江树积	江贯成	纪志成	许安宁	齐观山	何金浩	余坚
吴群	宋大可	张平	张宏	张国璋	张举	张炳新	张祖道	张崇岫	张鸿斌	张谦谊	张超
张颖川	张熙	张醒生	张麟	时盘棋	李丁	李九龄	李久胜	李书良	李夫培	李文秀	李长永
李风	李克忠	李国斌	李学增	李家震	李晞	李海林	李基禄	李清	李维堂	李雪三	李景星
李琛	李锋	李瑞峰	杜心	杜荣春	杜海振	杨绍仁	杨绍夫	杨玲	杨荣敏	杨振亚	杨振河
杨晓华	沙飞	肖迟	肖里	肖孟	肖瑛	苏卫东	苏中义	苏正平	苏河清	苏绍文	谷芬
邹健东	陆仁生	陆文骏	陆明	陈一凡	陈书帛	陈世劲	陈希文	陈志强	陈福北	周有贵	周洋
周鸿	周锋	周德奎	孟庆彪	孟昭瑞	季音	屈中奕	林杨	林塞	罗培	苗景阳	郑景康
金锋	姚继鸣	姚维鸣	姜立山	祝玲	胡宝玉	胡勋	赵化	赵良	赵奇	赵明志	赵彦璋
郝长庚	郝世保	郝建国	钟声	凌风	唐志江	唐洪	夏志彬	夏枫	夏苓	徐光	徐肖冰
徐英	徐振声	流萤	耿忠	袁汝逊	袁克忠	袁绍柯	袁苓	贾健	贾瑞祥	郭中和	郭良
郭明孝	钱嗣杰	陶天治	高凡	高礼双	高帆	高宏	高国权	高洪叶	高粮	崔文章	崔祥忱
常春	康矛召	曹兴华	曹宠	曹冠德	盛继润	章洁	野雨	隋其福	雪印	博明	景涛
程立	程铁	童小鹏	董青	董海	蒋先德	谢礼廓	雁兵	韩荣志	鲁岩	楚农田	照耀
路云	熊雪夫	蔡远	蔡尚雄	裴植	潘沼	黎民	黎明	冀连波	冀明	魏福顺	

(部分照片作者无记载：故未署名)

2.部分图片由 gettyimages 供稿